Une mémoire d'éléphant

Agatha Christie

Une mémoire d'éléphant

Traduit de l'anglais par Catherine Richard

ÉDITIONS DU MASQUE
17, rue Jacob, 75006 PARIS

Titre de l'édition originale:

ELEPHANTS CAN REMEMBER

À Molly Myers,
en remerciement de toutes ses attentions.

ISBN: 978-2-7024-3038-5

1

Déjeuner littéraire

Mrs Oliver contemplait son image dans la glace. Du coin de l'œil, elle décocha un bref regard à la pendulette, sur la cheminée, qui retardait à son avis d'une vingtaine de minutes. Puis elle se replongea dans l'examen de sa chevelure. L'ennui avec Mrs Oliver — elle le reconnaissait de bonne grâce —, c'était qu'elle changeait constamment de coiffure. Elle avait essayé tour à tour presque tout ce qu'il est loisible d'essayer : sévère chignon-rouleau à une époque donnée, puis balayage coup-de-vent où l'on rejetait les mèches en arrière pour dégager un front spirituel — ou qu'en tout cas Mrs Oliver espérait tel. Elle avait risqué les bouclettes serrées, elle avait osé une espèce de décoiffé artistique. Mais ce jour-là, toutefois, son style de coiffure importait peu, Mrs Oliver devait bien l'admettre, puisqu'elle s'apprêtait à faire ce à quoi elle ne s'astreignait que très rarement : porter un chapeau.

Sur l'étagère supérieure de la penderie de Mrs Oliver étaient rangés quatre chapeaux. L'un était sans conteste dévolu aux mariages. Pour qui assiste à un mariage, le chapeau est un impératif. Et d'ailleurs, Mrs Oliver en possédait deux. L'un à plumes, dans un carton cylindrique. Un modèle épousant étroitement la tête et résistant bien aux brusques rafales de pluie susceptibles de s'abattre au moment où l'on passe de la voiture au lieu sacré — ou, comme si souvent de nos jours, au bureau de l'état-civil.

Le second, plus élaboré, orné de fleurs, d'une mousseline et d'une voilette jaune maintenue par une grappe de mimosa, était résolument conçu pour assister aux mariages se déroulant par quelque radieux samedi après-midi d'été.

Les deux autres chapeaux de l'étagère étaient d'un genre plus passe-partout : celui que Mrs Oliver appelait son « chapeau campagnard », en feutre brun, s'assortissait aux tweeds d'à peu près toutes les nuances, et son bord pratique pouvait, au choix, se rabattre ou se relever.

Mrs Oliver possédait un pull en cachemire pour tenir chaud et un tricot léger pour les jours doux, l'un et l'autre d'une couleur que l'on pouvait marier à ce chapeau-là. Pourtant, si elle portait souvent les pulls, elle n'arborait pratiquement jamais le chapeau. Parce qu'en fait, pourquoi s'affubler d'un chapeau alors qu'on va seulement déjeuner à la campagne avec des amis ?

Le quatrième, le plus coûteux du lot, présentait les multiples avantages d'une exceptionnelle longévité. Sans doute, se disait parfois Mrs Oliver, parce qu'il avait coûté si cher. Il se composait d'une sorte de turban fait de plusieurs bandes de velours aux couleurs variées qui se déclinaient toutes dans d'aimables tons pastels que l'on pouvait marier avec n'importe quoi.

Mrs Oliver hésita, perplexe, puis appela sa caméristé à la rescousse.

— Maria ! lança-t-elle.

Puis elle réitéra, un ton plus haut :

— Maria ! Venez voir une minute.

Maria arriva. Elle avait l'habitude d'être consultée au sujet de ce que Mrs Oliver envisageait de porter.

— Vous mettrez votre chapeau des grands jours, n'est-ce pas ? s'enquit Maria.

— Oui, fit Mrs Oliver. Mais je voulais savoir si vous trouviez qu'il est mieux dans ce sens-là ou bien dans l'autre.

Maria recula pour procéder à un bref examen :

— Là, vous l'avez mis sens devant derrière, non ?

— Oui, je le sais, répondit Mrs Oliver. Je le sais très bien. Mais en fait, j'ai l'impression qu'il est mieux comme ça.

— Ah bon ! Pourquoi ? demanda Maria

— Ma foi, il est fait pour, j'imagine. Et c'est sûrement voulu aussi bien par la modiste chez qui je l'ai acheté que par moi, expliqua Mrs Oliver.

— Et pourquoi trouvez-vous qu'il soit mieux à l'envers ?

— Parce qu'on voit ce joli ton de bleu et le marron foncé, et que, d'après moi, il me va mieux quand je le porte comme ça que dans l'autre sens, qui est vert mêlé de rouge et de brun chocolat.

À ce moment-là, Mrs Oliver ôta le chapeau, le remit, et l'essaya sens devant derrière, à l'endroit, d'un côté puis de l'autre, ce qui n'emporta ni l'approbation de Maria ni la sienne propre.

— Il ne faut pas le mettre carrément à l'envers. C'est vrai, ça ne vous va pas au teint, vous ne trouvez pas ? Ça n'irait au teint de personne, d'ailleurs.

— En effet. Ça ne fera pas l'affaire. Je crois que je vais devoir le mettre dans le bon sens, en fin de compte.

— À mon avis, ce sera quand même moins risqué, déclara Maria.

Mrs Oliver ôta le chapeau, puis Maria l'aida à enfiler une robe bien coupée en fin jersey de laine d'un délicat coloris puce, et enfin à rajuster le couvre-chef.

— Vous êtes d'une élégance ! s'extasia Maria.

C'était ce que Mrs Oliver appréciait tant chez Maria : cette dernière ne manquait jamais la moindre occasion de manifester son enthousiasme et de se répandre en compliments.

— Vous allez faire un discours, à ce déjeuner, n'est-ce pas ? demanda Maria.

— Un discours !

Mrs Oliver parut épouvantée.

— Ah ! non, certainement pas. Vous savez bien que je ne fais jamais de discours.

— Ma foi, je croyais qu'on en faisait toujours, dans ces déjeuners littéraires. Car c'est bien là que vous allez, non ? Les écrivains célèbres de 1973... ou de je ne sais plus quand, de l'année en cours, quoi.

— Je ne me sens jamais aucune velléité d'en faire, précisa Mrs Oliver. Des tas de gens qui *adorent* ça en feront, et ces gens-là sont bien plus doués que moi sur ce chapitre.

— Moi, je suis sûre qu'en vous donnant un peu de mal, vous en feriez un sensationnel, rétorqua Maria, s'adjugeant le rôle du démon tentateur.

— Alors là, pas question, décréta Mrs Oliver. Je sais ce qui me réussit et ce qui ne me réussit pas. Les discours et moi, ça fait deux. La seule perspective d'avoir éventuellement un jour à en prononcer un me fait déjà piquer un fard et me met dans tous mes états. S'il me fallait m'y résoudre, je ne tarderais probablement pas à bredouiller ou répéter deux fois la même chose. Non seulement je me sentirais idiote, mais j'aurais sûrement l'air d'une gourde par-dessus le marché. Tandis qu'écrire un texte ne m'a jamais posé aucun problème. Un texte, on peut le rédiger à la main, l'enregistrer à l'aide d'un appareil ou le dicter. Et les mots, je suis capable de jongler avec eux sans la moindre difficulté du moment que je sais que je ne suis pas en train de composer un discours.

— Bah ! J'espère quand même que tout se passera bien. Je suis sûre que oui. C'est un déjeuner tout ce qu'il y a de huppé, n'est-ce pas ?

— Oui, répondit Mrs Oliver d'un ton profondément abattu. Tout ce qu'il y a de huppé.

Et pourquoi, se demanda-t-elle sans pourtant formuler cette interrogation à voix haute, pourquoi diable vais-je à ce déjeuner ? Elle se creusa un instant l'esprit car elle préférait toujours saisir à l'avance la raison de ses actes plutôt que de les accomplir d'abord pour s'interroger ensuite sur leur motivation.

— Je suppose..., conclut-elle, toujours pour elle-même et non pour Maria qui, alertée par l'odeur de la confiture en train de déborder sur la cuisinière où elle l'avait imprudemment laissée, venait en toute hâte de réintégrer ses quartiers. Je suppose que je tiens à voir quelle impression ça fait. On m'invite toujours à des déjeuners littéraires ou autres festivités du même acabit, et je n'y ai encore jamais mis les pieds.

Parvenue au dessert de son déjeuner de gala, Mrs Oliver poussa un soupir de satisfaction en picorant les reliefs de meringue dans son assiette. Elle avait toujours raffolé des meringues, or celle-ci couronnait délicieusement un déjeuner véritablement délicieux. Toutefois, lorsqu'on atteint l'âge mûr, il faut se méfier des meringues. Nos dents ! Celles qu'on a dans la bouche et qui ne vous appartiennent pas forcément. Elles sont du plus bel effet et présentent en outre l'immense avantage de ne pas risquer de faire mal ; elles sont d'une blancheur immaculée et tout à fait plaisantes à voir... exactement comme des vraies. Il n'en demeurait pas moins qu'il ne s'agissait *pas* de vraies dents. Or les matériaux composant les dents autres que *vraies* — d'après Mrs Oliver, tout du moins — n'étaient pas réellement de première qualité. Elle avait toujours estimé que les dents des chiens étaient en ivoire véritable, alors que les pauvres humains devaient se contenter de dents en os. Sauf, s'imaginait-elle, dans le cas de fausses dents, selon elle en plastique. Quoi qu'il en puisse être, la civilité puérile et honnête vous imposait d'éviter les situations peu ragoûtantes que risquent d'occasionner les fausses dents. La laitue posait des problèmes, de même que les amandes grillées, les chocolats pralinés, les caramels mous et la délicieuse viscosité aux vertus hélas adhésives de la meringue. Avec un soupir de satisfaction, Mrs Oliver s'attaqua à la dernière bouchée. Ç'avait été un bon repas, un excellent repas.

Mrs Oliver n'aimait rien tant que faire bombance. Et elle avait beaucoup apprécié ces agapes. Ainsi d'ailleurs que la qualité des convives. Le banquet, donné en l'honneur de femmes de lettres couronnées par la renommée, ne réunissait Dieu merci pas que des femmes de lettres. Il y avait là d'autres romanciers, des critiques et — en plus des gens qui faisaient profession d'écrire des livres —, jusqu'à des énergumènes qui en lisaient. Mrs Oliver était attablée entre deux fort charmants représentants du sexe masculin. Edwin Aubyn, à sa gauche, dont elle appréciait toujours les poèmes, personnage éminemment divertissant qui avait, au cours de ses périples à l'étranger, vécu mille et une expériences fascinantes tant sur le plan littéraire que personnel. Il s'intéressait en outre aux restaurants et à la bonne chère, si bien que Mrs Oliver et lui, délaissant bien vite la littérature, avaient fort plaisamment discuté cuisine.

Sir Wesley Kent, à sa droite, s'était lui aussi

révélé agréable voisin de table. Multipliant les propos aimables au sujet des romans de Mrs Oliver mais s'abstenant toutefois avec tact de jamais rien dire qui la mette dans l'embarras — et ce contrairement à la plupart des gens qui le faisaient sans même s'en rendre compte —, il avait mentionné quelques-unes des raisons, toutes excellentes au demeurant, pour lesquelles il appréciait tel ou tel de ses ouvrages. En conséquence de quoi Mrs Oliver s'était forgé une opinion favorable à son égard. Venant des hommes, les compliments sont toujours recevables, se disait Mrs Oliver en son for intérieur. Les femmes, elles, en font trop. Les choses qu'elles lui écrivaient ! Vraiment ! Pas uniquement les femmes, cela dit. Des jeunes gens émotifs, parfois, vivant dans de lointains pays. Pas plus tard que la semaine précédente, elle avait encore reçu une lettre d'admirateur commençant ainsi : « En lisant vos ouvrages, je devine quelle femme à la prodigieuse élévation d'esprit vous êtes à coup sûr. » La lecture du *Second Poisson Rouge*, avait plongé le jeune homme en question dans une sorte de transe littéraire que Mrs Oliver jugeait totalement déplacée. Non qu'elle fût exagérément modeste. Les romans policiers qu'elle écrivait étaient à son avis très bien dans leur genre. Certains n'étaient pas si bons que cela, d'autres bien meilleurs. Mais rien ne justifiait à ses yeux que quiconque s'extasiât sur son éventuelle élévation d'esprit. Mrs Oliver se voyait comme une femme dotée d'un heureux talent pour écrire ce que quantité de gens avaient envie de lire. Elle avait en cela une chance folle, un point c'est tout, se disait-elle en son for intérieur.

Enfin bon, pour en revenir à la situation présente, elle avait somme toute fort bien traversé jusque-là l'épreuve. Elle s'était bien amusée, entretenue avec quantité de gens agréables. On se dirigeait maintenant vers le salon où était servi le café et où l'on pourrait changer d'interlocuteur pour discuter avec d'autres gens. Et ça, c'était le moment de tous les dangers, Mrs Oliver ne l'ignorait pas. Le moment où la gent femelle allait venir l'agresser. L'agresser d'un flot de louanges, alors qu'elle-même ne saurait que rougir et balbutier. Et les phrases convenues défileraient, à croire qu'on se trouverait dans un guide touristique énonçant les formules nécessaires pour se débrouiller à l'étranger.

L'admiratrice éperdue :

— Il *faut* que je vous dise à quel point j'adore lire vos romans et combien je les trouve merveilleux.

La romancière égarée :

— Euh... Vous êtes trop aimable. Je suis ravie.

— Rendez-vous compte que cela faisait des mois que j'attendais de faire votre connaissance. C'est pour moi un moment inoubliable.

— Euh... c'est trop gentil à vous. Trop gentil, vraiment.

Et cela continuerait sur le même ton. Ni l'une ni l'autre des deux adultes en présence ne semblerait capable d'aborder le moindre sujet digne d'intérêt. Il faudrait impérativement s'en tenir à ses propres ouvrages, ou à ceux de son vis-à-vis pour peu qu'on sache ce qu'elle avait écrit. On se débattrait dans la toile d'araignée littéraire alors qu'on n'avait aucune aptitude pour ce type de situation. Certaines personnes s'en sortaient bien, mais Mrs Oliver avait douloureusement conscience de sa propre incompétence en la matière. Un jour, alors qu'elle séjournait hors d'Angleterre, une amie étrangère lui avait gentiment fait la leçon.

— Je ne perds pas une miette de ce que vous dites, avait lancé Albertina avec son ravissant accent. J'ai écouté ce que vous répondiez à ce garçon envoyé par le journal pour vous interviewer. Vous n'éprouvez pas vis-à-vis de votre œuvre la moitié de la fierté que vous devriez. Vous devriez dire : « En effet, j'écris bien. J'écris mieux que n'importe lequel de mes confrères qui donnent dans le roman policier. »

— Mais ce n'est pas vrai ! avait alors répliqué Mrs Oliver. Ce n'est pas vrai du tout. Je ne suis pas nulle, mais...

— Ah ! arrêtez de répéter « ce n'est pas vrai ». Il faut répondre que *c'est vrai*. Même si vous pensez le contraire, vous devriez clamer haut et fort que c'est vrai.

— J'aimerais que vous receviez vous-même ces journalistes qui viennent me voir, Albertina, avait alors rétorqué Mrs Oliver. Vous sauriez si bien vous y prendre. Vous ne pourriez pas vous faire passer pour moi, un jour, pendant que j'écouterais derrière la porte ?

— Ma foi, je crois que j'en serais capable. Ce serait tordant. Hélas, ils vous connaissent de vue, et ils se rendraient tout de suite compte qu'il y a maldonne. Mais, blague à part et encore une fois, le message qu'il faut faire passer, c'est : « Oui, en effet, je sais que je suis la meilleure. » Et il faut le crier sur les toits. Que tout le monde le sache. Qu'ils le répètent à leur tour. Ah ! misère, c'est terrible de vous voir, là, vous tortiller comme si vous mouriez d'envie qu'on vous *excuse* de ce que vous êtes. Ce n'est pas comme ça que ça doit se passer.

Mrs Oliver s'était dit qu'on aurait presque pu la prendre pour une actrice en herbe tâchant d'apprendre un rôle, et que la conseillère artistique trouverait désespérément rétive. En l'occurrence, toutefois, les choses n'allaient pas présenter ici de difficultés insurmontables. Au sortir de la table, arriveraient quelques filles sur le pied de guerre — Mrs Oliver en voyait d'ailleurs déjà une ou deux qui la guettaient. Tout ça resterait sans grande conséquence. Elle allait arborer un sourire aimable et répéter à qui mieux mieux : « Comme c'est gentil à vous. Cela me fait tellement plaisir. C'est tellement agréable de savoir que quelqu'un aime ce qu'on écrit. » Les habituelles fadaises éculées. Comme si on plongeait la main dans une boîte et qu'on en sortait une ribambelle toute faite de mots appropriés, tel un collier de perles. Ensuite de quoi, au bout d'un petit moment, Mrs Oliver pourrait s'esquiver sur la pointe des pieds.

Elle promena le regard autour de la table, pensant y apercevoir peut-être quelques amis aussi bien qu'admirateurs éventuels. En effet, elle vit de loin Maurine Grant, avec laquelle on ne s'ennuyait jamais. L'heure arriva, les femmes de lettres et chevaliers servants ayant eux aussi pris part aux agapes se levèrent. Tout le monde se dirigea en rangs serrés vers les fauteuils, les canapés, les recoins intimes, les petites tables où allait être servi le café. L'heure de tous les dangers, Mrs Oliver s'en faisait souvent la remarque — encore que cette heure-là sonnât habituellement pour elle plutôt au cours des cocktails que des réceptions littéraires qu'elle ne fréquentait guère. Le péril était désormais imminent : quelqu'un dont on ne se souviendrait pas mais qui lui, aurait bonne mémoire, ou bien quelqu'un à qui on n'aurait absolument pas envie de parler mais qu'il serait impossible d'éviter. En l'occurrence, ce fut au premier cas de figure que se heurta Mrs Oliver — si tant est qu'il soit permis de s'exprimer ainsi. Une grande femme. Forte stature, denture blanche et carnassière. Ce qu'on aurait appellé en France une *femme formidable*, à ceci près qu'au seul côté « impressionnant » de la Française se surajoutait chez elle la touche d'autorité sans faille de l'Anglaise bon teint. De toute évidence, soit elle connaissait Mrs Oliver, soit elle avait décidé de faire sa connaissance sur-le-champ. La dernière proposition s'avéra la bonne.

— Ah ! Mrs Oliver, lança-t-elle d'une voix haut perchée. Quel plaisir de vous croiser ici aujourd'hui. Il y a si longtemps que je souhaitais en avoir l'occasion. Je raffole tout simplement de vos romans. Mon fils également. Et mon mari, lui, insistait toujours pour en emporter au moins deux lorsqu'il partait en voyage. Mais venez donc vous asseoir. Il y a tant de choses que j'aimerais vous demander.

Allons bon ! songea Mrs Oliver. Ça n'est certes pas le type de femme que je préfère. Mais après tout, celle-là ou une autre...

Elle se laissa donc prendre en main avec une fermeté que n'aurait pas reniée une auxiliaire de la police en service commandé. Son interlocutrice la pilota jusqu'à l'autre bout de la salle, la poussa vers un canapé pour deux, accepta le café qu'on lui proposait et en posa également un d'office devant Mrs Oliver.

— Bien. Nous voilà maintenant installées. Je ne crois pas que vous connaissiez mon nom. Je m'appelle Mrs Burton-Cox.

— Ah oui ? releva Mrs Oliver, aussi gauche qu'à l'accoutumée.

Mrs Burton-Cox ? Cette femme écrivait-elle elle aussi des romans ? Non, Mrs Oliver ne se rappelait rien à son sujet. Il lui semblait pourtant avoir déjà entendu ce nom-là. Un vague souvenir l'effleura. Pas de fiction, rien de léger ni de frivole, pas de littérature criminelle. Une étude hautement intellectuelle sur la politique à travers les âges, quelque chose dans ce goût-là ? Un traité sur l'art de gouverner les peuples ? La conversation ne devrait pas présenter de difficultés, conclut Mrs Oliver, soulagée. Il suffira que je la laisse discourir en plaçant de temps à autre un « Comme c'est intéressant ! »

— Ce que je m'apprête à vous confier va beaucoup vous étonner, annonça Mrs Burton-Cox. Mais la lecture de vos romans m'a fait sentir à quel point vous vous intéressiez à autrui, jusqu'où allait votre compréhension de l'être humain. Alors je me suis dit que si quelqu'un pouvait me fournir la réponse à la question majeure que je souhaite poser, c'était bien vous.

— Je ne vois vraiment pas, en fait..., amorça Mrs Oliver dans son désir de trouver les formules appropriées pour expliquer qu'elle craignait de ne pas être à la hauteur de ce qu'on attendait d'elle.

Mrs Burton-Cox trempa un morceau de sucre dans son café et le croqua avec un enthousiasme passablement carnassier, comme s'il s'était agi d'un os. Des dents en ivoire, peut-être, songea vaguement Mrs Oliver. En ivoire ? Les chiens étaient pourvus de dents d'ivoire, les morses aussi, les éléphants aussi bien sûr. De grandes et longues défenses d'ivoire. Mrs Burton-Cox continuait :

— Mais avant tout, la première chose qu'il me faut vous demander — encore que je sois quasi certaine de la réponse —, la première choses, disais-je, est celle-ci : vous avez bien une filleule, n'est-ce pas ? Une filleule qui s'appelle Célia Ravenscroft ?

— Oh ! fit Mrs Oliver, plutôt agréablement surprise.

Discuter filleules lui paraissait à la rigueur dans ses moyens. Des filleules, elle en avait des tas — ainsi que des filleuls, d'ailleurs. Il arrivait parfois, force était d'en convenir à mesure que son âge avançait, qu'elle ne se souvienne plus du nom de tous. Elle avait rempli son devoir en temps voulu, lequel devoir consistait à envoyer des jouets à ses filleuls pour Noël lorsqu'ils étaient enfants, à aller les voir eux et leurs parents ou à les inviter dans le courant de leurs études, à emmener les garçons en ville, le cas échéant, et les filles de même. Puis quand venait l'heure des consécrations, que ce soit le vingt et unième anniversaire auquel une marraine a son rôle à jouer au vu et au su de tout un chacun, et à le jouer élégamment de surcroît, ou bien au mariage qui donne lieu au même type de cadeau accompagné d'un don pécuniaire ou autre. Par la suite, les filleuls passaient quelque peu au second, voire à l'arrière-plan. Ils se mariaient, partaient pour des ambassades à l'étranger ou se lançaient dans des carrières sociales. En tout cas, ils sortaient peu à peu du décor. On avait certes plaisir à les revoir lorsqu'il advenait qu'ils resurgissent tout à coup à l'horizon. Mais il fallait alors réfléchir pour se rappeler la dernière fois qu'on les avait entrevus, qui étaient les parents d'une telle, et quel lien avait bien pu mener à ce qu'on soit choisie pour marraine.

— Célia Ravenscroft, répéta Mrs Oliver en se torturant les méninges. Oui..., oui bien sûr. Mais oui, absolument.

Mais aucune image de Célia Ravenscroft ne lui revenait en mémoire, en tout cas aucune image récente. Le baptême. Pour le baptême de Célia, Mrs Oliver avait déniché comme cadeau une très jolie passoire d'argent du dix-huitième. Très jolie. Idéale pour passer le lait, et de plus, tout à fait le genre d'objet dont une filleule parviendrait toujours à tirer une belle petite somme pour peu qu'elle ait vraiment besoin d'argent un jour. Oui,

Mrs Oliver se souvenait parfaitement bien de la passoire en argent. Dix-huitième siècle... 1711. Poinçon Britannia. C'était tellement plus facile de se souvenir des cafetières, passoires et autres timbales de baptême en argent que des bébés baptisés.

— Oui, fit-elle. Oui, bien sûr. Mais je crains que cela fasse vraiment très longtemps maintenant que je n'ai pas vu Célia.

— Je l'imagine aisément. C'est une jeune personne assez impulsive, bien sûr, enchaîna Mrs Burton-Cox. À savoir qu'elle change souvent d'idée. Elle est très intelligente, cela va de soi, et elle s'est montrée brillante à l'université, mais ses opinions politiques... Enfin ! je suppose qu'aujourd'hui, tous les jeunes ont les leurs.

— J'ai bien peur de ne pas tellement me préoccuper de politique, s'empressa de déclarer Mrs Oliver qui de tout temps, avait proscrit le sujet.

— Je vais vous faire une confidence, voyez-vous. Je vais vous expliquer précisément ce que je cherche à savoir. Je suis sûre que vous ne vous en formaliserez pas. J'ai entendu quantité de gens louer votre gentillesse, votre sollicitude en toutes occasions.

Je me demande si elle ne va pas essayer de m'emprunter de l'argent, se rembrunit Mrs Oliver qui avait connu bien des conversations débutant par un préambule de ce genre.

— Il s'agit d'une question de la plus haute importance pour moi, voyez-vous. D'un point essentiel qu'à mon sens, je me *dois* de tirer au clair. Célia, voyez-vous, s'apprête à épouser mon fils Desmond.

— Ah ! vraiment, fit platement Mrs Oliver.

— Tel est, en tout cas, leur projet du moment. Bien entendu, on ne saurait s'engager sans savoir où l'on va, or il y a un détail que je tiens vraiment à tirer au clair. Il s'agit là d'une demande tout à fait hors du commun et que je ne peux formuler auprès de n'importe qui... je veux dire par là que je ne pourrais en aucun cas poser de but en blanc la question à un parfait inconnu, mais je ne vous considère pas comme une inconnue, chère Mrs Oliver.

J'aimerais mieux que si, songea Mrs Oliver, que l'agacement gagnait à présent. Elle se demanda si Célia n'avait par hasard pas mis au monde un enfant illégitime, ou si elle n'était pas sur le point de le faire, et si elle-même, Mrs Oliver, était censée le savoir et donner des précisions. Ce serait une situation d'une totale ambiguïté. D'un autre côté, se dit-elle, cela fait maintenant cinq ou six ans que je n'ai plus revu ma filleule, qui doit avoir quelque chose comme 25 ou 26 printemps. Il me sera donc facile de dire que je ne suis au courant de rien.

Mrs Burton-Cox avança le buste et poussa un profond soupir.

— Je tiens à ce que vous me répondiez car je suis sûre que vous devez savoir, ou qu'en tout cas vous avez une idée précise de la façon dont tout cela s'est déroulé. Qui, du père ou de la mère de Célia, a tué l'autre ? Est-ce que c'est la mère qui a tué le père, ou le père qui a tué la mère ?

Mrs Oliver s'attendait à tout, mais certes pas à cela. Elle dévisagea Mrs Burton-Cox d'un regard incrédule.

— Mais je ne...

Elle s'interrompit, puis :

— Je... Je ne comprends pas. Je veux dire... pour quelle raison...

— Vous devez bien le *savoir*, chère Mrs Oliver... Enfin quoi, une affaire qui a fait tant de bruit... Je sais, bien sûr, que cela remonte à quelque temps déjà : dix ou vingt ans au bas mot, mais il y a eu un battage énorme à l'époque. Je suis sûre que vous vous souviendrez, vous *devez* vous souvenir.

Mrs Oliver fouillait fébrilement sa mémoire. Célia était sa filleule. Ce point-là ne faisait aucun doute. La mère de Célia... oui, bien sûr. La mère de Célia était Molly Preston-Grey, une amie de Mrs Oliver, quoique pas une amie particulièrement intime, et elle avait épousé... oui... comment s'appelait-il, déjà ? sir Quelque-chose Ravenscroft, un militaire de carrière... À moins qu'il n'ait été ambassadeur ? Incroyable qu'on n'arrive pas à se rappeler ces choses-là. Mrs Oliver ne se rappelait même pas si oui ou non, elle avait été demoiselle d'honneur au mariage de Molly. Il lui semblait que oui. Un mariage plutôt chic à la Guards Chapel, ou quelque chose dans le genre. On oubliait pourtant bel et bien. Plusieurs années s'étaient ensuite écoulées avant que Mrs Oliver ne revoie le couple, parti pour Dieu sait où... le Moyen Orient ? L'Iran ? Avec une fois un détour par l'Égypte ? La Malaisie ? Elle les revoyait de loin en loin, lors de leurs passages en Angleterre. Mais ces rencontres étaient comme ces photos qu'on a prises pour les regarder plus tard : on sait vaguement qui figure dessus, mais le cliché est tellement fané qu'on ne reconnaît vraiment plus personne, qu'on ne se souvient plus de qui il s'agit. Et voilà qu'à présent, elle n'arrivait plus à se rappeler si sir Quelque-chose Ravenscroft et lady Ravenscroft, née Molly Preston-Grey, avaient tenu dans sa vie une place importante. Il lui semblait que non. Quoique...

Mrs Burton-Cox regardait toujours Mrs Oliver. La regardait comme si la décevaient le manque de savoir-faire de cette dernière et son incapacité à se rappeler ce qui avait manifestement été une cause célèbre.

— Qui a tué ? Vous parlez... d'un accident ?

— Oh ! non. Pas d'un accident. Dans les Cornouailles, je crois. Un endroit au bord de la mer. Où il y avait des rochers. Ils y possédaient une maison. Et on les a tous deux retrouvés là-bas, sur la falaise, abattus par balle, vous savez bien. Sans que rien permette à la police d'établir si c'était la femme qui avait tiré sur le mari avant de se suicider, ou si c'était le mari qui avait tué la femme avant de retourner l'arme contre lui. Les indices — balles et autres — ont tous été examinés en vain. Les autorités ont pensé qu'il pouvait s'agir d'un pacte de suicide, mais... je ne me souviens pas du verdict. Inadvertance ou quelque chose d'approchant. Cependant tout le monde savait, bien sûr, que ç'avait forcément été *intentionnel*, si bien qu'à l'époque, un tas de ragots ont couru...

— Dont aucun n'était probablement fondé, hasarda Mrs Oliver en s'efforçant de se rappeler ne serait-ce qu'un des ragots en question.

— Ma foi, peut-être. Pourquoi pas. Il est parfois très dur de se prononcer, je sais. Il y a eu des rumeurs à propos d'une dispute survenue le jour même ou la veille, des allusions à un autre homme et, comme il se doit, les histoires habituelles concernant une autre femme. Allez savoir le fin mot dans ces cas-là ! Je crois qu'on a surtout cherché à étouffer l'affaire en raison de la situation assez éminente du général Ravenscroft. Il me semble d'ailleurs qu'on a déclaré qu'il avait fait un séjour dans une maison de repos cette année-là, qu'il était très déprimé ou quelque chose comme ça, et qu'il ne savait plus vraiment ce qu'il faisait.

— J'ai bien peur de devoir avouer que j'ignore

tout de cette histoire, décréta Mrs Oliver d'une voix ferme. Maintenant que vous en reparlez, je me souviens qu'un drame de ce genre s'est en effet déroulé, je me souviens des noms et aussi du fait que je connaissais les gens en question, mais je n'ai jamais su ce qui était arrivé. Et je ne pense *réellement* pas avoir la moindre idée de...

Et, tout aussi réellement, songea Mrs Oliver qui aurait aimé avoir le courage de le dire à voix haute, je me demande bien comment il se fait que vous ayez le culot de me demander une chose pareille.

— Il est de la plus haute importance pour moi d'en avoir le cœur net, affirma Mrs Burton-Cox.

Dans ses yeux froids comme des billes d'agate s'alluma une brusque lueur.

— C'est important à cause de mon fils, voyez-vous, de mon enfant chéri qui veut épouser Célia.

— J'ai bien peur de ne pas pouvoir vous aider, répliqua Mrs Oliver. Je n'ai aucune information à ce sujet.

— Vous *devez* pourtant bien savoir, insista Mrs Burton-Cox. Voyons, avec les merveilleux romans que vous écrivez, vous devez forcément tout savoir du crime. Vous savez qui assassine, et pourquoi. Et je suis sûre que toutes sortes de gens seraient prêts à vous raconter les dessous de l'affaire en question pour peu que vous le leur demandiez, tout le monde adore tellement se repaître de ce genre d'histoires.

— Je ne sais rien du tout, s'obstina Mrs Oliver d'un ton qui n'avait plus grand-chose de courtois et dont les accents révélaient à présent un dégoût audible.

— Mais à qui donc une mère pourrait-elle s'adresser pour poser ces questions, je vous le demande ? Vous ne me voyez tout de même pas aller trouver la police au bout de tant d'années !

Et d'ailleurs je ne pense pas que ces messieurs me diraient quoi que ce soit après s'être manifestement efforcés d'étouffer l'affaire. J'ai pourtant la conviction qu'il me faut savoir la *vérité*.

— Je ne fais qu'écrire des romans, déclara froidement Mrs Oliver. Mes histoires sont purement fictives. Je n'ai aucune connaissance personnelle en matière de criminalité, et aucun avis sur la criminologie tant en général qu'en particulier. Je crains donc de ne pouvoir vous apporter *aucune* aide.

— Mais vous pourriez demander à votre filleule. À Célia.

— Demander à Célia !

Le regard de Mrs Oliver exprimait toute l'étendue de son ahurissement.

— Je ne vois pas comment je pourrais faire *ça*. Célia n'était... voyons, il me semble qu'elle devait n'être encore qu'une enfant à l'époque.

— Bah ! je parie qu'elle n'a pas perdu une miette de l'affaire, riposta Mrs Burton-Cox. Les enfants sont toujours au courant de tout. Et elle accepterait de vous le dire. À *vous*, je suis sûre qu'elle accepterait de le faire.

— À mon avis, vous feriez mieux de lui demander vous-même, tempêta Mrs Oliver.

— Je me vois mal m'y résoudre, grinça Mrs Burton-Cox. Voyez-vous, je ne crois pas que Desmond apprécierait. C'est que, voyez-vous, il se montre plutôt... — comment dire ? — plutôt susceptible pour tout ce qui a trait à Célia, et je ne crois vraiment pas... non, décidément non... alors qu'au contraire je suis sûre que la chère petite se ferait une joie de tout vous raconter en détail.

— Je ne saurais envisager une seconde de lui poser la question, trancha Mrs Oliver.

Là-dessus, elle fit mine de consulter sa montre.

— Seigneur ! s'écria-t-elle, nous avons passé tellement de temps autour de cet excellent déjeuner. Il faut maintenant que je me dépêche, j'ai un rendez-vous très important. Au revoir, Mrs... euh... Bedley-Cox, navrée de ne pas pouvoir vous aider mais ces histoires-là sont passablement délicates... et puis, au fond, est-ce que cela fait vraiment pour vous une grande différence ?

— Ah ! mais c'est précisément que cela fait *toute* la différence.

À ce moment-là, une sommité littéraire bien connue de Mrs Oliver vint à passer. Cette dernière bondit pour se jeter quasiment à son cou :

— Louise, ma chère, quel plaisir de vous voir ! Je n'avais pas remarqué que vous étiez là.

— Oh ! Ariadne, cela fait si longtemps que je ne *vous* avais vue. C'est fou ce que vous avez minci depuis la dernière fois, non ?

— Vous avez l'art de toujours tenir des propos qui vont au cœur, trémola Mrs Oliver en se suspendant au bras de son amie qu'elle entraîna à l'écart du canapé. Je me dépêche de partir, j'ai un rendez-vous.

— Vous vous étiez laissé piéger par cette affreuse mégère, je suppose, c'est ça ? s'enquit l'amie, jetant un coup d'œil par-dessus son épaule en direction de Mrs Burton-Cox.

— Elle me posait des questions tout à fait ahurissantes, gémit Mrs Oliver.

— Ah ? Et vous ne saviez pas comment y répondre ?

— Non. De toute façon, elles ne me regardaient en rien. J'en ignorais tout. Et, qui plus est, je n'avais aucune envie d'y répondre.

— Le sujet abordé présentait un intérêt quelconque ?

— Ma foi, peut-être bien, répondit après un silence Mrs Oliver dans le cerveau imaginatif de laquelle venait soudain de naître une idée nouvelle, peut-être bien, en effet, mais...

— La voilà qui se lève pour repartir sur le sentier de la guerre, annonça l'amie. Venez, Ariadne. Je vais vous extirper d'ici en vitesse et, si toutefois vous n'avez pas votre voiture, je vous conduirai où bon vous semblera.

— Je ne la prends jamais pour me déplacer dans Londres. Se garer est tellement infernal.

— Ne m'en parlez pas. C'est l'horreur absolue.

Mrs Oliver distribua les adieux qui s'imposaient. Remerciements et compliments enthousiastes fusèrent de toutes parts, après quoi ces dames montèrent en voiture et entreprirent de contourner l'un des squares de la ville.

— Eaton Terrace, c'est bien ça ? s'enquit la bienveillante amie.

— Oui, j'y habite toujours, acquiesça Mrs Oliver, mais pour le moment, je vais à... Whitefriars Mansions, je crois. Je ne me souviens pas de l'adresse précise, mais je sais où ça se trouve.

— Ah ! ce groupe d'immeubles résidentiels. Assez modernes. Quasiment cubiques et géométriques en diable.

— C'est ça, acquiesça de nouveau Mrs Oliver.

2

Première allusion aux éléphants

N'ayant pas trouvé son ami Hercule Poirot chez lui, Mrs Oliver dut se résoudre à le rappeler plus tard par téléphone.

— Est-ce que, par hasard, vous seriez chez vous ce soir ? lança Mrs Oliver, assise à côté de l'appareil, les doigts tambourinant sur la table avec un brin d'agacement.

— Mais ne s'agirait-il pas de...

— D'Ariadne Oliver, si, annonça la digne romancière, toujours étonnée de devoir préciser son nom tant elle s'attendait à ce que tous ses amis reconnaissent sa voix dès qu'ils l'entendaient.

— Oui, je serai chez moi toute la soirée. Est-ce à dire que j'aurai le plaisir de votre visite ?

— C'est très gentil à vous de le formuler ainsi, s'émut Mrs Oliver. Je ne sais pourtant pas si ce sera vraiment un plaisir.

— C'en est toujours un que de vous voir, très chère madame.

— Je ne sais pas, répéta Mrs Oliver. Il se pourrait que je... — comment dire ? — que je vous ennuie un peu. Que je vous bombarde de questions. Car je voudrais votre avis sur un sujet bien précis.

— Je suis toujours disposé à le donner à qui veut l'entendre, affirma Poirot.

— Un fantôme a resurgi du passé, expliqua Mrs Oliver. Une affaire pénible, et je ne sais pas quoi faire.

— Et du coup, vous accourez à moi. J'en suis flatté. Éminemment flatté.

— Quelle heure vous conviendrait ? demanda Mrs Oliver.

— 9 heures vous irait-il ? Nous prendrons le café, à moins que vous ne préfériez une grenadine ou un sirop de cassis. Mais non, vous n'aimez pas ça. Je m'en souviens.

— George, lança Poirot à son inestimable valet, nous aurons ce soir la visite de Mrs Oliver. Café, à mon avis, et peut-être un alcool quelconque. Je ne suis jamais sûr de ce qu'elle aime.

— Je l'ai déjà vue boire du kirsch, monsieur.

— Ainsi que de la crème de menthe, me semble-t-il. Mais je crois que c'est le kirsch qu'elle préfère. Fort bien. Qu'il en soit ainsi.

Mrs Oliver arriva à l'heure convenue. Poirot s'était demandé, en dînant, ce qui pouvait bien motiver la visite de la romancière, et pourquoi cette dernière se montrait si dubitative quant à sa propre démarche. Venait-elle lui soumettre un problème difficile ? L'informer d'un crime ? Avec Mrs Oliver, Poirot ne le savait que trop, il pouvait s'agir de n'importe quoi. Des pires banalités comme des événements les plus extravagants. Aux yeux de la romancière, tout était en effet, pour parler vulgairement, du pareil au même. Mrs Oliver avait un problème et se faisait du mauvais sang, se dit-il. Bah ! on saurait trouver la solution au problème de Mrs Oliver. On avait toujours su régler les problèmes de Mrs Oliver. Il était parfois arrivé qu'elle exaspère le valeureux détective, qu'elle le pousse à bout. Cela dit, il ne l'en appréciait pas moins pour autant. Ensemble, ils avaient partagé bien des aventures, et vécu des expériences inoubliables. Poirot avait lu dans le journal un entrefilet où il était fait mention de son amie, et ce, pas plus tard que ce matin-là — à moins que ce n'ait été dans l'édition de la veille au soir ? Il fallait qu'il tâche de s'en souvenir avant qu'elle n'arrive. Il venait tout juste de se le rappeler quand Mrs Oliver fut annoncée.

Dès qu'il la vit entrer, Poirot déduisit que le diagnostic d'inquiétude qu'il avait formulé n'était pas faux. La coiffure passablement compliquée de son amie était en désordre, celle-ci y ayant fourragé avec la frénésie qui la saisissait par moments. Poirot l'accueillit avec toutes les manifestations du plaisir le plus vif, l'installa dans un fauteuil, lui versa une tasse de café et lui tendit un verre de kirsch.

— Ouf ! fit Mrs Oliver avec un soupir de soulagement. Bon, je sais que vous allez me trouver complètement idiote, mais je tiens quand même à...

— J'ai lu que vous avez assisté à un déjeuner littéraire, la coupa Poirot. Femmes écrivains de renommée universelle ou quelque chose d'approchant. Je croyais que vous ne fréquentiez jamais ce genre de raouts.

— Habituellement, non, répondit Mrs Oliver. Et on ne m'y reprendra d'ailleurs pas de sitôt.

— Tiens donc ! Vous avez beaucoup souffert ?

La compassion dont témoignait Poirot était sincère. Il savait par quelles affres pouvait passer Mrs Oliver. L'excès de louanges la plongeait immanquablement dans l'embarras car, comme elle le lui avait maintes fois confié, elle ne trouvait jamais la réplique appropriée.

— Ces festivités ne vous ont pas plu ?

— Si, jusqu'à un moment donné, avoua-t-elle. Mais il s'est ensuite produit un incident pénible.

— Et c'est de cela que vous êtes venue me parler.

— En effet, quoique je me demande bien pourquoi. Car enfin ça n'a rien à voir avec vous, et je ne pense même pas qu'il s'agisse du genre de sujet susceptible de vous intéresser. D'ailleurs ça ne m'intéresse pas vraiment moi-même. Encore qu'il y ait des chances pour que ça le fasse quand même, sans quoi je ne serais pas là à vous embêter pour savoir ce que vous en pensez — et ce que... ma foi, ce que vous feriez à ma place.

— Question très épineuse que cette dernière, pontifia Poirot. Je sais comment moi, Hercule Poirot, j'agirais en toutes circonstances, mais, si bien que je vous connaisse, j'ignore comment vous-même vous tireriez d'affaire.

— Vous devez pourtant bien en avoir à présent

une petite idée, lança Mrs Oliver. Vous et moi agissons de concert depuis assez longtemps.

— Cela fait combien de temps, voyons ? Une bonne vingtaine d'années, au bas mot ?

— Oh ! je n'en sais trop rien. Les dates, les années, je n'arrive jamais plus à me les rappeler. Désormais, je mélange tout. Je me souviens de 1939 parce que c'était l'année où la guerre a commencé, et de quelques autres dates par-ci par-là, à cause de menues broutilles.

— Quoi qu'il en soit, vous avez assisté à votre déjeuner littéraire. Et vous n'en avez guère été enchantée.

— Le repas m'a plu, mais c'est après que ça s'est gâté.

— Les gens vous ont débité des âneries, avança Poirot avec la sollicitude d'un médecin s'enquérant des symptômes d'un mal incurable.

— Mettons qu'ils s'apprêtaient seulement à me débiter des âneries quand m'est tout à coup tombée dessus une de ces grandes femmes autoritaires qui jouent les rouleaux compresseurs et n'ont pas leurs pareilles pour vous mettre dans le trente-sixième dessous. Comme quelqu'un qui attraperait un papillon ou je ne sais quoi, vous voyez, sauf que celle-là était du genre à ne pas avoir besoin de filet. Elle m'a comme qui dirait encerclée, poussée jusqu'à un canapé, et là, elle m'a entreprise au sujet d'une de mes filleules.

— Allons bon ! Une filleule que vous aimez bien ?

— Ça fait des années que je ne l'ai pas vue, éluda Mrs Oliver. Que voulez-vous, des filleuls — garçons ou filles —, j'en ai tant que je n'arrive pas à garder le contact avec tous. Et là-dessus, voilà que cette créature me pose une question tout ce qu'il y a de gênante. Elle voulait que je... ah ! mon Dieu, ça m'est tellement difficile de vous raconter ça...

— Mais non, assura gentiment Poirot. C'est facile comme bonjour. Tôt ou tard, tout le monde finit par tout me raconter. Pour vous autres Anglais, je ne suis qu'un étranger, voyez-vous. Ce que vous pouvez me confier n'a donc aucune importance. Je ne suis qu'un étranger, ça ne tire donc pas à conséquence.

— C'est ma foi vrai qu'auprès de vous, il n'est pas sorcier de s'épancher, convint Mrs Oliver. Cette femme, voyez-vous, m'a posé des questions sur le père et la mère de ma filleule. Elle m'a demandé si c'était la mère qui avait tué le père, ou le père qui avait trucidé la mère.

— Plaît-il ? s'étonna Poirot.

— Oh ! je sais que ça a l'air complètement fou. Moi, ça m'a paru totalement aberrant.

— Si c'était la mère de votre filleule qui avait tué le père de la susdite... ou bien si c'était au contraire le père de la chère enfant qui lui avait tué sa mère, répéta pensivement Poirot.

— C'est cela même, confirma Mrs Oliver.

— Mais... qui avait fait quoi ?

— Ma foi, on les a un beau jour retrouvés tous deux abattus par balle, expliqua Mrs Oliver. Au sommet d'une falaise. Je ne me rappelle pas si c'était en Corse ou bien dans les Cornouailles. Quelque chose comme ça. Le drame remonte à des années. Mais cela dit, bon sang ! pourquoi venir me trouver moi ?

— Parce que vous écrivez des romans criminels, voilà tout, répondit Poirot. La dame se sera sans doute imaginé que le crime quel qu'il soit ne saurait avoir pour vous le moindre mystère. Mais — et ceci tout à fait entre nous —, cette tuerie s'est réellement produite dans la réalité ?

— Ah ! mais oui, je viens de vous l'expliquer. La dame, comme vous dites, ne me posait pas une question du genre « que ferait X ? » ou

« quelle serait la marche à suivre si votre mère avait tué votre père ou votre père trucidé votre mère ? » Non, elle donnait dans le concret, il s'agissait d'un fait divers bien réel. Je crois que je ferais mieux de tout vous raconter. Enfin bon, je ne me souviens pas de tous les détails, mais la mort de sir Alistair Ravenscroft et de son épouse avait provoqué pas mal de remous à l'époque. Ça remonte à peu près à... ma foi, à une douzaine d'années au moins. La future lady Ravenscroft et moi avions été à l'école ensemble et étions restées plus ou moins amies. L'affaire a connu un grand retentissement : tous les journaux en ont parlé, vous voyez le genre. Il s'agissait d'un couple parfaitement heureux. Lui était colonel, ou général, ou Dieu sait quoi. Et elle, elle l'accompagnait partout, et ils avaient voyagé aux quatre coins du monde. Et puis ils se sont mis en tête d'acheter cette maison je ne sais plus où... à l'étranger, me semble-t-il, mais du diable si je me rappelle l'endroit. Et alors là, patatras : les journaux se sont tout à coup mis à publier des comptes rendus de l'affaire et à s'interroger sur de multiples hypothèses. Une tierce personne les avait-elle abattus ? S'agissait-il d'un crime crapuleux ? Ne se seraient-ils pas plutôt tués l'un l'autre ? Je crois qu'il a été question d'un revolver qui se trouvait dans la maison depuis des lustres et... enfin, bref, je vais essayer de me creuser la cervelle pour vous raconter tout ce que je peux me rappeler.

S'étant quelque peu ressaisie, Mrs Oliver parvint à faire à Poirot un résumé plus ou moins clair de ce qu'elle-même avait entendu dire à l'époque. De temps à autre, Poirot se faisait préciser tel ou tel détail.

— Mais pourquoi ? demanda-t-il enfin. Pourquoi cette femme peut-elle bien souhaiter en avoir le cœur net ?

— Ma foi, c'est ce que je veux tirer au clair, répondit Mrs Oliver. Je pourrais prendre contact avec Célia, j'imagine. Elle doit toujours vivre à Londres. À moins qu'elle n'habite Cambridge, ou Oxford... il me semble qu'elle y a obtenu un diplôme et que soit elle y donne des cours, soit elle enseigne je ne sais où. Elle est très moderne, avec ça. Elle fréquente des garçons à cheveux longs et des filles à vêtements extravagants. Je ne pense pas qu'elle se drogue. Trop bien pour ça. Je reçois de ses nouvelles de loin en loin : une carte de vœux à Noël, vous voyez le genre. Cela dit, on ne passe pas son temps à penser à ses filleuls, et Célia a quelque chose comme 25, 26 ans.

— Elle n'est pas mariée ?

— Non. Mais elle s'apprête apparemment à épouser le fils de Mrs... comment s'appelle cette femme, déjà ? Ah ! oui, Mrs Brittle... non, Burton-Cox.

— Et Mrs Burton-Cox ne veut pas que son fils épouse cette jeune fille sans savoir au préalable si c'est son père qui a tué sa mère ou si ce ne serait pas plutôt sa mère qui aurait tué son père ?

— Ma foi, ça doit être ça, j'imagine, répondit Mrs Oliver. C'est la seule explication qui me vienne. Encore que je ne saisisse pas où se situe le problème. Si les parents d'une jeune fille se sont entretués, le fait que ce soit l'un qui ait tué l'autre ou vice-versa devrait-il revêtir la moindre importance aux yeux de la future belle-mère ?

— Voilà un sujet sur lequel il vaudrait sans doute la peine que l'on s'attarde, déclara Poirot. C'est... ma foi oui, très intéressant quand on y réfléchit. Je ne veux pas dire par là que cela m'intéresse du point de vue de sir Alistair et lady Ravenscroft, mais je crois me rappeler vaguement une affaire du même genre qui... Enfin bref, ce qui est curieux, c'est le comportement de

Mrs Burton-Cox. Peut-être est-elle un peu dérangée mentalement. Elle est très attachée à son fils ?

— Probablement, répondit Mrs Oliver. Et probablement aussi ne tient-elle pas du tout à ce qu'il épouse Célia.

— Parce que la jeune fille aurait hérité d'une prédisposition à tuer son conjoint... ou Dieu sait quelle inclination du même ordre ?

— Comment le saurais-je ? s'énerva Mrs Oliver. Cette femme semble croire que je suis en mesure de répondre à sa demande, mais elle ne m'en a vraiment pas assez dit. Qu'y a-t-il derrière tout ça, d'après vous ? Qu'est-ce que ça *signifie* ?

— Encore un point qu'il conviendrait éventuellement d'élucider, déclara Poirot.

— Eh bien, c'est précisément pour ça que je suis venue vous voir. Vous n'aimez rien tant qu'élucider les problèmes, les mystères dont vous ne percevez pas d'emblée la raison. Dont personne ne perçoit d'emblée la raison, j'entends.

— Pensez-vous que Mrs Burton-Cox ait une préférence ? demanda Poirot.

— À savoir si elle préférerait que le mari ait tué la femme, ou au contraire la femme, tué le mari, c'est ça ? Non, je ne pense pas.

— Bien, enchaîna Poirot. Je comprends vos états d'âme : vous rentrez chez vous après une réception. On vous a sollicitée pour une mission impossible. Et vous vous demandez quelle est la bonne méthode pour vous tirer de ce mauvais pas.

— Et quelle est-elle, cette bonne méthode, selon vous ? demanda Mrs Oliver.

— Il m'est difficile de répondre, déclara Poirot. Je ne suis pas une femme. Or c'est une femme, inconnue de vous de surcroît, qui vous a soumis ce problème sans vous donner d'explication intelligible.

— Tout ça est bel et bon, vitupéra Mrs Oliver. Mais à présent, que fait la malheureuse Ariadne ?

— La malheureuse Ariadne, sourit Poirot, a le choix entre trois mesures : la première consisterait à adresser à Mrs Burton-Cox un message lui précisant en gros que vous êtes navrée mais qu'après mûre réflexion vous maintenez qu'il vous sera impossible de l'aider dans cette entreprise. En second lieu, vous pourriez vous mettre en relation avec votre filleule et lui expliquer ce que vous a demandé la mère du garçon qu'elle envisage d'épouser. Vous lui feriez dire si elle envisage vraiment de convoler en justes noces avec le jeune homme en question. Et dans ce cas, si elle a la moindre idée, ou son prétendant lui a dit quoi que ce soit des projets que mijote sa mère. Il y aurait également d'autres points intéressants, par exemple faire dire à votre filleule ce qu'elle pense de la mère de l'élu de son cœur. Quant à la troisième, ajouta Poirot, et je vous y engage sans hésiter, c'est...

— Je sais, coupa Mrs Oliver : cela tient en un mot.

— Rien, décréta Poirot.

— Tout juste, renchérit Mrs Oliver. C'est la démarche la plus simple, la plus convenable, je le sais. Rien. C'est qu'il faut avoir toute honte bue pour aller répéter à une jeune fille qui se trouve être ma filleule ce que sa future belle-mère colporte et demande aux gens. Cela dit, un autre élément entre en jeu...

— Je sais, coupa Poirot : l'humaine curiosité, comme disent les poètes.

— Je tiens à savoir pourquoi cette insupportable bonne femme est venue me dire ce qu'elle m'a dit. Une fois que je le saurai, je pourrai me détendre et oublier tout ça. Mais tant que je n'en aurai pas le fin mot...

— Vous ne fermerez pas l'œil, compléta Poirot. Vous vous réveillerez au beau milieu de la nuit, et pour peu que je vous connaisse bien, vous échafauderez les idées les plus extravagantes et les plus farfelues — idées dont bientôt vous serez sans nul doute à même de tirer un roman passionnant.

— Ma foi, à condition d'envisager les choses sous cet angle, je pense que je pourrai trouver en moi le cran pour entrer en lice, reprit Mrs Oliver dans le regard de laquelle venait de s'allumer une lueur.

— Méfiez-vous quand même, conseilla Poirot. L'intrigue sera très difficile à orchestrer. À en juger par les apparences, il ne saurait y avoir la moindre bonne raison dans les menées de la dame.

— N'empêche que j'aimerais m'*assurer* qu'il n'y en a *vraiment* aucune.

— Ah ! l'humaine curiosité ! Quel fascinant trait de caractère, soupira-t-il. Que de merveilles ne lui devons-nous pas depuis la nuit des temps ? La curiosité ! J'ignore qui l'a inventée. On l'attribue d'ordinaire à la gent féline. Curieux comme une vieille chatte. Je crois qu'en réalité, ce sont les Grecs qui en furent les inventeurs. Ils avaient envie de *savoir*. Avant eux, si je ne m'abuse, nul n'avait jamais eu envie de comprendre grand-chose. Les gens cherchaient seulement à connaître les lois du pays dans lequel ils vivaient, histoire d'éviter de se faire décapiter, empaler sur des pieux ou Dieu sait quelle autre fâcheuse mésaventure. Ils se contentaient donc d'obéir, ou de désobéir. Mais ils ne cherchaient pas à savoir le *pourquoi* de toute chose. Depuis ce temps-là, un tas de gens ont cherché à déchiffrer ce *pourquoi*, et toutes les découvertes majeures en ont découlé. Bateaux, trains, machines volantes, bombes atomiques, pénicilline, médicaments soignant diverses maladies. Un gamin regarde la vapeur soulever le couvercle de la bouilloire de sa mère. Et voilà qu'aussitôt après, on a les chemins de fer, qui à la longue, engendrent les grèves de chemins de fer et tout le saint-frusquin. Et caetera.

— Dites-moi, lança Mrs Oliver, me prenez-vous pour la parfaite fouille-... euh... fouille-chose ?

— Non, répondit Poirot. Je ne crois somme toute pas que vous soyez quelqu'un de très curieux. En revanche, lors d'une réception littéraire, je vous imagine tout à fait vous décarcassant pour vous dépêtrer d'un excès de gentillesses et de louanges. Et ce faisant, vous avez cette fois plongé à corps perdu dans un problème embarrassant et conçu une violente aversion à l'égard de la personne qui vous a obligée à cela.

— En effet. C'est une créature très pénible, quelqu'un de très désagréable.

— Ce meurtre surgi du passé, au sein de ce couple censé si bien s'entendre, que nul ne savait aux prises avec le moindre différend... Quelqu'un a-t-il jamais entendu parler d'un quelconque mobile, d'après vous ?

— Le mari et la femme ont été abattus par balle. Oui, abattus. Il pouvait s'agir d'un pacte de suicide. Il me semble que la police a de prime abord considéré que c'était le cas. Mais bien entendu, au bout de tant d'années, on ne peut plus rien découvrir.

— Oh ! que si, protesta Poirot. Je me crois personnellement de taille à découvrir pas mal de choses.

— Vous voulez dire... par l'entremise de quelques-uns de vos géniaux amis ?

— Ma foi, je ne pensais pas forcément aux géniaux amis. Il n'en demeure pas moins que je compte, vous avez mille fois raison, nombre d'amis bien informés, des amis susceptibles de me faciliter l'accès à certaines archives ainsi que de consulter pour moi les comptes rendus qu'occasionna ce crime à l'époque.

— Vous pourriez débroussailler le dossier, suggéra Mrs Oliver, pleine d'espoir, et ensuite me faire part de vos avancées.

— En effet, confirma Poirot. Je crois que je pourrais à tout le moins vous aider à appréhender la totalité des éléments de l'affaire. Cela prendra un peu de temps, toutefois.

— Je comprends bien que si vous faites ça, c'est-à-dire ce que je vous demande, il faudra que *moi*, j'agisse aussi de mon côté. Que je voie ma filleule. Que je voie si elle sait quoi que ce soit sur cette affaire, que je lui demande si elle souhaite que je tape sur les doigts de sa future belle-mère, ou si je peux l'aider d'une quelconque autre manière. Et j'aimerais aussi voir le garçon qu'elle s'apprête à épouser.

— Très bien, fit Poirot. Excellent.

— Je pense en outre, ajouta Mrs Oliver, qu'il pourrait y avoir des gens qui... Elle s'interrompit, sourcils froncés.

— Je ne crois pas que des gens, comme vous dites, puissent vous être d'un grand secours, enchaîna Hercule Poirot. C'est une affaire qui appartient au passé. À l'époque, sans doute s'est-il agi d'une cause célèbre. Mais, quand on y songe, qu'est-ce après tout qu'une cause célèbre ? À moins qu'elle ne donne lieu à un dénouement stupéfiant — ce qui, en l'occurrence, n'a pas été le cas — passé dix ans, nul ne s'en souvient plus.

— Vous n'avez, hélas, que trop raison. Les journaux ont eu beau continuer quelque temps à noircir du papier sur la question, l'affaire a fini par tomber dans l'oubli. Comme tant d'autres à l'heure actuelle. Comme l'histoire de cette fille, l'autre jour. Vous savez, celle qui était partie de chez elle et qu'on n'avait plus retrouvée nulle part. Enfin bon, ça remonte à cinq ou six ans, et puis voilà qu'un beau matin, un gosse qui jouait sur un tas de sable ou dans une carrière ou je ne sais trop quoi... voilà qu'il tombe tout à coup sur le cadavre de la malheureuse. Cinq ou six ans plus tard.

— C'est vrai, acquiesça Poirot. Comme il n'est pas moins vrai que l'état d'un cadavre au moment de sa découverte permet de déterminer la date de la mort et qu'en se référant aux événements de ce jour bien précis ainsi qu'à l'étude des comptes rendus de divers événements similaires, on arrive parfois, au bout du compte, à démasquer l'assassin. Cela dit, votre enquête à vous sera plus difficile puisqu'il n'existe apparemment que deux solutions possibles : soit le mari détestait sa femme et voulait s'en débarrasser, soit la femme haïssait son mari ou bien avait un amant. En conséquence de quoi, il a aussi bien pu s'agir d'un crime passionnel que de quelque chose d'entièrement différent. Et si la police n'est pas parvenue à tirer l'affaire au clair à l'époque, c'est que le mobile ne devait pas sauter aux yeux. Ce qui explique d'ailleurs en passant pourquoi l'intérêt suscité par l'affaire n'a pas tardé à retomber.

— Je pense que si j'allais trouver...

— Votre filleule ? Au fait, avez-vous la moindre idée de l'âge qu'elle pouvait avoir à l'époque ?

— Ma foi, je suis incapable de vous le préciser

de but en blanc. À vue de nez, elle devait avoir quelque chose comme 9 ou 10 ans, peut-être plus, je ne sais pas. Il me semble qu'elle était au pensionnat au moment du drame. Mais il se peut que ma mémoire brode tout bonnement à partir de ce que j'ai lu.

— Pourtant, votre Mrs Burton-Cox espérait vous amener à lui soutirer des renseignements. Ce qui inciterait à penser que cette jeune personne sait quelque chose, quelque chose qu'elle aura dit au fils Burton-Cox, et que le fils aura répété à sa mère. J'imagine que Mrs Burton-Cox a très bien pu essayer d'interroger elle-même la fille, qui l'aura envoyée paître, après quoi elle aura pensé à la célèbre Mrs Oliver laquelle, étant la marraine et de surcroît férue de criminologie, pourrait obtenir des renseignements. Cela dit, je ne vois toujours pas en quoi l'affaire concerne cette dame, avoua Poirot. Et je n'ai toujours pas non plus l'impression que, si longtemps après, ceux que vous appelez vaguement les « gens » puissent vous être d'une aide précieuse. Y a-t-il des gens qui se souviennent ? Les gens ont-ils *vraiment* de la mémoire ?

— Figurez-vous qu'en fait, s'exclama Mrs Oliver, j'étais en train de penser aux éléphants !

— Aux éléphants ?

Comme bien souvent par le passé, Poirot se dit que Mrs Oliver était décidément la plus imprévisible des femmes. Pourquoi des éléphants, tout à coup ?

— J'y pensais déjà pendant le déjeuner d'hier, ajouta la romancière.

— Et pourquoi pensiez-vous aux éléphants ? s'enquit Poirot avec un brin de curiosité.

— En fait, c'était aux dents en général que je rêvassais, voyez-vous. Aux choses qu'on tâche avec bien du mal de mastiquer lorsqu'on a de fausses dents. C'est qu'il faut savoir ce qu'on peut et ce qu'on ne peut pas manger, voyez-vous.

— Ah ! oui, fit Poirot avec un profond soupir. Oui. Les dentistes peuvent beaucoup, mais ne peuvent pas tout.

— Exactement. De là, je me suis mise à penser... qu'à vrai dire nos dents ne sont faites que d'os — et pas si solides que ça — et que ce serait tellement mieux d'appartenir à la gent canine, qui a des dents en ivoire véritable. Puis j'ai passé en revue les autres créatures bénéficiant de dents en ivoire : les morses... ce genre de bestiaux. Et, de là, j'ai sauté aux éléphants. Bien sûr, quand on pense à l'ivoire, on pense forcément aux éléphants, n'est-ce pas ? Aux grandes et longues défenses d'ivoire des éléphants.

— On ne saurait mieux dire, hasarda Poirot, qui ne comprenait toujours pas où Mrs Oliver voulait en venir.

— J'en suis donc arrivée à la conclusion que ce qu'il faut faire, en réalité, c'est s'adresser aux gens qui s'apparentent aux éléphants. Pour l'excellente raison qu'on va répétant à tous les échos que les éléphants n'oublient rien.

— Je connais l'adage, en effet, glissa Poirot qui sentait sa raison vaciller. On pourrait d'ailleurs aller jusqu'à affirmer qu'ils ont une mémoire d'éléphant.

— Les éléphants n'oublient rien, répéta Mrs Oliver. Vous connaissez cette histoire qu'on raconte aux enfants ? Quelqu'un, un tailleur indien, planta un beau matin une épingle ou je ne sais quoi dans la défense d'un éléphant. Non, pas dans la défense, dans la trompe. Le jour où il croisa à nouveau la route de l'homme en question, l'éléphant, qui venait d'aspirer une grande goulée d'eau, aspergea le tailleur de la tête aux pieds alors que l'épisode de l'épingle remontait à plusieurs années. Il ne l'avait pas oublié. Il l'avait gardé en mémoire. C'est là que je veux en venir, voyez-vous : les éléphants ont, comme vous dites, une mémoire d'éléphant. Alors voilà, ce qu'il faut que je fasse : il faut que j'aille m'entretenir avec quelques éléphants.

— Je ne suis pas encore certain de bien comprendre ce que vous entendez par là, balbutia Hercule Poirot. Qui rangez-vous parmi les éléphants ? À vous entendre, on a l'impression que vous comptez puiser vos renseignements au Zoo de Londres.

— Eh bien ! pas tout à fait, enchaîna Mrs Oliver avec bonne humeur. Il ne s'agit pas d'éléphants au sens propre du terme, mais de gens qui à certains égards s'apparentent aux éléphants. Et, contrairement à ce que vous évoquiez tout à l'heure, il y a bel et bien des gens qui ont *vraiment* de la mémoire. Cela dit, le commun des mortels ne garde en mémoire que le souvenir de détails bizarres ou insignifiants. C'est ainsi que je me souviens d'une fête à l'occasion de mon cinquième anniversaire, d'un gâteau rose... un ravissant gâteau rose. Dessus, il y avait un oiseau en sucre. Et je me souviens aussi du jour où mon canari s'est échappé, et où j'ai pleuré. Et aussi d'un autre jour, quand je suis entrée dans un pré où il y avait un taureau. Quelqu'un a dit que l'animal allait m'éventrer à coups de cornes. Du coup, terrifiée, j'ai voulu m'enfuir de là à toutes jambes. Tout ça, je m'en souviens très bien. C'était un mardi, en plus de ça. Je ne sais pas pourquoi je me souviens du jour, mais c'était bel et bien un mardi. Et je me souviens aussi d'un splendide pique-nique de mûres. Je m'étais cruellement égratignée, mais j'avais cueilli plus de mûres que tout le monde. C'était splendide ! Je devais avoir 9 ans, à l'époque. Cela dit, on n'a pas besoin de remonter aussi loin que ça. C'est vrai : j'ai assisté à des centaines de mariages dans ma vie, mais quand j'y repense, il n'y en a guère qu'un ou deux dont je garde un souvenir *précis*. Surtout un pour lequel j'étais demoiselle d'honneur. Ça se passait du côté de New Forest, je m'y revois encore, mais je ne me rappelle pas qui y assistait. Je crois que c'était une de mes cousines qui se mariait. Je ne la connaissais pas très bien, mais elle voulait une foule de demoiselles d'honneur alors, du coup, j'imagine que ma participation devait être pour elle une bénédiction. Et puis je me souviens d'un autre mariage. Celui d'un ami, engagé dans la Marine. Il avait failli mourir noyé dans un sous-marin, mais les secours étaient arrivés à temps pour le sauver... là-dessus les parents de la fille avec laquelle il était fiancé n'avaient plus voulu qu'elle l'épouse mais ils se sont quand même mariés par la suite, d'ailleurs le jour de la cérémonie, je faisais partie des demoiselles d'honneur de la mariée. Enfin bon, on se souvient *toujours* de choses ou d'autres.

— Je comprends ce que vous voulez dire, déclara Poirot. C'est un point de vue intéressant. Ainsi vous allez vous lancer à la chasse aux éléphants ?

— C'est cela même. Mais avant d'entrer dans la carrière, il va falloir que je m'assure des dates qui m'intéressent.

— Sur ce point-là, lança Poirot, j'espère pouvoir vous aider.

— Je tâcherai en outre de me remémorer les gens que je connaissais à l'époque, les gens que j'ai pu rencontrer et qui fréquentaient les mêmes amis que moi, qui connaissaient probablement le général Machin-chose. Les gens qui ont pu fréquenter le couple à l'étranger et que je connaissais aussi, quand bien même je ne les aurais pas revus depuis bon nombre d'années. Vous savez, il y a moyen de retrouver des gens qu'on n'a pas vus depuis longtemps. Parce qu'ils ont toujours grand plaisir à voir quelqu'un resurgir du passé, même s'ils ne se souviennent guère de la personne en question. De là, on en vient naturellement à évoquer ce qui se passait à telle ou telle date et tout ce qui vous trotte par la tête.

— Très intéressant, approuva Poirot. Je crois que vous êtes taillée pour cette entreprise. Des gens ayant bien connu les Ravenscroft ; des gens ayant vécu dans les parages où se sont déroulés les événements en question, ou susceptibles d'y avoir séjourné au moment précis des faits. Dans ce dernier cas, la difficulté se corse, mais je pense que le jeu en vaut la chandelle. Et à partir de là, toutes les stratégies seront permises. À nous de choisir la meilleure.

— Miséricorde ! s'écria Mrs Oliver. J'ai bien peur de me muer vraiment en parfaite fouille-... fouille-chose.

— Vous avez été investie d'une mission, pontifia Poirot. Non par quelqu'un que vous appréciez, ou à qui vous souhaitez rendre service, mais par quelqu'un qui ne vous inspire que répulsion. Peu importe, d'ailleurs. Il n'en demeure pas moins que vous êtes dès cet instant en quête, en quête de savoir. Vous allez suivre votre sentier personnel. Or, c'est le sentier des éléphants. Les éléphants feront *peut-être* preuve de leur mémoire légendaire. Bonne chasse et bon vent, conclut Poirot.

— Je vous demande pardon ? balbutia Mrs Oliver.

— Je vous envoie solennellement entreprendre votre mission d'exploration, expliqua Poirot. À vous la traque des éléphants !

— Je dois être folle à lier, décréta tristement Mrs Oliver en fourrageant de plus belle dans sa chevelure au point de ressembler aux vieilles illustrations d'albums de Struwelpeter. Moi qui n'avais plus d'autre ambition immédiate que de me lancer dans l'écriture d'un roman policier dont le personnage principal serait un golden retriever. Mais ça n'avançait pas. Ce chien n'était pas très coopératif. Je n'arrivais pas à démarrer, si vous voyez ce que je veux dire.

— Cela ne pouvait donc mieux tomber : bannissez de votre esprit les golden retrievers. Et n'ayez plus désormais en tête que les éléphants.

PREMIERE PARTIE

ÉLÉPHANTS

3

MANUEL DE SAVOIR-FAIRE DE TANTE ALICE

— Miss Livingstone, pourriez-vous me dénicher mon carnet d'adresses ?

— Il est sur votre bureau, Mrs Oliver. Au bord, à gauche.

— Celui-là, ce n'est pas le bon, s'énerva Mrs Oliver. C'est le carnet dont je me sers en ce moment. Moi, je vous parle du précédent. De celui de l'année dernière, à moins que ce ne soit de l'année avant.

— Peut-être a-t-il été jeté ? suggéra miss Livingstone.

— Non. Les carnets, qu'ils soient d'adresses ou autres, je ne les jette jamais. On peut en avoir besoin à tout bout de champ. Ne serait-ce que pour retrouver une adresse qu'on a oublié de recopier dans le nouveau. À mon avis, il se promène dans un des tiroirs des classeurs.

Miss Livingstone, qui remplaçait miss Sedgwick, était une recrue d'assez fraîche date. Ariadne Oliver regrettait miss Sedgwick. Miss

Sedgwick avait la science infuse. Elle savait d'instinct où Mrs Oliver posait parfois distraitement ses affaires et dans quel genre d'endroits bizarroïdes il advenait qu'il lui prenne soudain la désastreuse lubie de les ranger. Elle se rappelait le nom des gens auxquels Mrs Oliver avait envoyé des missives aimables et le nom de ceux à qui, poussée à bout, la romancière avait expédié des épîtres frisant la grossièreté. Miss Sedgwick était une perle — ou plutôt, l'avait été. « Elle faisait penser à... comment s'appelait ce manuel, déjà ? » se demanda Mrs Oliver en fouillant sa mémoire. « Oh ! pourtant je sais ça par cœur... ces gros bouquins marron... Pas un foyer victorien qui ne possédât le sien. *Tout sur Tout*. Et ce n'était d'ailleurs pas de la blague : on y apprenait tout ! Comment faire disparaître les traces de roussi sur le linge fraîchement repassé, comment rattraper une mayonnaise, comment trousser une lettre familière à un évêque. Des tas et des tas de choses. On trouvait tout dans *Tout sur Tout*. Ç'avait été le livre de chevet de Tante Alice. »

Miss Sedgwick avait été aussi précieuse que la bible de Tante Alice. Quant à miss Livingstone, c'était une autre paire de manches. Miss Livingstone était toujours plantée là, avec sa mine de cent pieds de long, son teint cireux et ses airs de prétendue efficacité résolument affichés. Tous les traits de son visage proclamaient : « Je suis l'efficacité incarnée. » Dieu sait pourtant que ce n'était pas le cas, songeait Mrs Oliver. Miss Livingstone savait seulement où ses précédents employeurs écrivassiers rangeaient leurs affaires, et où elle considérait visiblement que Mrs Oliver aurait dû s'astreindre à ranger les siennes.

— Ce que je veux, lança Mrs Oliver avec l'obstination d'un enfant gâté, c'est mon carnet d'adresses de 1970. Et sans doute aussi celui de 1969. Voudriez-vous me chercher ça le plus vite possible, je vous prie ?

— Bien sûr, bien sûr, répondit miss Livingstone.

Elle jeta autour d'elle le regard passablement vide de quelqu'un qui cherche un objet dont il entend parler pour la première fois mais que ses talents hors du commun risquent de faire soudain surgir du néant par un coup de chance inespéré.

« Si je ne récupère pas Sedgwick, je vais devenir enragée, se dit Mrs Oliver en son for intérieur. Sans Sedgwick, je ne vais jamais pouvoir me sortir de mon enquête. »

Miss Livingstone commença à ouvrir les divers tiroirs des éléments composant le mobilier de ce que Mrs Oliver appelait pompeusement son bureau et sa salle d'écriture.

— Voilà celui de l'année dernière, annonça-t-elle d'un ton guilleret. Il sera bien plus à jour, non ? 1971.

— Je n'ai pas besoin de 1971, répliqua Mrs Oliver.

De vagues idées et réminiscences lui revinrent.

— Regardez dans le cabaret à thé, conseilla-t-elle.

Miss Livingstone regarda autour d'elle, la mine inquiète.

— Ce petit meuble, là, lança Mrs Oliver avec un grand geste du bras.

— Un répertoire, ça ne se range pas dans un cabaret à thé, décréta miss Livingstone, énonçant pour son employeuse une des grandes lois de l'existence.

— Il pourrait y être quand même, rétorqua Mrs Oliver. Je crois m'en souvenir.

Écartant miss Livingstone de son chemin, la romancière marcha jusqu'au petit meuble, souleva l'abattant et regarda la ravissante marqueterie qui en ornait l'intérieur.

— D'ailleurs, il y *est*, triompha-t-elle en ôtant le couvercle de la boîte cylindrique en papier mâché censée contenir du Lapsang Souchong et non du thé indien.

Elle en retira un petit calepin marron racorni :

— Le voilà !

— Ce n'est que celui de 1968, Mrs Oliver. Ce carnet date de quatre ans.

— C'est à peu près ce qu'il me faut, répondit la romancière en rapportant le calepin à son bureau. Ce sera tout pour l'instant, miss Livingstone, mais peut-être pourriez-vous me trouver mon album d'anniversaires quelque part.

— Je ne savais pas que...

— Je ne m'en sers plus, coupa Mrs Oliver, mais autrefois, je le tenais à jour. C'est un assez gros volume, je vous préviens. Je l'avais entamé quand j'étais enfant. Il couvre plusieurs années. Je pense qu'il doit être tout là-haut, dans le grenier. Vous savez : celui qui sert parfois de chambre d'amis, quand il vient seulement des garçons pour les vacances, ou des gens qui ne s'en formalisent pas. Dans l'espèce de coffre, ou d'écritoire à côté du lit.

— Ah ! Vous souhaiteriez donc que je monte voir ?

— Tout juste, répondit Mrs Oliver.

Une fois miss Livingstone sortie, la romancière s'anima un peu. Elle ferma soigneusement la porte, retourna s'installer à son bureau et entreprit de parcourir les adresses rédigées d'une encre à présent fanée et empestant le thé :

— *Ravenscroft. Célia Ravenscroft*. Oui, c'est ça : *14, Fishacre Mews, Londres, SW 3*. L'adresse de Chelsea. C'est bien là qu'elle habitait, à l'époque. Mais il y en a eu une autre par la suite. Quelque chose comme Strand-on-the-Green, près de Kew Bridge...

Elle tourna quelques pages de plus :

— Ah ! voilà, celle-ci a l'air d'être postérieure : *Mardyke Grove*. C'est dans le quartier de Fulham Road, me semble-t-il. En tout cas par là-bas. Est-ce qu'elle a un numéro de téléphone ? Ç'a été effacé plusieurs fois, mais j'ai l'impression... oui, j'ai l'impression que c'est ça : *Flaxman*. Après tout, rien ne m'empêche d'essayer.

Mrs Oliver se dirigea vers le téléphone. La porte s'ouvrit alors et miss Livingstone passa la tête dans l'entrebâillement.

— Vous ne pensez pas que, peut-être...

— J'ai trouvé l'adresse qu'il me fallait, annonça Mrs Oliver. Continuez à chercher l'album d'anniversaires, c'est important.

— Vous ne pensez pas que vous auriez pu l'oublier à Sealy House ?

— Non, répliqua Mrs Oliver. Continuez à chercher.

Comme la porte se refermait, elle ajouta à voix basse :

— Et prenez tout votre temps.

Là-dessus, elle composa le numéro de téléphone puis, tout en attendant, elle ouvrit la porte et cria dans l'escalier :

— Vous pourriez peut-être jeter un coup d'œil dans ce coffret espagnol : celui à ferrures de cuivre, vous savez. Je ne sais plus où il est. Sous la table de l'entrée, j'imagine.

Le premier appel de Mrs Oliver fut infructueux. Apparemment, la romancière était tombée chez une certaine Mrs Smith Potter, personne aussi malgracieuse que peu obligeante et qui ignorait tout de l'actuel numéro de téléphone de quelque précédent occupant que ce fût.

Mrs Oliver se replongea dans le carnet. Elle découvrit deux autres adresses griffonnées à la hâte par-dessus d'autres numéros, mais qui ne se révélèrent pas d'une grande aide. Toutefois, à la troisième lecture, un Ravenscroft passablement illisible émergea des ratures, initiales et adresses.

Une voix jeune et féminine, au bout du fil, affirma connaître Célia :

— Oh ! là là. Bien sûr, mais ça fait des *années* qu'elle n'habite plus ici. La dernière fois que j'ai eu de ses nouvelles, il me semble qu'elle était à Newcastle.

— Zut ! s'écria Mrs Oliver. J'ai bien peur de ne pas avoir cette adresse-là.

— Et je ne l'ai pas non plus, déclara l'aimable jeune personne. Je crois qu'elle était allée s'installer là-bas pour devenir secrétaire d'un vétérinaire, mais c'est tout ce que je sais.

Cela n'avait rien de très encourageant. Mrs Oliver tenta encore une ou deux fois sa chance. Les adresses relevées dans ses deux derniers carnets se révélant infructueuses, elle remonta un peu plus en arrière dans le temps. Elle fit mouche, si l'on peut dire, en arrivant au dernier de ses carnets : celui de l'année 1967.

— Ah ! c'est de Célia que vous parlez, lança une voix de contralto. Célia Ravenscroft, vous dites ? Ce n'était pas plutôt Bancroft ?

Mrs Oliver se retint au moment même où elle s'apprêtait à lancer : « Non, ni Ravensban non plus. »

— Une fille très compétente, reprit la voix. Elle a travaillé pour moi pendant un an et demi. Oui, très compétente. J'aurais eu grand plaisir à la garder plus longtemps. Je crois qu'elle m'a quittée pour je ne sais quel cabinet de Harley Street, d'ailleurs il me semble que j'ai noté ses coordonnées quelque part. Attendez voir. (Un long silence suivit pendant que Mrs X — nom inconnu — vérifiait.) En effet, j'ai une adresse : ça a l'air de se situer dans les parages d'Islington. Ça vous paraît plausible ?

Mrs Oliver déclara que tout pouvait l'être, remercia chaleureusement Mrs X et prit note de ce qu'elle lui dictait.

— Quel casse-tête, n'est-ce pas, quand on veut retrouver l'adresse de quelqu'un ? commenta encore son interlocutrice anonyme. Quand ils en changent, les gens vous envoient en général la nouvelle. Sur ces espèces de cartes postales, ou je ne sais quoi, vous voyez. Pour ma part, je finis toujours par les perdre.

Mrs Oliver avoua qu'elle aussi était affligée du même travers. Puis elle essaya le numéro d'Islington. Une voix teintée d'un fort accent étranger lui répondit.

— Oui, vous vouloir quoi ? Vous dire quoi ? Oui ? Qui ça, qui habiter ici ?

— Miss Célia Ravenscroft.

— Ah ! oui, c'est tout justement ça. Oui, oui, elle habiter ici. Elle avoir la chambre au deuxième étage. Pour le moment, elle être sortie et elle être pas rentrée.

— Est-ce qu'elle sera là un peu plus tard dans la soirée ?

— Oh ! elle être là très bientôt maintenant je pense, parce qu'elle devoir rentre s'habiller pour un fête et sortir.

Mrs Oliver remercia son interlocutrice de ce renseignement et raccrocha.

— Quand même, s'écria Mrs Oliver à sa propre intention et non sans un certain agacement. Ces filles !

Elle tâcha de se rappeler combien de temps s'était écoulé depuis la dernière fois qu'elle avait vu sa filleule Célia. On se perdait de vue. C'était bien le problème. Pour le moment, se dit Mrs Oliver, Célia habitait Londres. Pour peu que son petit ami, ou que la mère de son petit ami y habite aussi... tout se tenait. Misère, songea Mrs Oliver, tout ça me donne vraiment la migraine.

— Oui, miss Livingstone ? fit-elle en tournant la tête.

Cette dernière, l'air passablement égaré, couverte de toiles d'araignées et d'une couche de poussière uniforme, était plantée dans l'embrasure de la porte, la mine contrariée, les bras chargés d'une pile d'ouvrages poussiéreux.

— Je doute que vous arriviez à trouver quoi que ce soit là-dedans, Mrs Oliver. Apparemment, ça remonte à une éternité.

Le ton était réprobateur.

— Il faudra pourtant bien, rétorqua Mrs Oliver.

— Je me demandais si vous souhaitiez que je recherche quoi que ce soit de précis.

— Je ne pense pas, non, répondit Mrs Oliver. Si vous voulez bien poser tout ça, là, au bout du canapé, je regarderai ce soir.

— Très bien, Mrs Oliver, reprit miss Livingstone dont la mine se faisait plus réprobatrice de minute en minute. Mais je crois que je vais d'abord y passer un coup de chiffon.

— Ce serait très aimable de votre part, commenta la romancière en se retenant in extremis d'ajouter : « Et je vous en prie, passez-vous un coup de chiffon aussi. Vous avez une demi-douzaine de toiles d'araignées dans l'oreille gauche. »

Elle consulta sa montre et rappela le numéro d'Islington. Ce fut cette fois une voix purement anglo-saxonne qui lui répondit avec une fraîche vivacité que Mrs Oliver trouva plutôt plaisante.

— Miss Ravenscroft ? Célia Ravenscroft ?

— Moi-même.

— Voilà, je ne pense pas que vous... que tu te souviennes très bien de moi. Je suis Mrs Oliver. Ariadne Oliver. Nous ne nous sommes pas vues depuis longtemps, mais en fait, je suis ta marraine.

— Ah ! mais si, bien sûr. Comment aurais-je pu oublier ? Mais ça fait une éternité, en effet.

— Je me demandais s'il me serait possible de passer te voir, ou si tu aurais la possibilité de faire un saut chez moi, ce qui t'arrangera. Tu pourrais peut-être venir déjeuner ou...

— Eh bien ! en ce moment, ce n'est pas très commode à l'endroit où je travaille. Je pourrais faire un saut chez vous ce soir, si vous voulez. Aux alentours de 7 heures et demie, 8 heures. J'ai un rendez-vous un peu plus tard, mais...

— Ça me ferait très, très plaisir de te voir ce soir, déclara Mrs Oliver.

— Alors je viendrai, bien sûr.

— Je vais te donner l'adressse.

Mrs Oliver la dicta à sa filleule.

— Bon. Je passerai. Oui, oui, je vois où ça se trouve, je vois très bien.

Mrs Oliver griffonna un petit mémento sur le carnet du téléphone, puis décocha un regard passablement agacé à miss Livingstone qui venait d'entrer dans la pièce en titubant sous le poids d'un grand album.

— Je me demande si ça ne serait pas ça, Mrs Oliver ?

— Non, ce n'est pas ça, trancha la romancière. Il n'y a là-dedans que des recettes de cuisine.

— Mon Dieu ! gémit miss Livingstone, c'est pourtant vrai.

— Allons, je pourrais toujours en parcourir quelques-unes, décida Mrs Oliver en s'emparant du livre. Retournez voir. Figurez-vous que j'ai pensé à la penderie. La pièce attenante à la salle de bains. Il faudrait que vous jetiez un coup d'œil à l'étagère du haut, au-dessus des serviettes de toilette. Il m'arrive parfois d'entasser là-dedans journaux et livres. Attendez une minute. Je vais monter fourrager dans tout ça moi-même.

Dix minutes plus tard, Mrs Oliver parcourait les pages d'un album jauni. Miss Livingstone, qui venait d'atteindre au stade ultime du martyre, se tenait debout, figée près de la porte. Incapable d'endurer plus longtemps le spectacle d'une telle souffrance, Mrs Oliver lança :

— Bon, c'est parfait. Peut-être pourriez-vous aller voir dans le secrétaire de la salle à manger. Le secrétaire ancien. Vous savez, celui qui est un peu bancal. Voyez si vous arrivez à trouver encore quelques carnets d'adresses. De plus anciens. Tout ce qui date d'une dizaine d'années méritera qu'on y jette un coup d'œil. Je pense qu'ensuite, ajouta la romancière, ce sera tout pour aujourd'hui.

Miss Livingstone quitta la pièce.

« Je me demande, se dit Mrs Oliver tout en poussant un profond soupir en même temps qu'elle s'asseyait et se mettait à feuilleter l'album d'anniversaires. Je me demande laquelle de nous deux éprouve le plus grand soulagement. Elle de partir, ou moi de lui voir les talons ? Quoi qu'il en soit quand Célia sera passée, je vais avoir une soirée chargée. »

Prenant un cahier de brouillon neuf au sommet de la pile qui trônait toujours sur une petite table à côté de son bureau, Mrs Oliver y nota diverses dates, adresses et noms possibles, chercha une ou deux précisions dans l'annuaire téléphonique, puis appela Hercule Poirot.

— Ah ! c'est vous, monsieur Poirot ?

— En effet, madame, c'est moi-même.

— Avez-vous fait quoi que ce soit ? demanda Mrs Oliver.

— Plaît-il ? Ai-je fait quoi ?

— Quoi que ce soit, répéta Mrs Oliver. Concernant ce que je vous ai demandé hier.

— Oui, bien sûr, j'ai mis l'affaire en train. Et j'ai pris les dispositions nécessaires en vue de diverses recherches.

— Recherches que vous n'avez pas encore entamées cependant, compléta Mrs Oliver qui nourrissait une piètre opinion de la conception masculine de l'action.

— Et vous, très chère madame ?

— Je me suis démenée, annonça Mrs Oliver.

— Ah ! Et en quoi cela a-t-il consisté ?

— J'ai recensé des éléphants, expliqua Mrs Oliver, si toutefois vous voyez à quoi je fais allusion.

— Oui, je crois comprendre ce que vous entendez par là.

— Consulter le passé n'a rien de très aisé, reprit la romancière. C'est stupéfiant, vraiment, de constater combien d'individus on arrive à se remémorer en recherchant des noms. Et bon sang, quelles bêtises les gens écrivent parfois dans les albums d'anniversaires ! Je n'arrive pas à comprendre ce qui me poussait, quand j'avais 16, 17 ans, voire 30, à demander aux gens d'y apporter leur contribution. On y trouve même une espèce de citation de poète pour chacun des jours de l'année. Et certaines sont d'une niaiserie ahurissante.

— Cela vous encourage dans vos recherches ?

— Ce n'est pas vraiment que ça m'encourage, répondit Mrs Oliver, mais je continue à penser que je suis sur la bonne voie. J'ai passé un coup de téléphone à ma filleule...

— Ah ! Et vous allez la voir ?

— Oui, enfin c'est elle qui vient me voir. Ce soir, entre 7 et 8, à moins qu'elle ne me fasse faux bond. On ne sait jamais. Les jeunes gens d'aujourd'hui sont versatiles au possible.

— Elle paraissait contente de votre coup de téléphone ?

— Je n'en sais trop rien, répondit Mrs Oliver. Mais pas particulièrement, non. Elle a une voix très incisive... d'ailleurs ça me revient à présent : la dernière fois que je l'ai vue, ce qui doit remonter à six ans environ, je l'avais trouvée plutôt intimidante.

— Intimidante ? À quel point de vue ?

— Disons qu'elle semblait plus à même de me houspiller que moi de lui rendre la pareille.

— Il se peut que ce soit une bonne chose, et non une mauvaise.

— Ah ! vous croyez ?

— Quand les gens ont décidé de vous prendre en grippe, quand ils sont sûrs de ne pas pouvoir vous souffrir, ils prennent aussitôt un plaisir fou à vous le faire savoir et, dans leur élan, vident beaucoup plus facilement leur sac qu'ils ne l'auraient fait en vous couvrant d'amabilités.

— Plus qu'en vous faisant du lèche-bottes, vous voulez dire ? En effet, il y a du vrai là-dedans. Vous voulez dire qu'en tâchant de se montrer agréables, les gens tiennent des propos dont ils espèrent qu'ils feront plaisir à leur interlocuteur. Tandis que dans l'autre cas de figure, l'interlocuteur les agace, donc ils lui débitent des vérités dont ils espèrent qu'elles le contrarieront. Je me demande si Célia est comme ça. En fait, je me souviens bien mieux d'elle quand elle avait 5 ans qu'à n'importe quel autre âge. Elle avait alors une préceptrice. Elle lui lançait ses chaussures à la tête.

— La préceptrice, ou la gamine ?

— La gamine, bien sûr ! s'offusqua Mrs Oliver.

Elle raccrocha, puis alla inspecter les divers mémoires de jadis entassés sur le canapé tout en marmonnant les noms à mi-voix :

— Mariana Josephine Pontarlier... oui, bien sûr, voilà des années que je n'avais pas repensé à elle... il me semblait qu'elle était morte. Anna Braceby... ah ! oui, elle vivait dans le même coin, à l'étranger... je me demande si maintenant...

À poursuivre ainsi, l'heure avança. Et Mrs Oliver fut toute surprise d'entendre la sonnette de l'entrée. Elle alla ouvrir elle-même.

4

CÉLIA

Une grande jeune fille se tenait sur le paillasson. Mrs Oliver la regarda un bref instant avec stupéfaction. C'était donc là Célia. L'impression de vitalité et de dynamisme qui émanait d'elle était vraiment très forte. Mrs Oliver éprouva un sentiment comme on en ressent rarement.

Voilà quelqu'un, se dit-elle, de très *déterminé*. Une personnalité combative, sans doute, qui devait être difficile à vivre, voire même quasiment capable de se montrer le cas échéant dangereuse. Une de ces filles qui se sentent investies d'une mission dans la vie, avec un penchant pour la violence, peut-être, et toujours prêtes à foncer tête baissée pour servir les causes auxquelles elles ont décidé d'apporter leur appui. Intéressante, au demeurant. Décidément intéressante.

— Entrez, Célia, fit la romancière. Il y a tellement longtemps que je ne vous... que je ne t'ai pas vue. La dernière fois, pour autant que je m'en souvienne, c'était à l'occasion d'un mariage. Tu faisais partie des demoiselles d'honneur. Vous portiez toutes des robes de mousseline rose saumon, je me rappelle, et de grosses brassées de... je ne sais plus de quelle fleur il s'agissait : quelque chose qui ressemblait à de la gerbe d'or.

— C'en était probablement bel et bien, confirma Célia Ravenscroft. On n'arrêtait pas d'éternuer... ça nous avait fichu le rhume des foins. Un mariage effroyable. Je m'en souviens. Martha Leghorn, c'est bien ça ? Je n'avais jamais vu de demoiselles d'honneur aussi mal fagotées. Et je n'ai sans doute jamais porté de robe aussi hideuse !

— C'est juste. Personne n'était très à son avantage dans ces tenues-là. Tu portais néanmoins ça mieux que la plupart, si je peux me permettre.

— Ma foi ! c'est gentil de votre part, reprit Célia. J'aurais pourtant donné n'importe quoi pour être ailleurs.

Mrs Oliver proposa un fauteuil à sa visiteuse, puis déplaça quelques carafes.

— Un doigt de sherry ou autre chose ?

— Non, le sherry sera parfait.

— Tiens, voilà. Ça doit te sembler plutôt bizarre, j'imagine, que je te passe comme ça un coup de fil sans crier gare, hasarda Mrs Oliver.

— Ma foi non, pas particulièrement.

— Je ne suis pas une marraine très assidue, j'en ai bien peur.

— Pourquoi le seriez-vous, à l'âge que j'ai ?

— C'est vrai, fit Mrs Oliver, soulagée. On en vient à se dire qu'à un moment donné, les devoirs qu'on s'est assignés prennent fin. Non d'ailleurs que j'aie jamais vraiment rempli les miens : je ne me rappelle pas avoir assisté à ta confirmation.

— C'est ma foi vrai. Je croyais pourtant savoir que le devoir des marraines envers leurs filleuls consistait à leur faire apprendre le catéchisme et autres joyeusetés du même genre, non ? Ainsi qu'à renoncer à Satan et à ses œuvres, et ce au nom du baptisé, énonça Célia tandis que ses lèvres esquissaient un léger sourire amusé.

La jeune fille se montrait tout à fait aimable, mais tout de même, se dit Mrs Oliver, c'était une personnalité redoutable à bien des égards.

— Quoi qu'il en soit, je vais t'expliquer pourquoi j'ai cherché à te voir, Célia, annonça-t-elle. L'histoire en elle-même est assez peu banale. Je n'assiste pas souvent à des réceptions littéraires, mais il s'est trouvé qu'avant-hier, je me suis rendue à un de ces déjeuners...

— Je sais, la coupa Célia. Il en était question dans le journal, qui d'ailleurs mentionnait votre nom. Ça m'a un peu étonnée, puisque je sais que vous ne fréquentez guère ce genre de réceptions.

— En effet, confirma Mrs Oliver. Et j'aurais bien dû m'abstenir d'aller à ce déjeuner-là.

— Ça ne vous a pas plu ?

— D'un certain côté, si, étant donné que c'était pour moi une première. Mais ça a aussi des côtés irritants.

— Et il vous est arrivé quelque chose d'irritant ?

— Oui. Et qui, curieusement, te concerne. J'en suis donc parvenue à la conclusion que... ma foi, qu'il fallait que je t'en parle, car je n'ai pas du tout apprécié ce qui s'est passé.

— Voilà qui éveille ma curiosité, glissa la jeune fille avant de boire une gorgée de sherry.

— Il y avait là une femme qui est venue me parler. Je ne l'avais jamais tant vue, et elle ne me connaissait pas davantage.

— C'est un truc qui doit vous arriver souvent, non ?

— Systématiquement, répondit Mrs Oliver. Ça fait partie des... des aléas de la vie littéraire. Les gens viennent trouver les écrivains et leur disent : « Je ne jure que par vos romans et je suis vraiment ravi de pouvoir faire votre connaissance. » Ce genre de platitudes.

— Je connais ça. J'ai été un temps secrétaire d'un écrivain. Je sais à quel point c'est la barbe.

— Ma foi, il y avait un peu de ça, mais j'étais prête à faire face. Seulement voilà que cette femme vient me clouer sur un canapé et me dit : « Je crois savoir que vous avez une filleule qui s'appelle Célia Ravenscroft. »

— Comme vous le disiez si bien, c'est assez peu banal, releva la jeune fille. Elle aurait pu amener le sujet en douceur : vous parler de vos livres, du plaisir qu'elle avait pris à lire le dernier, je ne sais pas, moi. Et de là, dériver vers sa question à mon sujet. Pourquoi avait-elle une dent contre moi ?

— Pour autant que j'aie pu en juger, elle n'avait absolument rien contre toi, rectifia Mrs Oliver.

— C'était une de mes amies ?

— Je ne crois pas vraiment, répondit la romancière.

Un silence suivit. Célia but une nouvelle gorgée de sherry puis adressa à Mrs Oliver un regard scrutateur.

— Vous m'intriguez beaucoup, vous savez. Je ne vois pas du tout où vous voulez en venir.

— Tout ce que j'espère, déclara la romancière, c'est que tu ne m'en voudras pas.

— Pourquoi devrais-je vous en vouloir ?

— Parce que tu risques d'estimer que ce que je m'apprête à te répéter ne me regarde en rien et que j'aurais mieux fait de le garder pour moi.

— Vous piquez ma curiosité.

— La femme dont il est question est une certaine Mrs Burton-Cox.

— Tiens donc ! fit Célia d'un ton éloquent.

— Tu la connais ?

— Bien évidemment oui, dit la jeune fille.

— Ma foi, j'avais comme l'impression que tu devais la connaître, compte tenu de...

— Compte tenu de quoi ?

— De ce qu'elle m'a précisé.

— Parce qu'elle est entrée dans les détails ?

— Elle m'a confié que son fils avait plus ou moins l'intention de t'épouser.

L'expression de Célia Ravenscroft changea. Ses sourcils se haussèrent, puis se rabaissèrent. Elle dévisagea froidement Mrs Oliver.

— Et vous voulez savoir si c'est vrai ou pas ?

— Non, se défendit la romancière. Pas particulièrement. Si je mentionne ça, c'est seulement parce que c'est une des premières déclarations qu'elle m'ait faites. Sur quoi elle a enchaîné en me disant qu'étant ta marraine, je n'aurais sans nul doute aucun mal à obtenir de toi certains renseignements... histoire de les lui communiquer ensuite.

— Des renseignements ? Quels renseignements ?

— Eh bien... Oh ! ce que je vais te dire ne va pas te plaire. Pour ma part, j'en ai encore froid dans le dos tant la démarche trahissait... trahissait un culot éhonté. Un sans-gêne impardonnable. Elle m'a posé la question suivante : « Qui, du père ou de la mère de votre filleule, a tué l'autre ? Est-ce que c'est la mère qui a tué le père, ou le père qui a tué la mère ? Il me faut tirer ça au clair. »

— Elle vous a demandé ça ? Elle vous a demandé de tirer *ça* au clair ?

— Oui.

— Sans vous connaître ? Sans vous connaître autrement qu'en tant que romancière prenant part à ce déjeuner littéraire ? Ça ne vous a pas paru ahurissant ?

— Je crois que rien de ce que m'a dit cette femme n'aurait pu me paraître ahurissant. Elle m'a fait l'effet d'une créature particulièrement odieuse.

— Elle est particulièrement odieuse, ce n'est que trop vrai.

— Et tu vas épouser son fils ?

— Disons qu'il nous arrive d'envisager de nous marier. Je ne sais pas trop. Mais pour ce qui est du sujet abordé, vous saviez de quoi elle parlait ?

— Ma foi, j'en sais ce qu'à mon avis doivent savoir tous ceux qui connaissent ta famille.

— C'est-à-dire que mes parents avaient acheté une maison à la campagne quand mon père a pris sa retraite de l'Armée, qu'ils sont tous deux partis un jour se promener sur un sentier au bord de la falaise et qu'on les y a retrouvés l'un et l'autre abattus par balle. Un revolver à côté d'eux. L'arme appartenait à mon père. Apparemment, il en possédait deux. Rien ne permettait d'établir s'il s'agissait d'un pacte de suicide, si mon père avait abattu ma mère avant de retourner l'arme contre lui, ou si ma mère avait abattu mon père avant de se tuer. Mais tout ça, vous le savez sans doute déjà.

— Je le sais sans le savoir, répondit Mrs Oliver. Cela remonte à une douzaine d'années, il me semble.

— À peu près, oui.

— Et tu avais quelque chose comme 13 ou 14 ans, à l'époque ?

— C'est ça.

— Je n'en sais en fait pas long, expliqua Mrs Oliver. Je n'étais pas en Angleterre à ce moment-là. Je faisais une tournée de conférences aux États-Unis. J'ai appris comme tout le monde la nouvelle par les journaux. La presse faisait la part d'autant plus belle à l'affaire qu'on avait beaucoup de mal à établir ce qui s'était vraiment passé : il ne semblait y avoir aucun mobile d'aucune sorte. Ton père et ta mère avaient toujours coulé des jours heureux, en bonne intelligence. Je me souviens d'avoir lu cette précision. Je me suis intéressée au drame parce que j'avais connu tes parents bien plus jeunes, ta mère, surtout. Nous avions été au collège ensemble. Nos chemins avaient divergé par la suite. Je m'étais mariée et étais partie m'établir ailleurs, elle s'était mariée et avait quitté le pays pour aller vivre en Malaisie, si mes souvenirs sont bons, avec son militaire de mari. Elle m'avait cependant demandé d'être la marraine d'un de ses enfants. Toi Célia. Ensuite de quoi, comme tes père et mère vivaient à l'étranger, je les ai très peu vus pendant bien des années. Toi, en revanche, je te rencontrais de temps à autre.

— Vous veniez me sortir du pensionnat. Je m'en souviens. Vous m'avez d'ailleurs offert de sacrément bons repas. Des choses délicieuses.

— Tu étais une enfant assez particulière. Tu aimais le caviar.

— Je l'aime toujours, déclara la jeune fille, mais on ne m'en offre plus très souvent.

— J'ai été très secouée par le récit qu'ont publié du drame les journaux de l'époque. Mais au milieu de tout leur déchaînement verbal, on y lisait peu de choses. J'ai cependant appris qu'aucun verdict véritable n'avait été prononcé. Qu'aucun mobile n'avait pu être établi. Qu'aucune preuve décisive n'était ressortie de l'enquête. Qu'il n'y avait pas eu la moindre rumeur de dispute, rien qui laisse penser qu'une agression venant de l'extérieur ait pu être perpétrée. Tout ça m'a beaucoup secouée, répéta Mrs Oliver, et puis j'ai peu à peu oublié. J'étais loin, hors du pays, je donnais mes conférences et toute l'affaire m'est complètement sortie de la tête. Je ne t'ai revue que quelques années plus tard, et, tout naturellement, je ne t'ai pas parlé de ça.

— C'est vrai et je vous en ai su gré. Vous avez d'ailleurs toujours été très gentille avec moi. Vous m'avez envoyé de beaux cadeaux, dont un particulièrement généreux pour mes 21 ans, je me rappelle.

— C'est le moment où les jeunes filles ont besoin d'avoir un peu plus d'argent à disposition, dit Mrs Oliver. Il y a tellement de choses qu'on a envie de faire à cet âge-là.

— Oui, je me suis toujours dit que vous étiez quelqu'un de compréhensif, de pas... enfin, vous savez comment sont certaines personnes. Toujours à vouloir tout savoir. Vous, au contraire, vous ne m'avez jamais posé de questions. Vous veniez me chercher pour m'emmener au spectacle, dans de bons restaurants, et vous discutiez avec moi comme si... comme si tout allait bien et que vous n'étiez qu'une parente éloignée de la famille. Ça, je l'ai apprécié. J'ai connu tellement de fouinards dans ma vie.

— C'est vrai. Tôt ou tard, tout un chacun se trouve confronté à ce problème, reprit Mrs Oliver. À présent, tu comprends ce qui m'a choquée dans la démarche de Mrs Burton-Cox. Je n'arrivais pas à comprendre pourquoi elle tenait à savoir une chose pareille. Ce n'était assurément pas son problème. À moins que...

— À moins que ça n'ait un rapport avec le fait que j'épouse Desmond, vous êtes-vous dit. Desmond qui est le fils de Mrs Burton-Cox.

— Oui, il y avait peut-être de ça. Encore que,

même ainsi, je ne comprenne toujours pas en quoi cette histoire la regarde.

— Tout la regarde. Comme vous le disiez, c'est une créature odieuse.

— Tandis que, si j'ai bien compris, Desmond, lui, n'a rien d'odieux.

— Non, non, rien du tout. Je m'entends très bien avec Desmond et lui s'entend bien avec moi. C'est sa mère que je ne peux pas voir en peinture.

— Et lui, il l'aime, sa mère ?

— Je ne sais pas vraiment. Il se pourrait que oui... Tout est possible, n'est-ce pas ? En tout cas, je ne tiens pas à me marier pour le moment, je n'en ai pas envie. D'ailleurs il y a un tas de... oh ! de difficultés, vous comprenez, un tas de pour et de contre. Ça a sûrement éveillé votre curiosité, poursuivit la jeune fille. C'est vrai : le fait que Mrs Fouine-Cox vous ait demandé de me tirer les vers du nez pour ensuite vous précipiter chez elle et tout lui déballer... À propos, vous me la posez vraiment, la fameuse question ?

— Tu veux dire : est-ce que je te demande vraiment si tu sais lequel de tes parents a tué l'autre ou s'il s'agissait d'un double suicide ? C'est bien ça ?

— En quelque sorte. Je devrais peut-être d'ailleurs vous demander aussi, pour peu que vous souhaitiez me poser la question, si vous envisagez de le faire pour transmettre ensuite la réponse à Mrs Burton-Cox — à supposer que vous obteniez une réponse de moi.

— Non, se récria Mrs Oliver. Certes pas. Il ne me viendrait pas à l'idée d'aller raconter des choses pareilles à cette gorgone. Bien au contraire, je lui répéterai volontiers à l'occasion que ce ne sont ni ses affaires ni les miennes.

— C'est ce que je pensais. Je me disais bien que je pouvais vous faire confiance à cet égard.

En revanche, ça ne me dérange pas de vous dire ce que je sais vraiment. Tel quel et en vrac.

— Inutile. Je ne te le demande pas.

— Je le vois bien. Mais je vais quand même le faire. Ma réponse est donc : rien.

— Rien, répéta pensivement Mrs Oliver.

— Non, rien. Je n'étais pas là, au moment du drame. Enfin bon, je n'étais pas à la maison. D'ailleurs je ne me rappelle pas très bien où j'étais. Je devais être au pensionnat, en Suisse, ou alors je passais les vacances scolaires chez une amie. À présent, tout est plutôt embrouillé dans ma mémoire.

— À mon avis, et étant donné l'âge que tu avais à l'époque, réfléchit la romancière, il est peu probable que tu aies réellement pu être au courant de la situation.

— Ce qui m'intéresserait, reprit la jeune fille, c'est de savoir ce que vous en pensez au juste. Est-il possible, selon vous, que je sache tout ? Ou qu'au contraire, je n'aie été au courant de rien ?

— Ma foi, si tu t'étais trouvée sur les lieux, je pense qu'il serait parfaitement possible que tu aies su quelque chose. Même s'ils n'en parlent pas souvent, les enfants, les adolescents voient toujours tout, savent toujours tout. Ils savent bien des choses que les adultes ne peuvent savoir, ils savent bien des choses qu'ils ne révéleraient pas volontiers, dirons-nous, lors d'un interrogatoire de police.

— En effet. C'est plein de bon sens, ce que vous me dites là. Je ne pouvais pas savoir. Je ne crois pas que j'aie su. Je ne crois pas que j'aie eu la moindre idée de ce qui s'est passé. Mais qu'en a pensé la police ? Ne m'en veuillez pas de vous poser la question : cela m'intéresserait d'obtenir ce renseignement. Voyez-vous, je n'ai jamais lu le moindre compte rendu de l'enquête préliminaire... ni d'ailleurs de l'enquête à proprement parler.

— Il me semble que la police a conclu au double suicide, mais je ne crois pas qu'on ait jamais eu la moindre idée de la raison qui a pu motiver un tel drame.

— Vous voulez que je vous dise ce que moi, j'en pense ?

— Seulement si tu tiens à ce que je le sache, répondit Mrs Oliver.

— Mais ça doit vous intéresser, j'imagine. Après tout, dans les romans que vous écrivez, vous montrez des gens qui se suicident ou qui tuent leurs voisins parce qu'ils estiment avoir de bonnes raisons de le faire. Du coup je me dis que ça doit sûrement vous intéresser.

— En effet, j'avoue que ça m'intéresse, répondit Mrs Oliver. Cela dit, la dernière des choses que je souhaite, c'est bien de t'importuner en sollicitant des renseignements qui ne me regardent pas.

— Voyez-vous, je me suis souvent interrogée sur le pourquoi et le comment de la mort de mes parents. Sur la façon dont la vie s'écoulait à la maison, j'entends. Les vacances précédentes, j'étais partie en échange de correspondants sur le Continent, si bien que la dernière fois que j'avais vu mon père et ma mère remontait à quelque temps. Enfin bon, ils étaient venus me voir en Suisse et m'avaient sortie à une ou deux reprises, mais c'était tout. Ils paraissaient semblables à eux-mêmes, quoiqu'un peu vieillis. Mon père était souffrant, je crois. Il semblait décliner, je veux dire. Je ne sais pas si c'était cardiaque ou quoi. On ne réfléchit pas vraiment à ces choses-là. Ma mère, de son côté, avait l'air soucieuse. Pas hypocondriaque pour deux sous, mais elle avait un peu tendance à se préoccuper de sa santé. Ils étaient en bons termes, tous les deux, ils s'entendaient très bien. Je n'ai rien remarqué de particulier. Seulement il arrive que... qu'on se fasse des idées. On ne va certes pas jusqu'à s'interroger sur leur éventuel bien-fondé, mais on se demande quand même si...

— Je crois qu'on ferait mieux de s'en tenir là sur le sujet, coupa Mrs Oliver. À quoi bon ce besoin de savoir, de tirer au clair, d'avoir le cœur net ? Tout est fini et bien fini. Le verdict rendu était parfaitement satisfaisant. Aucun moyen de prouver quoi que ce soit, aucun mobile, rien de tel. Mais le point crucial c'est qu'on ne s'est jamais posé la question de savoir si ton père avait sciemment tué ta mère, ou ta mère, sciemment tué ton père.

— Si je devais trancher entre ces deux hypothèses, commenta Célia, je dirais que celle de mon père tuant ma mère me paraîtrait la plus vraisemblable. Parce que tirer sur quelqu'un me semble davantage le fait d'un homme. Tirer sur une femme, pour quelque raison que ce soit. Tandis que je ne crois pas qu'une femme — une femme comme ma mère, en l'occurrence — soit réellement susceptible de tirer sur son mari. Si elle avait voulu tuer mon père, je crois qu'elle aurait sans doute opté pour une autre méthode. Ceci posé, je ne crois pas qu'aucun des deux ait souhaité tuer l'autre.

— Dans ce cas, ç'a pu être le fait d'une personne extérieure.

— Oui, mais qu'entend-on par personne extérieure ? questionna Célia.

— Qui d'autre vivait sous leur toit ?

— Une gouvernante, âgée, presque aveugle, quasi sourde. Une jeune étrangère, fille au pair, qui avait été ma préceptrice autrefois — quelqu'un d'une gentillesse folle ; elle était revenue s'occuper de ma mère qui sortait de l'hôpital. Et aussi une tante que je n'avais jamais beaucoup aimée. Je ne pense pas qu'aucune des personnes en question ait eu le moindre grief contre mes parents. Leur décès n'a matériellement profité à personne, sauf, je crois, à mon frère Edward et à moi, qui suis son aînée de quatre ans. Nous avons hérité de tout l'argent, ce qui d'ailleurs n'allait pas chercher loin. Mon père touchait sa retraite, bien sûr. Ma mère avait une petite rente en propre. Mais non, il n'y avait vraiment rien d'important de ce côté-là.

— Je suis désolée, assura Mrs Oliver. Si je t'ai fait de la peine en te posant toutes ces questions, j'en suis désolée.

— Vous ne m'avez pas fait de peine. Vous m'avez fait réfléchir un peu et tout ça m'intéresse. Parce qu'aujourd'hui, voyez-vous, j'ai atteint un âge où je me dis que j'aurais aimé savoir. J'aimais mes parents comme on aime son père et sa mère. Pas passionnément, mais normalement, voilà tout, et je me rends compte que je ne sais pas *comment* ils étaient vraiment. Quelle vie ils menaient. Ce qui *comptait* pour eux. Je n'ai pas la moindre idée de tout ça. Et j'aurais aimé savoir. C'est comme une bourre de poil à gratter, quelque chose qui vous colle à la peau et qui ne se laisse pas oublier. Oui, j'aimerais *savoir*. Parce qu'à partir de là, vous comprenez, je n'aurais plus besoin d'y penser.

— Et ça t'arrive ? Tu y penses ?

Célia regarda un moment la romancière. Elle semblait s'efforcer de prendre une décision.

— Oui, répondit-elle. J'y pense pratiquement tout le temps. Ça en devient maladif, si vous voyez ce que je veux dire. Et d'ailleurs Desmond en fait autant.

5

AU LOIN S'ÉTEND L'OMBRE PORTÉE DES PÉCHÉS DE JADIS

Hercule Poirot se laissa entraîner par la porte à tambour. Puis, arrêtant le mouvement d'une main, il déboucha dans le petit restaurant. Il n'y avait pas grand monde. Ce n'était pas l'heure la plus prisée de la journée, et il ne tarda pas à repérer l'homme qu'il venait rejoindre. La forte, la solide carrure du superintendant Spence se déploya au-dessus de la table, dans le fond de la salle.

— Bravo ! s'époumona-t-il. Vous voilà arrivé. Vous n'avez pas eu trop de mal à trouver ?

— Pas le moins du monde. Vos indications étaient limpides.

— Permettez-moi de faire tout de suite les présentations : le superintendant en chef Garroway... M. Hercule Poirot.

Garroway était un homme grand et mince au fin visage ascétique, et dont les cheveux gris, clairsemés sur le sommet du crâne, dégageaient une sorte de petite tonsure qui lui conférait un faux air d'ecclésiastique fort bien réussi ma foi.

— Vous me voyez enchanté, déclara Poirot.

— J'ai beau être depuis pas mal de temps à la retraite, tint à préciser d'entrée de jeu le superintendant en chef, je n'ai pas pour autant perdu la mémoire. Oui, il est des affaires passées, des affaires anciennes, que le grand public a depuis belle lurette oubliées mais que nous autres, hommes du sérail, gardons présentes à l'esprit.

« Vous avez ce qu'il est convenu d'appeler une mémoire d'éléphant », faillit commenter Hercule Poirot, qui se retint juste à temps. Cette expression, dans son esprit, était tellement associée à Mrs Ariadne Oliver qu'il avait désormais du mal à s'abstenir de la prononcer en quantité de circonstances manifestement fort peu appropriées.

— J'espère que nous ne vous avons pas fait attendre ce rendez-vous trop longtemps, déclara le superintendant Spence.

Il avança une chaise et tous les trois s'attablèrent. On apporta un menu. Le superintendant Spence qui, à l'évidence, fréquentait assidûment l'établissement, donna quelques conseils. Garroway et Poirot firent leur choix. Puis, se carrant contre le dossier de leurs chaises pour siroter un verre de sherry, ils se jaugèrent quelques instants les uns les autres du regard avant d'entrer dans le vif du sujet.

— C'est au contraire à moi de m'excuser, se récria Poirot, d'avoir tant insisté pour vous rencontrer à seule fin de vous soumettre toute une série de questions concernant une affaire depuis longtemps finie et bien finie.

— Un point d'histoire me titille, fit Spence de sa bonne grosse voix, c'est le pourquoi de votre intérêt subit pour cette affaire assez inextricable. Après m'être d'abord dit que ça ne vous ressemblait pas de chercher ainsi à replonger dans le passé, je me suis demandé si cela n'avait pas un rapport avec un événement survenu ces temps derniers. Est-ce que je me trompe ?

Laissant sa question en suspens, il regarda ses compagnons, tous deux assis en face de lui, et poursuivit :

— L'inspecteur Garroway, pour reprendre le grade qui était le sien à l'époque, a été chargé de l'enquête dans l'affaire Ravenscroft. C'était un de mes vieux amis, aussi n'ai-je eu aucune difficulté à me mettre en contact avec lui pour organiser ce rendez-vous.

— Et il a eu l'extrême amabilité d'accepter de venir aujourd'hui, enchaîna Poirot, pour la simple et unique raison que je témoigne, il me faut bien l'avouer, d'une curiosité que rien assurément ne justifie à l'endroit d'une affaire par ailleurs tombée dans les oubliettes.

— Comment donc ? Mais, moi, je ne formulerais pas les choses ainsi, se défendit courtoisement Garroway. Nous nous intéressons tous à moult affaires du passé. Lizzie Borden a-t-elle vraiment assassiné père et mère à coups de hache ? Il se trouve des gens pour continuer à croire que non. Qui a assassiné Charles Bravo et pourquoi ? Plusieurs hypothèses différentes coexistent, pas vraiment fondées pour la plupart. Et des tas de gens continuent à chercher de nouvelles explications.

Son regard aigu, perspicace se posa sur Poirot.

— Et quoi qu'en dise mon ami Spence, M. Poirot s'est, si je ne m'abuse, penché sur des affaires l'amenant à enquêter sur des meurtres anciens, et ce à deux, voire trois reprises.

— Trois, assurément, confirma le superintendant Spence, battant ainsi sa coulpe.

— Dont une, je ne crois pas me tromper, à la requête d'une jeune Canadienne.

— C'est exact, acquiesça Poirot. Une jeune Canadienne impétueuse, passionnée, à la très forte personnalité, qui était venue me prier d'enquêter sur un meurtre pour lequel sa mère avait été condamnée à la perpétuité mais qui était morte un an seulement après le procès. Cette jeune personne était convaincue de l'innocence de sa mère.

— Vous aussi ? s'enquit Garroway.

— Moi, non, répondit Poirot. Pas la première fois qu'elle m'a raconté l'affaire. Dieu sait pourtant si elle était catégorique.

— N'était-il pas normal pour une jeune fille de souhaiter que sa mère ait été innocente en dépit des apparences, et donc de tout faire pour le prouver ? avança Spence.

— Cela allait quand même un tout petit peu plus loin que ça, sourit Poirot. Cette jeune fille m'avait expliqué de façon très convaincante quel genre de femme était sa mère.

— Une femme incapable de commettre un meurtre ?

— Non, fit Poirot, il serait bien peu sérieux — je suis sûr que en conviendrez tous deux avec moi — de décréter telle ou telle personne incapable de commettre un meurtre sous le seul prétexte que l'on vous a expliqué sa nature profonde ou les circonstances qui ont préludé au drame. Seulement, dans ce cas précis, la mère n'avait jamais protesté de son innocence. Elle semblait parfaitement satisfaite de sa condamnation. D'emblée, c'était curieux. Cette femme était-elle défaitiste ? Apparemment, non. Quand j'ai entamé mes recherches, il m'est clairement apparu qu'elle ne l'était pas. Qu'elle était même, pourrait-on dire, tout le contraire d'une défaitiste.

Garroway semblait boire ses paroles. Penché en avant, les coudes sur la table, il malaxait une boulette de mie arrachée à l'un des petits pains qui se trouvaient dans la corbeille.

— Et au bout du compte elle était innocente ?

— Oui, répondit Poirot. Elle l'était bel et bien.

— Cela vous a étonné ?

— Non. Je l'avais compris entre-temps, expliqua Poirot. Il y avait un ou deux détails — un, en particulier — qui prouvaient qu'elle ne *pouvait* pas être coupable. Un détail que, sur le moment, personne n'avait perçu. Le connaissant, il suffisait, au lieu d'aller chercher ailleurs, de regarder, pourrait-on dire, ce qu'il y avait au menu [1].

À ce moment précis, on déposa devant eux un plat de truites grillées.

— Il y a eu aussi une autre affaire, très différente, je vous l'accorde, mais à l'occasion de laquelle vous avez été amené à enquêter en remontant dans le passé, reprit Spence. Il s'agissait d'une gamine qui s'était vantée, lors d'une fête, d'avoir un jour assisté à un meurtre [2].

— Là encore, il a fallu... comment dire ?... procéder à rebours au lieu d'aller de l'avant, concéda Poirot. Mais en effet, c'est on ne peut plus exact.

— La gamine avait vraiment assisté au meurtre en question ?

— Non, fit Poirot, la vantarde était doublée d'une mythomane qui a d'ailleurs payé son mensonge au prix fort. Cette truite est exquise, ajouta-t-il d'un ton gourmand.

— Le poisson, ici, est toujours excellent, commenta, la bouche pleine, le superintendant Spence avant de se servir dans la saucière qu'on lui présentait. Un régal, cette sauce, ajouta-t-il.

On se délecta en silence pendant les trois minutes qui suivirent.

— Quand Spence est venu me trouver en me demandant si je gardais le moindre souvenir de l'affaire Ravenscroft, lança bientôt entre deux bouchées le superintendant en chef Garroway, cela m'a intrigué et ravi en même temps.

— Vous n'avez donc pas tout oublié de cette affaire ?

— Pas de l'affaire Ravenscroft, non. Elle n'était pas de celles qu'on oublie facilement.

— Elle présentait quelques lacunes, reprit Poi-

1. *Les Cinq Petits Cochons*
2. *Le Crime d'Halloween*

rot, vous en convenez ? Absence de preuves, d'hypothèses de substitution ?

— En effet, répondit Garroway. Il n'y avait rien de tel. Les éléments confirmaient tous les faits constatables. Des décès comme on en avait vu plusieurs exemples auparavant, non, tout coulait de source. Et pourtant...

— Quoi donc ? releva Poirot.

— Pourtant tout clochait, reprit Garroway.

— Ah bon ? fit Spence, la mine intriguée.

— Il vous est arrivé d'avoir le même genre d'impression, n'est-il pas vrai, mon bon ami ? s'enquit Poirot en se tournant vers ce dernier.

— Oui, au cours de l'affaire concernant l'assassinat de Mrs McGinty[1].

— Quand ce garçon impossible a été arrêté, cela ne vous a pas satisfait. Il avait toutes les raisons du monde d'avoir commis le crime, il avait l'air de l'avoir commis, et tout le monde était persuadé qu'il l'avait commis. Sauf vous, qui saviez que ce n'était pas lui. Vous en étiez tellement sûr que vous êtes venu me trouver pour me demander de voir si je ne pourrais pas découvrir quoi que ce soit qui vous aurait échappé.

— Ce que vous avez d'ailleurs fait, ajouta Spence.

Poirot soupira :

— Oui, heureusement. Mais que cet individu pouvait donc être pénible ! Une véritable tête de mule ! Si jamais jeune homme mérita la pendaison... non qu'il eût commis un crime, mais il refusait d'aider quiconque à prouver qu'il n'en avait pas commis. Venons-en à présent à l'affaire Ravenscroft. Vous dites, superintendant Garroway, que quelque chose clochait ?

— Oui, j'en étais totalement convaincu, si vous comprenez ce que je veux dire.

---

1. *Mrs McGinty est Morte*

— Je comprends très bien ça, assura Poirot. De même que Spence. Ce genre de phénomène se produit parfois. Les preuves sont là, mobile, occasion, indices, mise en scène, tout y est. Le canevas complet, pourrait-on dire. Et cependant, les professionnels, eux, *savent*. Ils savent que tout cloche, de la même façon qu'un critique d'art sait quand un élément cloche dans un tableau. Sait quand il s'agit d'un faux, et non de l'œuvre originale.

— Mais dans le cas qui nous occupe, j'étais vraiment coincé aux entournures, expliqua le superintendant Garroway. J'avais exploré l'affaire dans tous les sens et par tous les bouts. Je m'étais entretenu avec tout le monde. Sans résultat. Cela ressemblait à un pacte de suicide, et cela en présentait toutes les apparences. D'un autre côté, bien sûr, ç'aurait pu être une histoire de mari qui aurait tué sa femme avant de se faire justice, ou de femme qui aurait abattu son mari avant de se supprimer. Ces divers cas de figure se présentent parfois. Quand on les rencontre, on sait de quoi il retourne. Et, dans la majorité des cas, on finit par se faire une idée bien précise du *pourquoi*, de la raison pour laquelle c'est arrivé.

— Or ce *pourquoi*, en l'occurrence, n'a jamais pu être élucidé, c'est bien ça ? releva Poirot.

— Oui, c'est ça. Voyez-vous, dès l'instant où l'on entame une enquête, où l'on commence à se renseigner sur les choses et les gens, sur les tenants et les aboutissants, on obtient en général un tableau très précis de ce à quoi leur vie ressemblait. Dans le cas qui nous intéresse, il s'agissait d'un couple vieillissant dont les deux membres vivaient en bonne intelligence : le mari possédant de bons états de service, la femme aimante et agréable. C'est un aspect qu'on ne tarde pas à découvrir : ils coulaient ensemble des jours heureux. Ils se promenaient l'après-midi, ils jouaient ensemble le soir au piquet, aux patiences, leurs enfants — un garçon scolarisé en Angleterre, une fille au pensionnat en Suisse — ne leur causaient aucun souci particulier. Pour autant qu'on puisse en juger, rien ne clochait dans leur vie. D'après les dossiers médicaux que l'on a pu obtenir, rien ne clochait vraiment non plus du point de vue de leur état général. Lui avait souffert d'hypertension à une époque, mais sa santé était stable depuis qu'il prenait les médicaments idoines. Elle était légèrement sourde et avait fait un petit accident cardiaque, mais sans gravité, rien de bien inquiétant. Bien entendu, il se pouvait, comme cela arrive parfois, que le mari ou la femme ait eu des craintes dans ce domaine. Un tas de gens en parfaite santé sont convaincus d'être atteints d'un cancer et de n'avoir pas plus d'un an à vivre. Cela conduit parfois certains au suicide. Mais les Ravenscroft ne semblaient pas appartenir à cette catégorie. Ils semblaient avoir toujours été équilibrés et sereins.

— Au bout du compte, qu'en avez-vous pensé au juste ? demanda Poirot.

— L'ennui, c'est que je n'arrivais pas à penser. Rétrospectivement, je me suis dit qu'il s'agissait d'un suicide. Ça ne pouvait être que ça. Pour une raison qui nous échappait, ils avaient décidé que la vie leur était devenue intolérable. Ni à cause d'ennuis pécuniaires, ni à cause de problèmes de santé, et pas davantage parce qu'ils étaient malheureux. Là, voyez-vous, je calais. Toutes les apparences indiquaient qu'il s'agissait d'un suicide. Je ne voyais pas ce qui avait pu se produire d'autre. Ils étaient partis se promener tous les deux en emportant un revolver. On avait retrouvé le revolver entre les deux corps, et dessus, des empreintes superposées appartenant aux deux. Ils avaient tous les deux manipulé le revolver, en fait, mais aucun indice ne permettait d'établir qui avait tiré en dernier. On a eu tendance à penser que c'était le mari qui avait sans doute tiré sur sa femme avant de se supprimer. Uniquement parce que ça semblait plus vraisemblable. Mais pourquoi ? Bien des années ont passé. Quand de temps à autre, un meurtre survient qui me rappelle cette affaire, quand les journaux parlent de corps, des corps d'un mari et de sa femme retrouvés quelque part après s'être apparemment supprimés, je repense au passé et je me demande à nouveau ce qui avait pu arriver dans le cas des Ravenscroft. Treize ou quatorze ans se sont écoulés, mais je me souviens toujours de l'affaire Ravenscroft et je me pose invariablement la question... je crois, ma foi, qu'elle tient en un mot : pourquoi... pourquoi, pourquoi ? Cette femme détestait-elle vraiment son mari et souhaitait-elle se débarrasser de lui ? Se détestaient-ils mutuellement depuis si longtemps qu'ils n'avaient, un beau jour, plus trouvé en eux la force de se supporter davantage ?

Garroway arracha un nouveau morceau de mie de pain qu'il se mit à pétrir.

— Auriez-vous par hasard une idée, monsieur Poirot ? Quelqu'un serait-il venu vous dévoiler un pan de l'histoire qui aurait éveillé votre curiosité ? Savez-vous quoi que ce soit qui puisse apporter un début de réponse à ce « Pourquoi » ?

— Non. Il n'empêche, reprit Poirot, que vous avez bien dû échafauder des hypothèses et vous forger une intime conviction ? Voyons, cette conviction, quelle était-elle ?

— Vous avez mille fois raison, bien sûr. On échaufaude des hypothèses. On s'attend à ce que toutes, ou au moins l'une d'elles, mènent quelque part, ce qui, hélas, n'est en général, pas le cas. Quant à ma conviction, je crois qu'elle revenait à conclure que, faute de renseignements suffisants, on ne pouvait en fin de compte rechercher sérieusement la cause du drame. Car enfin que savais-je *au juste* ? Que le général Ravenscroft avoisinait les 60 ans et que sa femme en avait 35. Que tout ce que je connaissais d'eux, à proprement parler, c'étaient les cinq ou six dernières années de leur vie. Que le général percevait une retraite. Que sa femme et lui étaient rentrés en Angleterre après avoir vécu à l'étranger si bien que tous les témoignages qui me parvenaient, toutes les informations concernaient une brève période au cours de laquelle le couple avait d'abord séjourné à Bournemouth, puis déménagé pour venir vivre dans la maison où était survenu le drame. Qu'ils y avaient coulé des jours heureux, tranquilles. Que leurs enfants les y rejoignaient pendant les vacances scolaires. Que ç'avait été une période paisible, je dirais, à la fin de ce qui avait également été, supposait-on, une vie paisible. Je connaissais donc leur vie après leur retour en Angleterre, ainsi que leur famille. Il n'existait pas de mobile d'ordre pécuniaire, pas de rancune, pas de liaison extra-conjugale, pas d'amours intempestives. Non. Pourtant il y avait eu *une vie* avant celle-là. Qu'en savais-je ? Je savais qu'elle s'était déroulée en majeure partie à l'étranger, entrecoupée de brefs séjours au pays, avec de bons états de service pour le mari, et d'agréables souvenirs laissés par la femme à ses amis. Pas de drame notable, de querelle, rien dont on ait eu vent. Cela dit, j'aurais pu ne pas en être informé. On ne sait jamais. Restait une période de... disons, vingt à trente ans, allant de l'enfance à l'époque où ils s'étaient mariés et où ils étaient partis vivre en Malaisie et ailleurs. Peut-être l'origine du drame plongeait-elle là ses racines ? Je me souviens d'un proverbe que ma grand-mère avait coutume de répéter : *au loin s'étend l'ombre portée des péchés de jadis*. Une ombre gigantesque était-elle à l'origine de ces deux morts ? Une ombre du passé ? Ce genre de renseignement n'est pas facile à obtenir. On peut en apprendre beaucoup sur le passé professionnel de quelqu'un, sur ses amis ou ses connaissances de l'époque, mais on ne glanera aucun détail intime. Or, c'était précisément là qu'il m'aurait fallu creuser pour peu que les moyens m'en aient été donnés. Un événement quelconque avait dû se produire autrefois, dans un autre pays peut-être. Un événement que tout le monde avait cru oublié, balayé, mais qui sans doute avait refait surface. Une douleur enfouie, une rancœur ancienne ignorée de leur présent entourage... Si seulement on avait su où chercher !

— Vous ne parlez pas de détails qu'auraient pu se rémémorer leurs amis de Bournemouth ou leurs voisins au moment du drame, coupa Poirot. Mais bien plutôt de faits dont aucun des récents familiers du couple Ravenscroft n'aurait entendu parler.

— Apparemment, la plupart de leurs amitiés d'Angleterre dataient en effet d'après la retraite du général, mais je suppose que de temps à autre, de vieux amis venaient rendre visite aux Ravenscroft. Mais les secrets du passé sont rarement évoqués. Et puis les gens oublient.

— En effet, répéta pensivement Poirot. Les gens oublient.

— Ce n'est pas comme les éléphants, reprit le superintendant Garroway en esquissant un léger sourire. On dit toujours que les éléphants se souviennent de tout, eux.

— C'est curieux que vous parliez de ça, sourit à son tour Poirot.

— Que je parle de l'ombre portée des péchés de jadis ?

— Non, pas tellement ça. C'est votre allusion aux éléphants qui m'a intéressé.

Le superintendant Garroway regarda Poirot d'un air passablement intrigué. Selon lui, le détective en avait trop dit. Ou pas assez. Spence adressa lui aussi un bref regard à son vieil ami.

— Vous songez à un événement qui se serait produit en Asie du Sud-Est ? lança-t-il. Car enfin, c'est dans ces régions qu'on trouve les éléphants, n'est-ce pas ? Ou en Afrique. Quoi qu'il en soit, qui vous a parlé d'éléphants ? demanda-t-il.

— Il s'est trouvé qu'une de mes excellentes amies les a mentionnés, répondit Poirot. Quelqu'un que *vous* connaissez, superintendant Spence, ajouta-t-il à l'intention de ce dernier. Mrs Oliver.

— Ah ? Mrs Ariadne Oliver. Tiens donc !

— Tiens donc... quoi ? releva Poirot.

— Serait-elle au courant de quelque chose ?

— Je doute qu'elle le soit pour le moment, répondit Poirot, mais il se pourrait qu'elle le soit sous peu. C'est un talent qu'elle a, ajouta-t-il, songeur. Elle possède l'art d'embrouiller les choses, et l'art aussi parfois de les débrouiller, si vous voyez ce que je veux dire.

— Et comment ! renchérit Spence. Oui, je vois. N'aurait-elle pas déjà une idée en tête ? s'enquit-il.

— Vous parlez de Mrs Ariadne Oliver, l'écrivain ? demanda Garroway avec intérêt.

— Celle-là même, confirma Spence.

— D'après vous, elle s'y connaît vraiment en criminalité ? Je sais qu'elle écrit des romans policiers. Mais je n'ai jamais su d'où elle tirait ses idées ou ses éléments d'intrigues.

— Les idées, expliqua Poirot, sortent de son cerveau éminemment fertile. Les éléments... ma foi, c'est plus compliqué.

Il s'interrompit un instant.

— À quoi pensez-vous, Poirot ? À quelque chose de précis ?

— Oui, répondit Poirot. J'ai une fois réduit à néant une des intrigues de Mrs Oliver, ou en tout cas, c'est ce qu'elle affirme. Elle venait tout juste d'avoir une idée soi-disant mirobolante concernant un détail, quelque chose qui avait semble-t-il à voir avec un cardigan de laine à manches longues. Sur ce, je lui ai téléphoné pour lui demander je ne sais quoi et mon appel a définitivement chassé la trouvaille de sa mémoire. Il lui arrive de me le reprocher encore de temps à autre.

— Seigneur ! manqua s'étrangler Spence. Ça évoquerait presque le fameux persil qui s'enfonçait dans le beurre maître d'hôtel lors d'une chaude journée d'été. Vous savez. Sherlock Holmes, et le chien qui ne s'était pas manifesté pendant la nuit.

— Un chien... est-ce qu'ils en avaient un ? interrogea soudain Poirot.

— Je vous demande pardon ?

— J'ai dit : est-ce qu'ils avaient un chien ? Le général et lady Ravenscroft. Et est-ce qu'ils l'avaient emmené avec eux en promenade le jour où ils sont morts tous les deux ?

— Ils en possédaient un... oui, répondit Garroway. J'imagine... j'imagine qu'ils l'emmenaient la plupart du temps.

— S'il s'agissait d'un des romans de Mrs Oliver, enchaîna Spence, on aurait forcément retrouvé le chien en train de hurler à la mort entre les deux dépouilles. Mais ça n'a apparemment pas été le cas.

Garroway secoua la tête.

— Je me demande où il est à présent, ce chien, réfléchit tout haut Poirot.

— Enterré au fond d'un jardin quelconque, j'imagine, répondit Garroway. Ça remonte à quatorze ans.

— On ne peut donc pas aller interroger la pauvre bête, n'est-ce pas ? poursuivit Poirot. Dommage, ajouta-t-il, pensif. C'est stupéfiant, figurez-vous, ce que les chiens peuvent savoir. Qui y avait-il au juste dans la maison ? Le jour où le crime a été perpétré, j'entends.

— Je vous en ai apporté la liste, annonça le superintendant Garroway, des fois que vous souhaitiez la consulter : Mrs Whittaker, la vieille cuisinière-gouvernante. C'était son jour de sortie, on n'a donc guère obtenu de renseignements importants de sa part. Une femme séjournait chez les Ravenscroft, l'ancienne préceptrice des enfants, me semble-t-il. Mrs Whittaker était presque sourde et partiellement aveugle. Elle n'a pas rien pu nous dire d'important, si ce n'est que, peu auparavant, lady Ravenscroft avait été internée dans un hôpital ou une maison de repos... pour les nerfs, apparemment. Il y avait aussi un jardinier.

— Il aurait néanmoins pu venir quelqu'un de l'extérieur ? suggéra Spence. Un inconnu resurgi du passé ? C'est votre idée à vous, Garroway ?

— C'est moins une idée qu'une simple hypothèse.

Poirot ne soufflait mot. Il se remémorait une autre occasion au cours de laquelle il avait été amené à enquêter en remontant dans le passé — de seize longues années en l'occurrence — et où il avait étudié le cas de cinq personnages qui lui avaient rappelé la comptine des *Cinq Petits Cochons* que l'on chante aux enfants. Ç'avait été intéressant, et payant au bout du compte, car il avait une fois encore découvert la vérité.

6

Une vieille amie se rappelle

En regagnant son domicile le lendemain matin, Mrs Oliver y trouva miss Livingstone qui l'attendait.

— Vous avez eu deux appels téléphoniques, Mrs Oliver.

— Ah oui ? releva cette dernière.

— Le premier de Crichton & Smith : ils voulaient savoir si vous aviez choisi le brocart tilleul ou le bleu pâle.

— Je n'ai pas encore décidé, répondit Mrs Oliver. Rappelez-moi de le faire demain matin, voulez-vous ? J'aimerais voir ça à la lumière du soir.

— L'autre appel venait d'un étranger, un certain monsieur Hercule Poirot, je crois.

— Ah ! oui, répondit Mrs Oliver. Que voulait-il ?

— Il a demandé si vous pourriez passer le voir cet après-midi.

— Ça ne va pas être possible, décréta Mrs Oliver. Rappelez-le, voulez-vous ? Il se trouve que je dois ressortir tout de suite, en fait. A-t-il laissé un numéro de téléphone ?

— Oui.

— Bon, très bien. Ça nous évitera de chercher à nouveau dans l'annuaire. Parfait. Rappelez-le donc. Dites-lui que je suis désolée de ne pouvoir venir, mais que je suis sur la piste d'un éléphant.

— Je vous demande pardon ? s'émut miss Livingstone.

— Dites-lui que je suis sur la piste d'un éléphant.

— Oui, bien sûr, consentit miss Livingstone en dévisageant son employeuse d'un regard perçant comme pour s'assurer que, conformément à l'impression qu'elle avait parfois, Mrs Ariadne Oliver, au demeurant romancière réputée, était un brin dérangée.

— Je n'avais encore jamais chassé l'éléphant, reprit Mrs Oliver. Mais c'est un sport passionnant.

Elle passa dans le salon, ouvrit le volume qui se trouvait au sommet de la pile d'ouvrages disparates posés sur le canapé, tous passablement mal en point car elle les avait laborieusement épluchés la veille au soir à seule fin d'en extraire de quoi dresser une confortable liste d'adresses.

— Ma foi, il faut bien commencer par un bout, s'admonesta-t-elle. Et je pense, toute réflexion faite, que si Julia n'a pas complètement perdu la boule à l'heure qu'il est, elle pourrait être mon numéro un. Elle a toujours été assez futée et, qui plus est, elle connaissait la région puisqu'elle vivait tout près. Oui, je crois que je vais commencer par Julia.

— Voici quatre lettres à signer, Mrs Oliver, annonça miss Livingstone.

— Pas pour le moment, répliqua la romancière. Je n'ai vraiment pas une seconde. Il faut que je file à Hampton Court, et ça représente une trotte.

Émergeant de son fauteuil non sans quelques difficultés — difficultés qu'éprouvent les plus que septuagénaires à se mettre debout après un long moment de repos, voire un petit somme —, l'honorable Julia Carstairs s'avança en plissant les paupières d'un air scrutateur pour tenter de discerner qui était la personne que venait de lui annoncer la fidèle domestique qui partageait l'appartement dont elle bénéficiait en tant que retraitée, membre de l'association « Résidences de Prestige ». Un tantinet dure d'oreille, elle n'avait pas clairement perçu le nom de sa visiteuse. Mrs Gulliver. Était-ce bien ça ? Elle ne se rappelait pourtant aucune Mrs Gulliver. Elle continua, les genoux légèrement flageolants, sans cesser de scruter la brume ambiante.

— Je ne pense pas que vous vous souveniez de moi. Voilà tant d'années que nous ne nous sommes pas vues.

Comme nombre de vieillards, Mrs Carstairs se souvenait mieux des voix que des visages.

— Ah çà ! s'exclama-t-elle. C'est... mon Dieu mais c'est Ariadne ! Quel plaisir d'avoir votre visite, ma chère Ariadne.

On échangea des amabilités.

— Je me trouvais à passer justement dans ces parages, mentit la romancière. Je devais aller voir quelqu'un tout près d'ici, et je me suis souvenue qu'en consultant mon carnet d'adresses hier au soir, j'avais vu que c'était tout près de chez vous. C'est ravissant, n'est-ce pas ? ajouta-t-elle en regardant alentour.

— Pas trop vilain, rectifia Mrs Carstairs. Pas tout à fait à la hauteur de ce qui est annoncé, vous savez. Mais ça présente quantité d'avantages. On peut apporter son mobilier personnel, ce genre de choses, et il y a un restaurant commun où on peut aller manger, sans quoi on peut bien sûr se préparer ses repas. Oh ! c'est, ma foi, vraiment très bien. Le parc est charmant et bien entretenu. Mais asseyez-vous, Ariadne, asseyez-vous donc. Vous me paraissez en pleine forme. J'ai vu dans le journal que vous aviez l'autre jour assisté à un déjeuner littéraire. C'est vraiment curieux : on relève dans le journal un nom, et voilà que le lendemain ou presque, on tombe sur la personne en question. Tout à fait incroyable.

— C'est vrai, acquiesça Mrs Oliver en prenant place dans le fauteuil qu'on lui indiquait. Ce genre de coïncidences se produit souvent, n'est-ce pas ? C'est une forme de communication de pensée.

— Vous habitez toujours Londres ?

Mrs Oliver confirma qu'en effet, elle habitait toujours Londres. Puis elle se lança dans ce qu'en son for intérieur — vague réminiscence des cours de danse de son enfance — elle taxait de première figure du Grand Quadrille. En avant, en arrière, port de bras, tour complet, moulinet, et ainsi de suite.

Elle demanda des nouvelles de la fille de Mrs Carstairs, des deux petits-enfants, puis de l'autre fille, de la profession qu'elle exerçait. Apparemment, cette dernière l'exerçait en Nouvelle-Zélande. Mrs Carstairs ne savait pas très bien en quoi consistait ladite profession. Un genre de travail social. La vieille dame pressa le bouton d'une sonnette électrique encastrée dans l'accoudoir de son fauteuil et pria Emma d'apporter du thé. Mrs Oliver la conjura de ne pas se donner tant de peine. Mais Julia Carstairs protesta :

— Il faut absolument qu'Ariadne prenne le thé.

Les deux femmes se carrèrent dans leur fauteuil. Deuxième et troisième figures du Grand Quadrille. Amis d'autrefois. Enfants des autres. Décès d'amis.

— Ça doit faire des années que je ne vous avais pas vue, affirma Mrs Carstairs.

— Je crois que ça remonte au mariage des Llewellyn, répondit Mrs Oliver. Oui, ça doit être à peu près ça. Moïra était épouvantable en demoiselle d'honneur. Cette espèce de rose saumon si peu seyant dont elles étaient affublées...

— Je me souviens. Ça ne leur allait pas du tout.

— Je trouve les noces moins agréables à l'œil qu'à notre époque. On y porte des tenues tellement bizarres, aujourd'hui. L'autre jour, une de mes amies est allée à un mariage. Elle m'a dit que le marié portait une espèce de justaucorps fait dans un genre de satin blanc matelassé, et une fraise autour du cou. En dentelle de Valenciennes, je crois. *Tout à fait* bizarre. Et la fille arborait un complet pantalon très curieux. Blanc aussi, mais frappé de trèfles verts partout.

— Ah ! ma pauvre Ariadne, on a peine à le croire. Vraiment, c'est pitoyable. Et à l'église, en plus. À la place du pasteur, j'aurais refusé de les marier.

Le thé arriva. La discussion reprit.

— Pas plus tard que l'autre jour, j'ai vu ma filleule, Célia Ravenscroft, annonça Mrs Oliver. Vous vous souvenez des Ravenscroft ? Ça remonte à un grand nombre d'années, bien sûr.

— Les Ravenscroft ? Attendez voir. Ce drame si abominable, c'était bien ça ? On avait conclu au double suicide, non ? Près de leur maison, à Overcliffe.

— Quelle mémoire extraordinaire vous avez, Julia, s'écria Mrs Oliver.

— Depuis toujours. Mais j'ai parfois du mal avec les noms propres. Oui, ç'avait été on ne peut plus tragique, n'est-ce pas ?

— Tragique au possible, en effet.

— Roddy Foster, un de mes cousins, les avait très bien connus en Malaisie, voyez-vous. Le général Ravenscroft y avait fait une carrière superbe. Il était devenu quelque peu dur d'oreille quand il a pris sa retraite, bien sûr. Il n'entendait pas toujours très bien ce qu'on lui disait.

— Vous vous souvenez parfaitement d'eux ?

— Oh ! oui. On n'oublie pas vraiment les gens, n'est-ce pas ? Ils avaient tout de même vécu à Overcliffe près de cinq ou six ans.

— J'ai oublié son prénom à elle, glissa Mrs Oliver.

— C'était Margaret, je crois. Mais tout le monde l'appelait Molly. Oui, Margaret. Mais il y avait tellement de Margaret à ce moment-là.... Elle portait souvent une perruque, vous vous rappelez ?

— Ah oui ! fit Mrs Oliver. Enfin bon, pas vraiment bien, mais il me semble que je me rappelle.

— Je crois bien qu'elle avait essayé de me convaincre d'en porter une aussi. Elle disait que c'était tellement pratique quand on voyageait, quand on allait à l'étranger. Vous savez, elle-même en avait quatre différentes. Une pour le soir, une pour voyager, et une... c'était très étonnant : on pouvait la porter avec un chapeau sans vraiment la décoiffer.

— Je ne les connaissais pas aussi bien que vous, expliqua Mrs Oliver. Et bien entendu, à l'époque du drame, j'étais aux États-Unis pour une tournée de conférences. Je n'ai donc jamais été vraiment au courant des détails.

— Ma foi, ç'a été et ça demeure un profond mystère, bien sûr, déclara Julia Carstairs. C'est-à-dire que personne n'y a rien compris. Tant de versions différentes des faits ont circulé.

— Qu'en a-t-on dit à l'issue de l'enquête préliminaire ? Car il y en a eu une, je suppose ?

— Oh ! oui, bien sûr. La police a mené toutes les investigations d'usage. Mais le cas n'a jamais pu être véritablement tranché, vous savez, en raison du fait que la mort était due à des coups de revolver. Nul n'a été à même d'établir avec certitude ce qui s'était passé. Le général Ravenscroft pouvait avoir abattu sa femme puis s'être supprimé, mais il se pouvait tout aussi bien que ç'ait été lady Ravenscroft qui avait abattu son mari avant de se faire justice. Le pacte de suicide semblait la solution la plus plausible, mais personne n'a jamais réussi à expliquer comment il aurait pu être mené à bien.

— Apparemment, on n'a même pas évoqué l'éventualité d'un crime crapuleux ?

— Non, non. On a très clairement affirmé qu'il n'y avait aucun soupçon d'acte criminel. C'est-à-dire aucune empreinte, pas le moindre indice révélant que quiconque soit venu à la rencontre des Ravenscroft. Le général et sa femme étaient sortis pour faire une promenade après le thé, comme cela leur arrivait fort souvent. Voyant qu'ils ne rentraient pas à l'heure du dîner, le domestique, ou je ne sais qui... le jardinier, peu importe qui... partit à leur recherche, et les trouva morts tous les deux. Le revolver était à côté des corps.

— Ce revolver, il appartenait au général, non ?

— Mais oui. Il en avait deux à la maison. Ces anciens militaires ont souvent des armes, n'est-ce pas ? C'est vrai, on se sent plus en sécurité, avec tout ce qui se passe de nos jours. Un deuxième revolver se trouvait toujours dans un tiroir, au domicile des Ravenscroft, si bien qu'il... eh bien ! qu'*il* avait dû l'emporter intentionnellement, j'imagine. Je ne crois pas que, de son côté, elle serait partie se promener en emportant une arme.

— Non, non, ça n'aurait pas été aussi naturel de sa part, n'est-ce pas ?

— Cela dit, les témoignages ne révélèrent rien qui donne à penser qu'il y ait eu un différend, ou la moindre brouille entre eux, non plus qu'une quelconque raison de se suicider. Bien entendu, on ne sait jamais ce qu'il arrive de triste dans la vie des gens.

— Non, non, renchérit Mrs Oliver. On ne sait jamais. Ce n'est que trop vrai, Julia. Mais vous-même, en avez-vous eu la moindre idée ?

— Ma foi, on se pose toujours des questions, ma chère.

— En effet, enchaîna Mrs Oliver. On s'en pose toujours.

— Il n'était bien évidemment pas à exclure que le général ait souffert d'une quelconque maladie. À mon avis, voyez-vous, il se pouvait qu'on lui ait annoncé qu'il allait mourir d'un cancer... et pourtant, d'après les témoignages médicaux, tel n'était pas le cas. Le général était en parfaite santé. Enfin bon, il avait eu... je crois qu'il avait eu... comment appelle-t-on ça ? Un problème coronarien, est-ce que c'est bien le mot ? Ça fait penser aux couronnes dentaires, n'est-ce pas, mais en réalité, il s'agit d'une crise cardiaque, c'est bien ça ? Le général avait connu ça mais il s'était rétabli ; quant à elle, ma foi, c'était une femme qui broyait volontiers du noir. Elle avait toujours été un peu neurasthénique.

— En effet, je crois me souvenir de ça, renchérit Mrs Oliver. Je ne les connaissais pas tellement, bien sûr, mais...

» Est-ce qu'elle ne portait pas une perruque, le jour du drame ? ajouta-t-elle tout à trac.

— Ah ! ma foi, je ne me rappelle pas vraiment, vous savez. Elle en portait toujours une. Une des quatre, veux-je dire.

— Je me posais simplement la question, reprit Mrs Oliver. Il me semble vaguement que si on s'apprête à se supprimer par balle, voire à supprimer son mari, on ne s'embarrasse pas d'une perruque, si ?

Les deux femmes débattirent de la question avec fougue.

— Au fond, qu'en pensez-vous, Julia ?

— Eh bien ! comme je vous le disais, très chère, on se perd en conjectures, voyez-vous. Des bruits ont couru, cela dit, c'est toujours le cas.

— Sur son compte à lui, ou bien à elle ?

— Ma foi, il y a eu des rumeurs à propos d'une jeune femme, vous savez. Oui, il me semble qu'elle faisait quelques travaux de secrétariat pour le général. Il rédigeait des mémoires retraçant sa carrière à l'étranger — à la demande d'un éditeur, en plus de ça — et cette jeune femme écrivait sous sa dictée. Mais certains affirmaient... voyons, vous savez ce qui se colporte parfois, que peut-être le général avait... euh... une relation avec cette créature. Qui n'était pas si jeune que ça, cela dit. Elle avait dépassé la trentaine et n'était pas un prix de beauté. D'ailleurs je ne crois pas... il n'y pas eu le moindre scandale à son sujet, ni rien. Mais bon, sait-on jamais ? Quoi qu'il en soit, il s'est paraît-il trouvé des gens pour estimer que le général pouvait avoir abattu sa femme parce qu'il voulait... mettons, parce qu'il voulait peut-être épouser la secrétaire, voilà. Mais je me suis toujours refusé à admettre que quiconque ait pu débiter de telles sornettes et, pour *ma* part, je n'en ai jamais rien cru.

— Vous-même, que pensiez-vous ?

— Ma foi, je me posais quelques questions en ce qui la concernait *elle*, bien entendu.

— Vous voulez dire qu'il fut question d'un homme ?

— Je crois qu'il s'était passé du vilain en Malaisie. Je ne sais quelle sombre histoire que j'avais entendu raconter au sujet de lady Ravenscroft. Comme quoi elle s'était acoquinée avec un homme bien plus jeune qu'elle. Que le général n'avait pas tellement apprécié, et que ça avait provoqué quelques remous. Je ne me souviens pas de l'endroit. Quoi qu'il en soit, ça remonte à loin et je ne crois pas qu'on ait jamais tiré quelque chose de cet incident.

— Vous ne pensez pas qu'il ait pu y avoir le moindre sujet de rumeur dans des parages moins lointains ? Aucune relation particulière avec quelqu'un du voisinage ? Aucun témoignage n'a jamais fait état de disputes entre les époux, ni quoi que ce soit du même genre ?

— Non, je ne crois pas. À l'époque, j'ai bien sûr lu tout ce qui avait trait à l'affaire. On en parlait, bien entendu, parce qu'on ne pouvait pas s'empêcher de penser qu'il pouvait y avoir quelque... mettons, quelque histoire d'amour vraiment tragique derrière cette affaire.

— Or, il n'y en avait pas, selon vous ? Les Ravenscroft avaient des enfants, n'est-ce pas ? Ma filleule, bien sûr.

— Oh ! oui, et il y avait aussi un fils. Je crois qu'il était tout jeune. Au collège je ne sais où. La fille n'avait que 12 ans, non... plus que ça. Elle était en pension dans une famille, en Suisse.

— Je suppose qu'il n'y avait pas de... de troubles mentaux, dans la famille ?

— Oh ! du côté du fils, vous voulez dire ? Ça se *pourrait*, bien sûr. On entend parfois des choses si étranges. Comme l'histoire de ce jeune garçon qui a tué son père d'un coup de fusil... quelque part du côté de Newcastle, me semble-t-il. Il y a de ça quelques années. Vous devez être au courant. Il était très déprimé et au début, je crois qu'on a affirmé qu'il avait tenté de se pendre alors qu'il était à l'université, et puis il est rentré chez lui et a abattu son père. Mais personne n'a jamais vraiment compris pourquoi. Cela dit, je mettrais ma main au feu qu'il ne s'est rien produit de tel chez les Ravenscroft. Non, je ne crois pas, en fait j'en suis même quasiment sûre. Mais je ne peux néanmoins m'empêcher de penser, qu'à certains égards...

— Oui, Julia ?

— Je ne peux m'empêcher de penser qu'il y avait peut-être un homme là-dessous, figurez-vous.

— Vous voulez dire que lady Ravenscroft...

— Oui, enfin... mettons que ça paraîtrait plus plausible, comprenez-vous. Compte tenu des perruques, d'une part.

— Je ne vois pas très bien quel rôle les perruques jouent là-dedans.

— Eh bien ! elle souhaitait améliorer son aspect physique.

— Elle n'avait que 35 ans, il me semble.

— Plus que ça. Plus que ça. Trente-six, je crois. D'ailleurs, ma foi, je sais qu'un jour, elle m'a montré ses perruques, dont une ou deux la rendaient vraiment très séduisante. Et elle se maquillait beaucoup. Et tout ça avait commencé juste après leur installation en Angleterre, me semble-t-il. Lady Ravenscroft était plutôt belle femme.

— Vous voulez dire qu'elle avait peut-être rencontré quelqu'un, un homme ?

— Eh bien ! c'est ce que j'ai toujours pensé, convint Mrs Carstairs. En principe, voyez-vous, quand un homme fréquente une jeune femme, les gens le remarquent parce que les hommes sont moins habiles à dissimuler leurs faits et gestes. Mais pour une femme, il pouvait s'agir... enfin, bon, de quelqu'un dont elle aurait fait la connaissance sans que personne n'en sache rien.

— Ah ! vous croyez vraiment, Julia ?

— Non, pas vraiment, répondit la vieille dame. Parce que, voyez-vous, les gens finissent bel et bien par savoir, non ? Enfin bon, vous comprenez, les domestiques sont au courant, les jardiniers, ou les chauffeurs d'autobus. Quelqu'un du voisinage. Ils sont au courant. Et ils parlent. Cela dit, il pouvait s'agir de quelque chose comme ça, et soit le général l'a appris...

— Vous voulez dire qu'il se serait agi d'un crime dû à la jalousie ?

— C'est ce que je pense, en effet.

— Il est donc plus plausible, selon vous, que le général ait abattu sa femme, puis se soit supprimé, plutôt que le contraire ?

— Eh bien ! c'est ce qu'il me semble, en effet, car je crois que si elle-même avait cherché à se débarrasser de lui... ma foi, je ne pense pas qu'ils seraient partis se promener ensemble alors qu'il fallait qu'elle emporte le revolver dans son sac à main, auquel cas elle aurait eu besoin d'un sac plus grand que ça, d'ailleurs. Il ne faut jamais perdre de vue l'aspect pratique des choses.

— Je le sais, maugréa Mrs Oliver. Je le sais, ô combien ! C'est... c'est très intéressant.

— Ça doit l'être pour vous, très chère, qui écrivez ces romans policiers. D'ailleurs je m'attends vraiment à ce que vous trouviez de meilleures suggestions. À ce que vous compreniez mieux que moi — mieux que tout le monde — ce qui a pu se produire.

— J'ignore ce qui a pu se produire, déplora Mrs Oliver. Je l'ignore, car dans mes romans, voyez-vous, les crimes, c'est moi qui les invente. Il n'y arrive jamais que ce que je veux bien qu'il y arrive. Ce qui, du même coup, fait véritablement de moi la personne la moins bien placée pour parler de ce qui peut se passer dans la réalité. Et en revanche, si je m'intéresse à ce que vous pensez de cette affaire, c'est parce que vous en connaissiez très bien les protagonistes, Julia. Et que j'estime qu'il se pourrait que lady Ravenscroft vous ait fait un jour une confidence... ou que lui soit éventuellement venu pleurer dans votre gilet.

— Oui. En effet. Mais attendez une seconde, maintenant que vous le dites, il me semble que ça me rappelle quelque chose...

Mrs Carstairs se renversa contre le dossier de son fauteuil, hocha la tête d'un air dubitatif, paupières mi-closes, et se plongea dans une sorte de coma. Observant pour une fois le plus parfait silence, Mrs Oliver afficha l'expression que les femmes ont tendance à prendre lorsqu'elles guettent les premiers indices de frémissement d'une bouilloire.

— Je me rappelle qu'un beau matin, elle m'a dit quelque chose, et je me demande ce qu'elle entendait par là, lança Mrs Carstairs. Quelque chose concernant un nouveau départ dans la vie... en rapport avec sainte Thérèse, me semble-t-il, sainte Thérèse d'Avila...

Mrs Oliver parut quelque peu interloquée.

— Que diable venait faire là-dedans sainte Thérèse d'Avila ?

— En fait, je n'en sais rien. À mon avis, lady Ravenscroft devait être en train de lire une biographie de la sainte. Quoi qu'il en soit, elle m'a déclaré que cette façon dont les femmes retrouvaient un second souffle lui paraissait magnifique. Ce n'est pas tout à fait le terme qu'elle a employé, mais ça revient au même. Vous savez, quand les femmes dans les 40, 50 ans et plus se mettent tout à coup à vouloir prendre un nouveau départ. Thérèse d'Avila était de celles-là. En dehors d'être bonne sœur, elle n'avait rien fait de particulier jusque-là, et voilà qu'elle s'était soudain mise à ruer dans les brancards et à partir bille en tête réformer les couvents.

— Je vous accorde que telle a bien été la destinée de la sainte, mais en ce qui concerne lady Ravenscroft, j'ai du mal à croire qu'il puisse s'être agi tout à fait du même cas.

— Non, répondit Mrs Carstairs. Bien sûr que non. Mais vous savez combien de sottises peuvent débiter les femmes qui basculent du mauvais côté de la quarantaine quand elles font allusion à leurs affaires de cœur. Quand, comme pour mieux s'en persuader, elles clament qu'il n'est jamais trop tard.

7

Retour à la salle de jeux

Mrs Oliver contempla d'un air dubitatif les trois marches et la porte d'entrée d'une maisonnette quelque peu délabrée située dans une impasse. Au pied des fenêtres poussaient quelques bulbes : des tulipes pour la plupart.

La romancière marqua un temps d'arrêt, ouvrit le petit carnet d'adresses qu'elle tenait à la main, vérifia qu'elle était bien là où elle le pensait, puis donna un léger coup de heurtoir après avoir enfoncé un bouton censément relié à une sonnette électrique, lequel bouton n'eut pas l'air de déclencher le moindre tintement idoine non plus qu'une quelconque manifestation subséquente. Bientôt, comme elle n'obtenait aucune réponse, elle frappa de nouveau. Cette fois, des bruits se firent entendre à l'intérieur. Un frottement de semelles, une respiration d'asthmatique et un tâtonnement de mains cherchant à ouvrir la porte. En même temps que ces derniers sons, de vagues marmonnements lui parvinrent par la fente à courrier :

— Ah ! zut et flûte. Et flûte et zut. Encore coincée, espèce de cochonnerie.

Le succès finit par couronner ces manipulations internes, après quoi la porte, avec un couinement inquiétant, s'ouvrit lentement. Une très vieille femme, visage ridé, épaules voûtées, apparemment percluse de rhumatismes, dévisagea sa visiteuse d'un air peu avenant. Aucun signe de peur n'était décelable sur sa physionomie, à peine y lisait-on du dégoût pour ceux qui venaient ainsi frapper au château d'une Anglaise bon teint. Elle avait beau être âgée de 70 ou 80 ans, elle demeurait le vaillant défenseur de son foyer.

— Je sais pas ce qui vous amène, mais je...

Elle s'interrompit, puis s'exclama :

— Ah ! çà ! fit-elle. Ma parole, mais c'est miss Ariadne ! Ma foi, c'est la petite miss Ariadne.

— Je trouve extraordinaire que vous me reconnaissiez, s'émut Mrs Oliver. Comment allez-vous, Mrs Matcham ?

— Miss Ariadne ! Si je m'attendais à ça, ma parole.

Cela faisait bien longtemps, songea Mrs Ariadne Oliver, qu'on ne l'avait pas appelée miss Ariadne ni qualifiée de petite, pourtant l'intonation de la voix, tout éraillée par la vieillesse qu'elle fût, conservait des accents familiers.

— Entrez, ma belle, reprit la vieille dame. Entrez donc. Vous avez l'air en forme, ça oui. Je sais pas combien d'années ça fait que je vous avais pas vue. Une bonne quinzaine, au moins.

Cela faisait bien plus de quinze ans, mais Mrs Oliver s'abstint de rectifier. Elle entra. Les mains de Mrs Matcham tremblaient, refusant, semblait-il, d'obéir aux ordres de leur propriétaire. Cette dernière réussit à fermer la porte, puis, traînant les pieds, la démarche chancelante, elle entra dans une petite pièce visiblement réservée aux visiteurs bien ou malvenus que Mrs Matcham tolérait de recevoir chez elle. Il y avait là une multitude de photos, les unes représentant des bébés, les autres des adultes. Certaines étaient disposées dans de beaux cadres en cuir décrépits mais pas encore tout à fait en pièces. Une autre, dans un cadre argenté désormais terni, représentait une jeune femme en tenue de cour, le jour de sa présentation à la Reine : robe longue et plumes piquées dans les cheveux. Deux officiers de marine, deux militaires, quelques portraits de bébés nus à plat ventre sur des carpettes. La pièce était meublée d'un canapé assorti de deux fauteuils. Comme on l'en priait, Mrs Oliver s'installa dans l'un de ces derniers. Mrs Matcham s'enfonça dans le canapé et, non sans peine, se glissa un coussin derrière le dos.

— Eh bien ! ma belle, si je m'attendais à vous voir. Alors comme ça, vous écrivez toujours vos jolies histoires, hein ?

— Oui, confirma Mrs Oliver, sans pouvoir se défendre d'un léger doute quant au fait que l'on puisse taxer de « jolies histoires » les romans policiers ou la littérature criminelle en général. Mais c'était du Mrs Matcham tout craché, se dit-elle.

— Me voilà toute seule, maintenant, expliqua la vieille dame. Vous vous souvenez de Gracie, ma sœur ? Elle est morte à l'automne dernier, Gracie. Du cancer. Elle a bien été opérée, mais trop tard.

— Oh ! mon Dieu, je suis vraiment navrée, dit Mrs Oliver.

Pendant les dix minutes qui suivirent, la conversation roula sur les décès, énumérés un à un, des derniers membres de la famille Matcham.

— Et vous, ma belle, vous allez bien, n'est-ce pas ? Vous vous portez bien ? Vous vous êtes trouvé un mari ? Oh ! mais je me souviens... il est mort il y a dix ans, c'est ça ? Et qu'est-ce qui vous amène par ici, à Little Saltern Minor ?

— Je passais par hasard dans le voisinage, mentit encore une fois Mrs Oliver, et comme j'avais votre adresse dans le petit carnet que j'emporte toujours, je me suis dit que j'allais faire un saut chez vous pour voir... comment vous alliez, tout ça.

— Ah ! Et reparler du bon vieux temps, peut-être. C'est toujours bien agréable quand on en a l'occasion, hein ?

— Sans aucun doute, répondit Mrs Oliver, passablement soulagée que cette ouverture lui ait été fournie étant donné qu'il s'agissait justement de la raison pour laquelle elle était venue. Quelle quantité de photos vous avez là, enchaîna-t-elle.

— Ah ! ça oui, que j'en ai. Vous savez, quand j'étais dans cette maison... avec un nom idiot : La Maison de Retraite du Crépuscule Heureux, quelque chose comme ça, où c'est que je suis restée un an et trois mois, jusqu'à ce que je puisse plus y tenir, c'étaient des sales gens là-dedans, ils disaient qu'on pouvait pas garder ses affaires à soi. Tout devait venir de la Maison de Retraite, vous comprenez. Je dis pas qu'on y était mal installé, mais vous savez, moi, j'aime bien être entourée de mes affaires. Mes photos, mes meubles. Et alors il est venu une dame tellement gentille, de la Municipalité elle venait, je sais plus quelle association, et elle m'a dit qu'il y avait un autre endroit où on avait sa propre maison ou je ne sais quoi, et qu'on pouvait apporter ce qu'on voulait. Et il y a une aide tellement gentille qui vient tous les jours voir si tout va bien. Ah !

ça, je suis vraiment bien installée ici. Vraiment bien, on peut le dire. J'ai apporté toutes mes affaires.

— Des objets de partout, constata Mrs Oliver en regardant alentour.

— Oui, cette table — celle en cuivre —, c'est le capitaine Wilson qui me l'a envoyée de Singapour ou de je ne sais où. Et ce coffret en cuivre de Bénarès aussi. C'est joli, hein ? Et ça, cette drôle de bestiole sur le cendrier. Ça vient d'Égypte, ça. C'est un scarabée, ou quelque chose comme ça. Vous connaissez ces bêtes. On croirait un insecte qui pique, mais non. C'est une espèce de hanneton, en pierre. Il paraît que c'est une pierre précieuse. Bleu vif. Du lapin... lavis... lavis l'assoupi, quelque chose comme ça.

— Lapis lazuli, rectifia Mrs Oliver.

— C'est ça, voilà. C'est justement ça. Joli. C'est mon petit archéologue qui allait creuser dans les fouilles qui m'a envoyé ça.

— Quels beaux souvenirs tout ça vous fait, dit Mrs Oliver.

— Ah ! oui, mes garçons et mes filles. Il y en a qui n'étaient que des bébés, quelques-uns que j'ai eus à un mois à peine, d'autres plus tard. Certains quand j'étais en Inde, ou après, quand je travaillais au Siam. Oui. Et là, c'est miss Moya en robe de cour. Ce qu'elle était mignonne ! Elle a divorcé deux fois, miss Moya. Oui. Ça se passait pas bien avec son lord, le premier mari, et ensuite, elle s'est remariée avec un de ces chanteurs yé-yé mais, évidemment, ça pouvait pas marcher. Après, elle a épousé quelqu'un en Californie. Ils avaient un yacht, je crois, ils se promenaient partout. Elle est morte il y a un an ou deux. Elle avait que 62 ans. Dommage de partir si jeune, hein.

— Vous avez connu toutes sortes d'endroits de la planète, vous aussi, n'est-ce pas ? s'enquit Mrs Oliver. Les Indes, Hong Kong, puis l'Égypte, l'Amérique du Sud, c'est bien ça ?

— Ah ! oui, je me suis pas mal promenée.

— Quand je suis allée en Malaisie, reprit Mrs Oliver, je me souviens que vous travailliez dans une famille d'expatriés, c'est bien ça ? Un militaire, un général Quelque-chose. Je crois que c'était... attendez une minute... je n'arrive pas à me rappeler... le général et lady Ravenscroft, c'est ça ?

— Non, non, vous vous trompez de nom. Vous parlez de l'époque où je travaillais chez les Barnaby. C'est ça. Vous étiez venue passer quelques jours chez eux. Vous vous rappelez ? Vous faisiez une tournée, c'est ça, et vous êtes venue passer un moment chez les Barnaby. Elle, c'était une amie d'enfance à vous. Lui, il était juge.

— Mais oui ! s'écria Mrs Oliver. Ce n'est pas très facile. On mélange les noms.

— Deux beaux enfants, qu'ils avaient, reprit Mrs Matcham. Ils sont allés à l'école en Angleterre, bien sûr. Le garçon à Harrow, et la fille à Roedean, je crois que c'était, du coup moi je suis passée à une autre famille, après. Ah ! les choses changent, de nos jours. Il n'y a même plus autant d'*amahs* — nous autres nourrices dans la langue de là-bas, vous vous souvenez — il n'y en a plus autant qu'avant. Remarquez, il arrivait que les *amahs* fassent des histoires, de temps en temps. Moi je m'entendais très bien avec la nôtre, quand j'étais chez les Barnaby, je veux dire. Mais de qui vous parliez ? Des Ravenscroft ? Je me souviens d'eux, oui. Ma foi... voilà que j'oublie le nom de l'endroit où ils habitaient. Pas très loin de chez nous. Les deux familles se fréquentaient, vous savez. Ah ! oui, ça date de vieux, mais je me souviens de tout. J'étais encore chez les Barnaby, vous savez. Après le départ des enfants pour le collège, j'étais restée pour m'occuper de Mrs Barnaby. De ses affaires, vous voyez, pour les entretenir, tout ça. Ma foi oui, j'étais là quand cet horrible accident est arrivé. Pas chez les Barnaby, chez les Ravenscroft, je veux dire. Non, je n'oublierai jamais ça. Ce qui s'en est dit, en tout cas. Évidemment, je n'ai pas été mêlée à ça directement, mais ça a vraiment été un drame terrible, non ?

— Ça a dû l'être, j'en suis persuadée, hasarda Mrs Oliver.

— Ça s'est passé après que vous étiez repartie en Angleterre, un bon moment après, je crois. C'était un gentil couple, les Ravenscroft. Très gentil, et ça les a beaucoup choqués.

— Je ne me rappelle plus très bien, avoua Mrs Oliver.

— Je comprends ça. On oublie. Moi, pas. Les gens avaient toujours dit qu'elle était bizarre, vous savez. Depuis toute petite. Il y avait déjà eu je ne sais quelle histoire avant. Elle avait sorti un bébé de son landau et l'avait jeté à la rivière. Par jalousie, d'après ce qui s'est dit. D'autres disaient qu'elle voulait que le bébé aille au ciel sans attendre.

— C'est de... de lady Ravenscroft que vous parlez ?

— Non, bien sûr que non. Ah ! vous n'avez pas aussi bonne mémoire que moi. C'était sa sœur.

— Sa sœur ?

— Je ne sais plus très bien si c'était sa sœur à elle, ou plutôt à lui. Il paraît qu'elle était longtemps restée dans une espèce d'hôpital pour les fous, figurez-vous. Depuis ses 11 ou 12 ans. Elle était placée là-dedans, et un beau jour, on a dit qu'elle allait mieux alors elle est sortie. D'ailleurs, elle a épousé quelqu'un de l'Armée. Après, il y a eu des histoires. Ce qui s'est dit ensuite, c'est qu'on l'avait replacée dans un de ces asiles de fous. Ils sont bien traités, vous savez. Ils ont un appartement, avec de belles pièces, tout ça. Et je crois que les Ravenscroft allaient la voir, en plus. Le général y allait, ou alors sa femme. Les enfants y allaient accompagnés, parce que ça leur faisait un peu peur. En tout cas, on a fini par dire qu'elle allait mieux. Du coup, elle est retournée vivre avec son mari, puis lui est mort, ou je ne sais quoi. Hypertension, je crois, ou le cœur peut-être. De toute façon, elle, ça l'a beaucoup affectée alors elle est allée s'installer chez son frère ou sa sœur — je sais plus qui était qui — et là, elle avait l'air très bien, heureuse et tout, et très attachée aux enfants, même. Je crois qu'il y avait pas le petit garçon, lui il était à l'école. C'était la petite fille, et une autre petite qui était venue jouer avec elle cet après-midi-là. Ah ! ma foi, je me rappelle plus les détails, à présent. Ça remonte à si loin. Mais ça avait fait du bruit. Il y en avait qui disaient, figurez-vous, qui disaient que c'était pas elle du tout. D'après eux, c'était l'*amah* qui avait tout fait, mais l'*amah* elle les aimait, ces gosses, et ça l'a vraiment, vraiment affectée. Elle voulait emmener les petits loin de la maison. Elle disait qu'ils y étaient pas en sécurité, toutes sortes de choses comme ça. Mais bien sûr, les autres y ont pas cru, et quand cette histoire est arrivée, je crois que les gens se sont dit comme ça que ça devait être... je sais plus son nom... voilà que je m'en souviens plus. En tout cas, voilà.

— Et qu'arriva-t-il à cette fameuse sœur, du général ou de lady Ravenscroft ?

— Eh bien ! je crois qu'un docteur l'a emmenée pour la replacer je ne sais où, puis la ramener en Angleterre au bout du compte, je crois. Je sais pas si elle s'est retrouvée au même endroit qu'avant, mais elle était quelque part où on s'occupait bien d'elle. Je crois qu'il y avait pas mal d'argent, vous savez. Beaucoup d'argent du côté du mari. Elle a peut-être fini par aller de nouveau mieux. Ah ! ça, j'avais pas repensé à tout ça depuis des années. Jusqu'à ce que vous veniez me faire raconter toutes ces histoires sur le général et lady Ravenscroft. Je me demande ce qu'ils sont devenus, à présent. Ils doivent avoir pris leur retraite depuis longtemps, maintenant.

— Eh bien ! c'est assez triste, ma foi, expliqua Mrs Oliver. Vous en avez peut-être entendu parler dans les journaux.

— De quoi ?

— Eh bien ! ils ont acheté une maison en Angleterre, et ensuite...

— Ah ! oui, ça me revient. Je me rappelle avoir lu quelque chose là-dessus dans le journal. Oui, et m'être dit que je connaissais le nom de Ravenscroft, mais je n'arrivais pas vraiment à me rappeler où et comment j'en avais entendu parler. Ils sont tombés d'une falaise, c'est ça ? Quelque chose comme ça.

— Oui, confirma Mrs Oliver. Quelque chose comme ça.

— Dites un peu voir, ma belle, ça me fait sacrément plaisir de vous avoir ici, c'est vrai. Vous allez bien prendre une tasse de thé ?

— Ce n'est vraiment pas la peine, protesta Mrs Oliver. C'est inutile, je vous assure. Inutile de me préparer une tasse de thé.

— Bien sûr que si. D'ailleurs, si ça ne vous fait rien, suivez-moi donc à la cuisine, vous voulez bien ? Figurez-vous que maintenant, c'est là que je passe presque toutes mes journées. C'est plus facile pour aller et venir. Mais je reçois toujours les visiteurs ici, dans cette pièce, parce que je suis fière de mes affaires, vous savez. Fière de mes affaires, fière des enfants, et tout ça.

— À mon avis, enchaîna Mrs Oliver, les gens comme vous ont dû mener une vie merveilleuse, avec tous ces enfants dont vous vous êtes occupée.

— Ça, oui. Je me souviens de vous quand vous étiez petite fille, vous aimiez écouter les histoires que je vous racontais. Il y en avait une qui parlait d'un tigre, je me rappelle, et une autre de singes... de singes dans un arbre.

— Oui, je me souviens de ces deux-là, assura Mrs Oliver. Dieu sait pourtant que ça ne date pas d'hier.

Ses pensées remontèrent au temps de sa propre enfance, à la fillette de 6 ou 7 ans, marchant sur une route d'Angleterre avec des bottines à boutons un peu justes, et écoutant une légende des Indes ou d'Égypte que racontait une nounou chargée de la garder. Or, Nounou était là. Nounou, c'était Mrs Matcham. Mrs Oliver jeta un dernier coup d'œil autour d'elle, puis quitta la pièce à la suite de son hôtesse. Coup d'œil aux portraits de fillettes, d'écoliers, d'enfants et de multiples gens d'âge mûr, pratiquement tous photographiés dans leurs plus beaux atours et parés de jolis cadres parce qu'ils n'avaient pas oublié Nounou. Grâce à eux, sans doute, Nounou savourait une vieillesse assez confortable, à l'abri du besoin. Mrs Oliver eut envie, tout à coup, d'éclater en sanglots. Cela lui ressemblait si peu qu'elle parvint à se dominer par un effort de volonté. Elle suivit Mrs Matcham jusqu'à la cuisine, et là, présenta le cadeau qu'elle avait apporté.

— Ça, par exemple ! Une boîte de thé Tophole Thathams. Ç'a toujours été mon préféré. C'est drôle que vous vous rappeliez ça. J'ai de plus en plus de mal à en trouver, par les temps qui courent. Et mes biscuits à thé préférés, avec ça. Ah ! çà, vous oubliez rien, vous. Comment est-ce qu'ils vous appelaient... ces deux petits garçons qui venaient jouer ? Il y en avait un qui vous appelait Madame Éléphant et l'autre Madame Cygne. Celui de Madame Éléphant s'asseyait sur votre dos et vous le promeniez à quatre pattes en faisant semblant de ramasser des choses avec votre trompe imaginaire.

— Il n'y a pas grand-chose qui échappe à votre mémoire, n'est-ce pas, Nounou ? demanda Mrs Oliver.

— Ah çà ! fit la vieille dame. Les éléphants n'oublient rien. C'est ce qu'affirme le vieux dicton.

8

Mrs oliver à l'œuvre

Mrs Oliver franchit le seuil du magasin Williams & Barnet, pharmacie bien achalandée qui vendait aussi divers produits de beauté. Elle s'arrêta un instant devant un présentoir offrant plusieurs types de remèdes pour cors aux pieds, hésita devant une montagne d'éponges en mousse, déambula vaguement en direction du comptoir à ordonnances médicales, puis rebroussa chemin en longeant les somptueux étalages des soins de beauté tels que les concevaient Elizabeth Arden, Helena Rubinstein, Max Factor et autres bienfaiteurs de l'univers féminin.

Finalement, elle s'arrêta non loin d'une jeune fille assez replète, demanda des renseignements sur divers rouges à lèvres et poussa soudain une petite exclamation de surprise :

— Ma parole, mais c'est Marlène ! Vous êtes bien Marlène, n'est-ce pas ?

— Ça, par exemple ! Mrs Oliver ! Ça me fait plaisir de vous voir. C'est pas croyable, non ? Toutes les vendeuses seront sens dessus dessous quand je vais leur dire que vous êtes venue faire des achats ici.

— Mieux vaudrait ne pas leur en parler, s'effaroucha Mrs Oliver.

— Pensez ! Je suis même sûre qu'elles vont rappliquer avec leurs carnets d'autographes !

— Je préférerais qu'elles s'en abstiennent, affirma Mrs Oliver. Mais vous, Marlène, comment allez-vous ?

— Oh ! pas mal, pas mal du tout, répondit la jeune fille.

— Je ne savais pas si vous étiez encore vendeuse ici.

— Ma foi, on n'y est pas plus mal qu'ailleurs, et je n'ai vraiment pas à me plaindre, vous savez. J'ai été augmentée l'an passé, et je suis maintenant plus ou moins responsable du rayon cosmétiques.

— Et votre mère, comment va-t-elle ?

— Oh ! bien. Ça lui fera plaisir, à maman, de savoir que je vous ai vue.

— Elle habite toujours la même maison au bout de la rue... une fois passé l'hôpital ?

— Oui, on est toujours là-bas. Papa n'est pas très en forme. Il a fait un petit séjour en clinique, mais maman se maintient. Ça oui, ça lui fera plaisir de savoir que je vous ai vue. Vous ne seriez pas dans la région pour quelque temps, par hasard ?

— Pas vraiment, répondit Mrs Oliver. Je ne fais que passer. Je suis venue rendre visite à une vieille amie, mais je me demande tout à coup si...

Elle consulta sa montre.

— Votre mère serait-elle à la maison, en ce moment, Marlène ? Je pourrais y faire un saut. Bavarder cinq minutes avec elle avant d'être obligée de repartir.

— Oh ! oui, allez-y, allez la voir, s'écria Marlène. Ça lui fera tellement plaisir. Je suis désolée de ne pas pouvoir m'absenter du magasin pour vous accompagner, mais je ne crois pas que... je ne crois pas qu'on verrait ça d'un très bon œil. Il faut que j'attende encore une heure et demie avant de pouvoir quitter mon service.

— Ce sera pour une autre fois, assura Mrs Oliver. Cela dit, je ne me souviens plus très bien... c'était au numéro 17 ou la maison porte-t-elle un nom ?

— Elle s'appelle *Les Lauriers*.

— Mais oui, bien sûr. Ce que je suis bête. Eh bien ! ça m'a fait plaisir de vous revoir.

Sur ces mots, Mrs Oliver quitta le magasin, emportant dans son sac un rouge à lèvres dont elle n'avait aucun besoin, et se rendit en voiture jusqu'au bout de la rue principale de Chipping Bartram. Là, elle tourna, dépassa un garage puis les bâtiments de l'hôpital et s'engagea dans une ruelle bordée de jolies maisonnettes.

Ayant rangé son véhicule devant *Les Lauriers*, elle entra dans le jardin. Une femme à cheveux gris, la cinquantaine mince et dynamique, ouvrit la porte et reconnut manifestement aussitôt la visiteuse :

— Mrs Oliver ! Ah ! ma parole. Ça fait des années et des années que je ne vous avais pas vue.

— Oui, ça fait vraiment un bon bout de temps.

— Mais entrez, entrez donc. Vous prendrez bien une bonne tasse de thé ?

— J'ai bien peur que non, répondit Mrs Oliver. Je viens déjà d'en prendre une avec une amie, et il faut que je rentre à Londres. Il s'est seulement trouvé que je suis entrée par hasard faire un achat à la pharmacie et que j'y ai vu Marlène...

— Oui, elle a une très bonne place, là-bas. On y pense beaucoup de bien d'elle. Il paraît qu'elle a l'esprit d'entreprise.

— Ah ! quel bonheur. Et vous, Mrs Buckle, comment allez-vous ? Vous paraissez dans une forme éblouissante. Vous n'avez quasiment pas vieilli depuis la dernière fois.

— Oh ! je ne suis pas de votre avis. Mes cheveux sont gris, et j'ai perdu beaucoup de poids.

— On dirait que c'est le jour où se rencontrent quantité d'amis d'autrefois, expliqua Mrs Oliver en entrant dans la maison où on la conduisit dans un petit salon passablement encombré. Je ne sais pas si vous vous souvenez de Mrs Carstairs... Mrs Julia Carstairs.

— Oh ! mais bien sûr que si. Et comment, que je me souviens d'elle. Elle doit être très âgée, à présent.

— Oui, très est encore peu dire. Nous avons pourtant discuté du bon vieux temps, figurez-vous. En fait, nous sommes allées jusqu'à évoquer ce drame qui s'est passé autrefois. J'étais aux États-Unis, à l'époque, si bien que je n'en avais pas tellement entendu parler. Les Ravenscroft.

— Oh ! je m'en souviens comme si c'était d'hier.

— Vous aviez travaillé pour eux à un moment donné, n'est-ce pas, Mrs Buckle ?

— Oui. J'y allais trois matins par semaine. C'étaient des gens très gentils, les Ravenscroft. De la vieille école, si on peut dire.

— Ce qui s'est passé est vraiment dramatique.

— En effet, c'est bien le cas de le dire.

— Vous étiez toujours à leur service, à ce moment-là ?

— Non. J'avais cessé d'y aller. Ma vieille tante Emma était venue s'installer chez moi et comme elle était presque aveugle et pas très vaillante, je n'avais plus vraiment le temps d'aller travailler à l'extérieur. Mais j'étais encore à leur service un mois ou deux avant l'histoire.

— Ce qui s'est passé a vraiment dû être terrible, reprit Mrs Oliver. J'ai cru comprendre qu'on avait pensé à un pacte de suicide.

— Moi, je n'y ai pas cru un instant, se récria Mrs Buckle. Je suis persuadée que jamais le général et sa femme ne se seraient suicidés ensemble. Pas des gens comme eux. Pas avec une vie aussi agréable que la leur. Ça ne faisait pas très longtemps qu'ils étaient dans la région, bien sûr.

— Non, je ne crois pas, convint Mrs Oliver. À leur retour en Angleterre, ils avaient habité quelque part du côté de Bournemouth, n'est-ce pas ?

— Oui, mais ils s'étaient rendu compte que c'était un peu loin de Londres, voilà pourquoi ils étaient venus à Chipping Bartram. Ils y avaient une très jolie maison, d'ailleurs, et un beau jardin.

— Étaient-ils tous les deux en bonne santé, les derniers temps que vous alliez travailler chez eux ?

— Eh bien ! lui se ressentait un peu des atteintes de l'âge, comme tout le monde. Il avait eu un problème cardiaque, une petite attaque, le général. Quelque chose dans ce genre-là, voyez-vous. Il prenait des cachets, et il s'allongeait un peu de temps à autre.

— Et lady Ravenscroft ?

— Ma foi, je crois que la vie qu'elle avait menée à l'étranger lui manquait, vous savez. Ils ne fréquentaient pas tant de monde que ça, dans la région. Ils avaient bien fait connaissance avec quantités de familles, bien sûr, étant donné leur position sociale. Mais je crois que ça ne devait pas être comme la Malaisie, ou ce genre d'endroit où on a toutes sortes de domestiques à sa disposition. Et de joyeuses réceptions, ce genre de choses.

— Et vous croyez que ces joyeuses réceptions manquaient à lady Ravenscroft ?

— Ma foi, je n'en sais trop rien.

— Quelqu'un m'a dit qu'elle s'était mise à porter une perruque.

— Oh ! elle en avait plusieurs, confirma Mrs Buckle avec un léger sourire. Très chic et très chères. Et vous savez, de temps en temps, elle les renvoyait à Londres où elle les avait achetées, et là, on les lui recoiffait avant de les lui retourner. Il y en avait de tous les genres, figurez-vous. Une en cheveux châtain-roux, une à bouclettes grises en casque. Elle était vraiment bien, avec celle-là. Et aussi deux... pas aussi jolies, ma foi, mais pratiques, voyez-vous... pour les jours de grand vent, quand il faut se couvrir la tête et qu'il menace de pleuvoir. Elle se souciait beaucoup de son apparence, vous savez, et elle mettait beaucoup d'argent dans sa toilette.

— À votre avis, qu'est-ce qui a provoqué ce drame ? demanda Mrs Oliver. Voyez-vous, comme je n'étais pas dans la région à l'époque et que je n'ai vu aucun de mes amis puisque j'étais en Amérique, je n'ai pas entendu parler de tout ça et ça m'a manqué. Bien entendu, il est déplaisant de questionner les gens, ou de leur écrire pour leur demander leur avis à propos de ce genre d'histoires. Mais je pense qu'il a dû y avoir une raison à cette double mort. L'arme du crime était quand même le propre revolver du général Ravenscroft, si j'ai bien compris.

— Eh oui ! Il en avait deux à la maison, parce que d'après lui, on n'était plus en sécurité sous son propre toit sans un revolver. Pour ça, il n'avait peut-être pas tort, vous savez. Ce n'est pas qu'ils aient eu des histoires avant ça, pas que je sache. Sauf un après-midi, où une espèce de type assez déplaisant s'est présenté à la porte. Il ne me disait rien qui vaille, à moi. Il voulait voir le général. Il disait qu'il avait servi dans son régiment du temps de sa jeunesse. Le général lui avait posé quelques questions et à mon avis, il s'était dit que le bonhomme n'était pas très... disons, pas très sérieux. Alors il l'avait renvoyé d'où il venait.

— Vous pensez donc que l'auteur du crime était quelqu'un de l'extérieur ?

— Ma foi, je ne vois pas d'autre explication possible. Remarquez, je n'aimais pas tellement l'homme qui venait faire les travaux de jardinage pour les Ravenscroft. Il n'avait pas très bonne réputation, et il m'a semblé comprendre qu'il avait purgé quelques peines de prison par le passé. Mais bien entendu, le général lui avait demandé ses recommandations, et il tenait à lui donner sa chance.

— Vous pensez donc que le jardinier aurait pu les assassiner ?

— Mettons que... que c'est ce que je me suis toujours dit. Mais bon, je me trompe sûrement. En tout cas, je n'ai pas l'impression... enfin bref, les gens qui ont dit qu'il y avait un scandale là-dessous de son côté à lui, ou alors du sien à elle, et que soit c'était lui qui l'avait tuée, soit c'était elle, tout ça d'après moi ne rime à rien. Non, c'est quelqu'un d'extérieur. Un de ces malfrats qui... enfin bon, on n'en était pas où on en est à l'heure actuelle étant donné que tout ça, il ne faut pas l'oublier, ça s'est passé avant que les gens se mettent toute cette violence en tête. Mais voyez donc ce qu'on lit tous les jours dans les journaux, maintenant. Des jeunes gens, presque encore des gamins, qui prennent tout un tas de drogues et qui deviennent fous, qui se déchaînent dans tous les sens, qui tirent sur un tas de gens sans aucune raison, qui paient un verre à une fille dans un pub pour ensuite soi-disant la raccompagner chez elle et le lendemain, on retrouve son corps dans un fossé. Ou qui volent des mioches dans leurs landaus, sous le nez des mères, qui emmènent une fille danser pour mieux l'assassiner ou l'étrangler sur le chemin du retour. Quand on y pense, on a l'impression que n'importe qui peut faire n'importe quoi. Et voilà ce gentil couple, le général Ravenscroft et sa femme, qui part faire une belle promenade en soirée, et on les retrouve tous les deux avec une balle dans la tête.

— Dans la tête ?

— Ma foi, je ne me souviens plus exactement, à présent, d'ailleurs bien sûr, je n'ai rien vu de mes propres yeux. Mais quand même, ils étaient seulement sortis faire une promenade, comme ça leur arrivait souvent.

— Et ils n'étaient pas en froid, tous les deux, à ce moment-là ?

— Ma foi, ils se disputaient bien de temps en temps, mais c'est le lot de tout le monde, non ?

— Pas de petite amie, ou d'amant de cœur ?

— Ma foi, si tant est qu'on puisse employer ce terme-là pour des gens de cet âge, ça, je ne dis pas qu'il ne circulait aucune rumeur à droite à gauche, mais ça ne rimait à rien. Rien du tout.

Les gens ont toujours envie de raconter des histoires dans ce genre-là.

— Peut-être un des deux avait-il... un grave problème de santé ?

— Eh bien ! lady Ravenscroft était allée une ou deux fois à Londres pour consulter un médecin, et je crois qu'elle avait l'intention de se faire opérer, mais elle ne m'a jamais dit de quoi il s'agissait au juste. Quoi qu'il en soit, elle a bel et bien été hospitalisée un temps et ils l'ont remise sur pied. Mais sans même avoir à l'opérer. Ça, j'en suis sûre. Même qu'à son retour, elle était toute pimpante, fraîche comme un gardon et elle faisait beaucoup plus jeune. L'un dans l'autre, elle s'astreignait à des tas de soins du visage, vous savez, d'ailleurs elle était vraiment jolie avec ses perruques toutes bouclées. On aurait presque dit qu'elle avait retrouvé une nouvelle jeunesse.

— Et le général Ravenscroft ?

— C'était un vieux monsieur très gentil, et je n'ai jamais entendu dire qu'il ait trempé dans le moindre scandale, d'ailleurs je ne pense pas que ça se soit jamais produit. Les gens s'amusent à jaser et, quand un drame se produit, il faut bien qu'ils continuent à déblatérer. Qui sait s'il aurait pas pu recevoir un coup sur la tête en Malaisie, ou quelque chose comme ça, voilà ce que je me suis toujours dit. J'avais un oncle, ou un grand-oncle, figurez-vous, qui était un beau jour tombé de cheval, là-bas. Il a heurté un canon ou je ne sais quoi et il est resté bizarre à la suite de ça. Ça a été pendant six mois, et puis il a fallu le mettre à l'asile parce qu'il menaçait tout le temps de supprimer sa femme. Il disait qu'elle le persécutait, qu'elle ne le lâchait pas d'une semelle, qu'elle l'espionnait pour le compte d'une « puissance étrangère ». Non, mais vous imaginez un peu ? Ah ! on ne peut jamais savoir ce qui peut vous tomber dessus dans une famille.

— En tout cas, vous ne pensez pas qu'il y ait quoi que ce soit de vrai dans les rumeurs qu'il m'est arrivé d'entendre au sujet des Ravenscroft, rumeurs de mauvaise entente ayant amené l'un à abattre l'autre puis à se supprimer ?

— Oh ! ça non.

— Les enfants étaient à la maison, à ce moment-là ?

— Non. Miss... euh... ah ! comment s'appelait-elle, déjà ? Rosie ? Non. Pénélope ?

— Célia, déclara Mrs Oliver. C'est ma filleule.

— Ah ! mais oui, bien sûr. Oui, je me rappelle, maintenant. Je me souviens que vous étiez venue la sortir une fois. C'était une jeune fille qui avait du caractère, plutôt mauvais caractère par certains côtés, mais je crois qu'elle aimait beaucoup son père et sa mère. Mais non, elle était en pension en Suisse quand c'est arrivé, j'ai plaisir à le dire, parce que ç'aurait été un choc terrible pour elle si elle s'était trouvée à la maison et qu'elle les ait découverts.

— Il y avait aussi un garçon, non ?

— Oh ! oui. Le jeune Edward. Son père s'inquiétait un peu pour lui, je crois. On aurait dit que le petit ne l'aimait pas.

— Oh ! ce n'est pas grave. Les garçons en passent tous par là. Il était très attaché à sa mère ?

— Disons qu'elle le couvait un peu trop, à mon avis, et qu'il trouvait ça pénible. Les jeunes garçons n'apprécient pas que leur mère ne les lâche pas d'une semelle, leur dise de mieux se couvrir, de mettre un gilet ou un pull de plus. Son père, lui, n'aimait pas la façon dont il se coiffait, voyez-vous. C'était... ma foi, ce n'était pas encore ce qu'on voit par les temps qui courent, mais ça commençait, si vous voyez ce que je veux dire.

— Mais le garçon n'était pas à la maison au moment du drame ?

— Non.

— Ç'a dû être un choc pour lui aussi, j'imagine ?

— Ma foi, sans doute. À ce moment-là, ça faisait déjà quelque temps que je n'allais plus chez eux, bien sûr, alors je n'en ai pas su grand-chose. Moi, si vous voulez mon avis, je n'aimais pas ce jardinier. Comment s'appelait-il, déjà... Fred, je crois. Fred Wizell. Un nom comme ça. J'ai l'impression qu'il avait fait quelques... mettons, quelques coups en douce ou je ne sais quoi. Que le général l'avait surpris et s'apprêtait à le renvoyer. Moi, je crois qu'il en aurait été capable.

— D'abattre le mari et la femme ?

— Disons que ça m'aurait paru plus vraisemblable qu'il ait seulement tué le général. Admettons qu'il l'ait abattu, et que lady Ravenscroft soit arrivée sur ces entrefaites, il aura bien fallu qu'il l'abatte elle aussi. On lit des choses comme ça dans les livres.

— Oui, fit pensivement Mrs Oliver, on en lit vraiment des vertes et des pas mûres, dans les livres.

— Il y avait aussi le précepteur. Moi, je ne l'aimais pas tellement.

— Quel précepteur ?

— Eh bien ! il y en avait eu un pour le garçon. Il n'avait pas pu passer l'examen et tout ça dans l'école où il était avant... un établissement primaire privé, ou je ne sais quoi. Du coup, ses parents avaient engagé un précepteur pour lui. Il est resté à peu près un an, je crois. Lady Ravenscroft l'aimait beaucoup. Elle était musicienne, voyez-vous, et le précepteur en question aussi. Mr Edmunds, je crois qu'il s'appelait. Assez gnangnan comme jeune homme, moi je trouvais, et à mon avis, le général Ravenscroft ne l'appréciait pas tellement non plus.

— Mais lady Ravenscroft, si.

— Oh ! je crois qu'ils avaient des tas de choses en commun. D'ailleurs c'était elle, je crois, plutôt que le général, qui avait vraiment choisi ce précepteur. Remarquez, il était très bien éduqué, il parlait gentiment à tout le monde, tout ça...

— Est-ce que... je-ne-sais-plus-comment, le garçon... ?

— Edward ? Oh ! oui, il l'aimait bien, je crois. C'était presque un peu son héros, je crois. En tout cas, n'écoutez aucune des rumeurs que vous entendrez à propos de scandales dans la famille, d'une liaison de lady Ravenscroft avec je ne sais qui, ou du général avec cette fille à face de lune qui faisait du classement pour lui, tout ça. Non. Qui que soit ce monstre d'assassin, c'était quelqu'un venant de l'extérieur. La police n'a jamais trouvé la moindre piste. Une voiture avait été vue près de là, mais ça n'a mené à rien, on n'a jamais été plus loin que ça. Mais quand même, moi je crois qu'il faudrait chercher quelqu'un que, peut-être, les Ravenscroft auraient connu en Malaisie, ou ailleurs à l'étranger, je ne sais où, peut-être même quand ils habitaient du côté de Bournemouth, au début. On ne sait jamais.

— Qu'en a pensé votre mari ? s'enquit Mrs Oliver. Il ne devait pas connaître le couple aussi bien que vous, bien sûr, mais il en a sans doute beaucoup entendu parler ?

— Ah ça ! il en a entendu parler, c'est sûr. Les soirs, au *George & Flag*, le pub qu'il fréquente, vous voyez. Les gens jacassaient à tort et à travers. Ils disaient qu'elle buvait, qu'on avait sorti de la maison des caisses entières de bouteilles vides. C'est complètement faux, ça, je suis bien placée pour le savoir. Il y avait aussi un neveu qui venait les voir de temps en temps. Il a eu des histoires avec la police, lui, mais je ne pense pas que ça ait de rapport du tout. La police a estimé que non, d'ailleurs. De toute façon, ce n'était pas à la même époque.

— Mis à part le général et lady Ravenscroft, il n'y avait personne qui vive vraiment là, n'est-ce pas ?

— Eh bien ! lady Ravenscroft, elle avait une sœur qui venait les voir de temps en temps. Une demi-sœur, je crois. Quelque chose comme ça. Elle ressemblait pas mal à lady Ravenscroft. J'ai toujours pensé que quand elle venait les voir, ça faisait des histoires dans le couple. Elle était de ces femmes qui aiment bien mettre de l'huile sur le feu, si vous voyez ce que je veux dire. Qui disait des choses juste pour agacer le monde.

— Lady Ravenscroft l'aimait bien ?

— Ma foi, si vous voulez mon avis, je crois qu'elle ne l'aimait pas vraiment. Je crois que la sœur s'imposait un peu chez eux, par moments, mais que lady Ravenscroft ne voulait pas lui refuser son toit, mais à mon avis, ça lui portait joliment sur les nerfs de l'avoir chez elle. Le général appréciait sa belle-sœur parce qu'elle jouait bien aux cartes. Elle jouait aux échecs, ce genre de choses, avec lui, et il aimait bien ça. D'ailleurs c'était une femme distrayante, d'une certaine manière. Mrs Jerryboy, ou je ne sais plus quoi, elle s'appelait. Elle était veuve, il me semble. Et je crois qu'elle leur empruntait souvent de l'argent, en plus.

— Vous aimiez cette femme ?

— Eh bien ! sauf votre respect, non, je ne l'aimais pas. Je ne l'aimais pas du tout, même. Moi, je trouvais que c'était une femme à histoires, voyez-vous. Mais ça faisait un bon moment qu'elle n'était pas venue quand le drame s'est produit. Je ne me rappelle pas très bien à quoi elle ressemblait. Elle avait un fils, qu'était venu avec elle une fois ou deux. Je ne l'aimais pas trop. Sournois, moi je trouvais.

— Ma foi, enchaîna Mrs Oliver, je suppose que personne ne saura jamais vraiment la vérité. Plus maintenant. Après si longtemps. Au fait, j'ai vu ma filleule, l'autre jour.

— Ah ! oui, tiens ? Ça me ferait bien plaisir d'avoir des nouvelles de miss Célia. Comment elle va ? Bien ?

— Oui. Apparemment, elle va très bien. Je crois qu'elle envisage de peut-être se marier. En tout cas, elle a un...

— Un petit ami sérieux, c'est ça ? compléta Mrs Buckle. Ah ! ma foi, on en passe toutes par là. Ça veut pas forcément dire qu'on épouse le premier qu'on trouve, d'ailleurs. Et neuf fois sur dix, ce n'est pas plus mal comme ça.

— Vous ne connaissez pas de Mrs Burton-Cox, dites-moi ? demanda Mrs Oliver.

— Burton-Cox ? Le nom me dit quelque chose. Mais non, je ne crois pas. Ça n'aurait pas été quelqu'un d'installé dans la région, ou qui serait venu chez eux, des fois ? Je me demande... Mais non. Non, pas que je me souvienne. Pourtant, j'ai déjà entendu un nom qui ressemblait à ça, c'est sûr. Un vieil ami du général Ravenscroft, à mon avis, quelqu'un qu'il aurait connu en Malaisie. Mais je ne vois pas, conclut-elle en secouant la tête en signe de dénégation.

— Eh bien ! lança Mrs Oliver, il ne faudrait pas que je m'attarde à bavarder trop longtemps avec vous. Mais ça m'a vraiment fait plaisir de vous revoir, Marlène et vous.

9

Résultats de l'enquête éléphantine

— Il y a eu un appel téléphonique pour vous, monsieur, annonça George, le fidèle factotum d'Hercule Poirot. De Mrs Oliver.

— Ah ! oui. Et que voulait-elle m'annoncer, George ?

— Elle a demandé s'il serait possible qu'elle vienne vous voir ce soir, monsieur, après dîner.

— Ce serait splendide, répondit Poirot. Splendide. J'ai passé une journée fatigante. Voir Mrs Oliver sera une distraction revigorante. Elle est toujours amusante en même temps qu'éminemment imprévisible dans les propos qu'elle tient. Au fait, a-t-elle mentionné des éléphants ?

— Des éléphants ? Non, monsieur, je ne crois pas.

— Ah ! Dans ce cas, ça pourrait signifier que les éléphants se sont révélés décevants.

George décocha un regard passablement interloqué à son maître. Certaines fois, il ne percevait pas tout à fait l'à-propos des remarques du détective.

— Rappelez Mrs Oliver, lança ce dernier, et dites-lui que je serai enchanté de la recevoir.

George partit mettre cet ordre à exécution, et revint pour annoncer que Mrs Oliver viendrait aux alentours de 9 heures moins le quart.

— Du café, décréta Poirot. Il faudra préparer du café et quelques petits fours. Il me semble bien que j'en ai commandé il y a peu chez Fortnum & Mason.

— Une quelconque liqueur, monsieur ?

— Non, je ne pense pas. Moi-même, je prendrai un peu de sirop de cassis.

— Bien, monsieur.

Mrs Oliver arriva très exactement à l'heure dite. Poirot l'accueillit avec un plaisir manifeste :

— Comment allez-vous, très chère madame ?

— Je suis épuisée, annonça la romancière.

Elle se laissa choir dans le fauteuil que Poirot lui indiqua.

— Complètement épuisée.

— Ah ! « Qui va à la chasse... », tiens ! je ne me souviens plus de la suite du dicton.

— Je m'en souviens, moi, déclara Mrs Oliver. Je l'ai appris quand j'étais enfant : « *Qui va à la chasse perd sa place*[1]. »

— D'où il ressort qu'il ne saurait s'appliquer aux recherches que vous avez entreprises. Je fais allusion à la chasse aux éléphants, à moins que ce n'ait été pour vous qu'une simple figure de style.

— Pas du tout, enchaîna Mrs Oliver. Je mène une chasse effrénée aux éléphants. De droite, de gauche, dans tous les sens. La quantité d'essence que j'ai pu consommer, le nombre de trains que j'ai pris, de lettres que j'ai écrites, de télégrammes que j'ai expédiés... vous ne pouvez pas savoir à quel point tout ça est harassant.

— Dans ce cas, délassez-vous. Prenez un peu de café.

— Un bon café noir et fort... oui, c'est ce que je vais faire. Exactement ce qu'il me faut.

— Avez-vous, si je puis me permettre cette question, obtenu des résultats ?

— Quantité de résultats, affirma Mrs Oliver. L'ennui, c'est que je ne sais pas s'il y en a d'utiles dans le lot.

— Vous avez néanmoins appris des faits ?

— Non. Non, pas vraiment. J'ai appris des

1. En français dans le texte.

détails que les gens m'ont présentés comme des faits, mais pour ma part, je doute fortement que c'en soient *vraiment*.

— Des on-dit ?

— Non. Bel et bien ce que j'avais annoncé d'entrée de jeu : des souvenirs. Quantité de gens ont des souvenirs. L'ennui, c'est que lorsqu'on se remémore ci ou ça, on ne se le remémore pas toujours correctement, n'est-ce pas ?

— En effet, mais chacun de ces souvenirs évoqués n'en demeure pas moins un résultat à porter à votre crédit.

— Et vous, qu'avez-vous fait ? demanda Mrs Oliver.

— Vous vous montrez toujours si impitoyable à mon égard, madame, gémit Poirot. Vous seriez prête à exiger que j'*agisse*, que moi aussi je me démène.

— Et alors, vous êtes-vous démené ?

— Je ne me suis pas démené, non, mais j'ai eu quelques entretiens avec d'autres confrères de ma branche.

— Voilà qui m'a tout l'air largement plus paisible que ce avec quoi je me suis colletée, commenta Mrs Oliver. Oh ! que ce café est bon. Il est vraiment très fort. Vous ne pouvez pas savoir à quel point je suis fatiguée. Et dans le brouillard.

— Allons, allons. Ne perdons pas l'espérance. Vous n'avez sûrement pas fait chou blanc. Je vous fais confiance : vous nous rapportez du concret.

— J'ai récolté toute une collection d'hypothèses et d'anecdotes. Mais je ne sais pas si elles sont véridiques !

— Il se pourrait que, sans l'être, elles se révèlent quand même utiles, affirma Poirot.

— Ma foi, je comprends ce que vous entendez

par là, répondit Mrs Oliver, et c'est aussi mon avis. Ou plutôt, c'était mon avis quand je me suis mise en quête de ces anecdotes. Mais quand les gens se souviennent d'un événement et le racontent... eh bien ! souvent, ils ne racontent pas au juste ce qui s'est véritablement passé, mais ce qu'eux-mêmes ont cru qu'il se passait.

— La version qu'ils en donnent devait pourtant se fonder sur du réel, objecta Poirot.

— Je vous ai apporté un genre de liste, annonça Mrs Oliver. Inutile que je vous décrive par le menu où je suis allée, ce que j'ai dit ou pourquoi je l'ai dit : je suis sciemment partie en quête de... disons, de renseignements qu'il ne serait sans doute plus possible d'obtenir de qui que ce soit dans le pays à l'heure actuelle. Cependant tout ce que j'ai glané émane de personnes qui connaissaient les Ravenscroft, même si ce n'était que de loin.

— Des informations de l'étranger, vous voulez dire ?

— Bon nombre de ces informateurs avaient en effet vécu à l'étranger. Pour ce qui est des autres, ils avaient vaguement connu les Ravenscroft en Angleterre, ou c'étaient des gens dont les tantes, cousins ou amis les connaissaient de longue date.

— Et tous ceux dont vous avez noté les noms avaient *quelque chose* à raconter... quelque souvenir ayant trait au drame ou aux gens impliqués ?

— C'est à peu près ça, répondit Mrs Oliver. Je vais donc vous exposer en gros mon tableau de chasse, d'accord ?

— Oui. Prenez un petit four.

— Merci, fit Mrs Oliver.

Elle prit un petit gâteau d'allure particulièrement onctueuse et écœurante et mordit dedans à belles dents.

— Je me dis toujours que les sucreries, commenta-t-elle, ça donne vraiment beaucoup d'énergie. Bon, alors, j'ai récolté les hypothèses que voilà, qui m'ont généralement été confiées après une introduction du genre : « Mais oui, bien sûr ! », « Comme c'était triste, toute cette histoire ! », « Évidemment, tout le monde sait ce qui s'est vraiment passé, ça ne fait pas de doute. » Ce genre de préambules.

— Je vois.

— Ces gens *pensaient* savoir ce qui s'est passé. Pourtant, en réalité, je n'ai obtenu aucune explication vraiment valable. Il ne s'est toujours agi que d'anecdotes que quelqu'un leur avait rapportées, ou qu'ils tenaient de la bouche d'amis, domestiques ou connaissances, vous voyez le genre. Bien entendu, les hypothèses relevaient toutes du même domaine, comme on pouvait s'y attendre. A : le général Ravenscroft rédigeait ses mémoires concernant son service en Malaisie, les dictait à une jeune femme lui tenant lieu de secrétaire qui dactylographiait le tout et le secondait, or il s'agissait d'une jolie jeune femme et il y avait certainement du vilain là-dessous. Le résultat étant... ma foi, il semble y avoir eu deux courants de pensée. L'un selon lequel le général avait assassiné sa femme pour pouvoir épouser sa secrétaire, mais qu'aussitôt après l'avoir abattue, l'horreur de son geste l'avait poussé à se supprimer...

— Tout juste, commenta Poirot. Une explication romanesque.

— D'après l'autre hypothèse, il y avait eu un précepteur qui était venu donner des cours au fils de la maison, lequel fils avait été malade et absent pendant six mois et quelque de l'école privée qu'il fréquentait... un jeune et beau précepteur.

— Ah ! je vois. Et la femme du général s'était éprise du jeune homme. Peut-être avait-elle même eu une aventure avec lui ?

— C'est précisément l'hypothèse, confirma Mrs Oliver. Mais pas la moindre preuve d'aucune sorte. Là encore, rien que des suppositions romanesques.

— Et à partir de là ?

— Et à partir de là, on avait supposé que le général avait sans doute assassiné sa femme dans un élan de jalousie, puis, bourrelé de remords, se serait supprimé. Il existe une autre version selon laquelle le général aurait eu une liaison, que sa femme aurait découverte, à la suite de quoi elle l'aurait abattu avant de retourner son arme contre elle. Tout ça connaît chaque fois quelques variantes. Mais en réalité, personne ne sait rien. Je veux dire par là qu'il ne s'agit guère chaque fois que d'une version tout au plus plausible. Enfin bon, c'est vrai, le général aurait pu entretenir une liaison avec une jeune fille, quantité de jeunes filles, ou tout simplement une autre femme mariée, ou ç'aurait pu être lady Ravenscroft qui entretienne une liaison avec quelqu'un. Le quelqu'un en question varie selon chacune des versions qu'on m'a soumises. On ne savait rien de précis à son sujet, et on n'avait aucune preuve de son existence. Il s'agissait simplement de la rumeur qui courait voilà douze ou treize ans, et que les gens ont un peu oubliée aujourd'hui. Ils s'en souviennent pourtant assez pour citer quelques noms et relater sans trop se tromper ce qui s'est passé. Il y avait un jardinier de réputation douteuse qui vivait dans la place, une charmante vieille cuisinière-gouvernante, presque aveugle et quasi sourde, mais personne ne semble penser qu'elle ait trempé d'une quelconque manière dans cette affaire. Et ainsi de suite. J'ai noté tous les noms et toutes les hypothèses. Certains des noms sont erronés, certains sont les bons. Tout ça est très compliqué. La femme du général avait été malade pendant une brève période, ai-je cru comprendre. Je crois qu'elle avait contracté je ne sais quelle fièvre. Elle avait dû perdre beaucoup de cheveux puisqu'elle avait acheté des perruques. On avait trouvé pas moins de quatre perruques neuves dans ses effets personnels.

— Oui, confirma Poirot. J'ai entendu dire cela, moi aussi.

— Qui vous l'a dit ?

— Un mien ami qui travaille dans la police. Il a réexaminé les comptes rendus de l'enquête préliminaire et les divers effets de la maison. Quatre perruques ! J'aimerais avoir votre avis là-dessus, madame. Ne trouvez-vous pas que quatre perruques, cela semble un peu excessif ?

— Ma foi, si, en vérité, répondit Mrs Oliver. J'avais une tante qui portait perruque. Elle en possédait une de rechange qu'elle arborait quand elle envoyait l'autre au recoiffage. Je n'avais jamais entendu parler de quelqu'un qui en possédât quatre.

Mrs Oliver tira de son sac un petit calepin qu'elle feuilleta à la recherche de certains passages.

— Mrs Carstairs : 77 ans, et un tantinet gâteuse. Je cite ses propos : « Je me souviens très bien des Ravenscroft. Oui, oui, un très gentil couple. C'est très triste, je trouve. Oui. C'était un cancer ! » Je lui ai demandé qui des deux époux avait un cancer, poursuivit Mrs Oliver, mais Mrs Carstairs ne se souvenait plus très bien de ce détail. Il lui semblait, m'a-t-elle dit, que lady Ravenscroft allait à Londres pour consulter un médecin, et qu'elle s'était fait opérer, puis qu'à son retour, elle était très mal en point et que son mari se faisait beaucoup de souci pour elle. C'était donc lui, bien sûr, qui l'avait tuée avant de se suicider.

— Était-ce la version toute personnelle de cette dame, ou était-elle au courant de détails précis ?

— Je crois qu'il s'agissait tout bonnement là encore d'une hypothèse. Pour autant que j'aie pu le constater ou l'entendre au cours de mes investigations, reprit Mrs Oliver en insistant sur le dernier mot, quand les gens apprennent qu'une de leurs relations, qu'ils connaissent assez peu, tombe subitement malade ou consulte des médecins, ils en concluent invariablement qu'il s'agit d'un cancer. De même que les intéressés eux-mêmes, je crois. Quelqu'un d'autre... — je n'arrive pas à relire le nom de cette femme, je l'ai d'ailleurs oublié, il me semble que ça commençait par un T — cette personne, donc, m'a dit que c'était le général qui souffrait d'un cancer. Qu'il était très malheureux, de même que sa femme. Qu'ils en avaient discuté tous les deux et n'arrivaient pas à se faire à cette idée, alors qu'ils avaient décidé de se suicider.

— Triste et romanesque, commenta Poirot.

— Oui, mais pas très véridique, d'après moi, enchaîna Mrs Oliver. C'est troublant — n'est-ce pas ? — que les gens se souviennent de tant de détails alors qu'il semble qu'ils aient inventé ça eux-mêmes en grande partie.

— Ils ont inventé la solution à une situation qu'ils connaissaient un peu, expliqua Poirot. C'est-à-dire qu'ils savaient que quelqu'un allait à Londres pour, disons, consulter un médecin, ou que quelqu'un avait passé deux ou trois mois à l'hôpital. Voilà ce qu'ils savaient *vraiment*.

— Oui, renchérit Mrs Oliver, et ensuite, quand

ils viennent à en reparler longtemps après, ils exposent la solution qu'ils ont eux-mêmes inventée. Ça ne nous aide pas énormément, si ?

— Mais si, assura Poirot. Vous avez tout à fait raison, vous savez, à propos de ce que vous me disiez.

— Des éléphants ? releva Mrs Oliver d'un ton plutôt dubitatif.

— Des éléphants, oui, confirma Poirot. Il importe de prendre connaissance de certains événements que les gens gardent en mémoire sans même vraiment savoir quels étaient ces événements, pourquoi ils se sont produits et ce qui les a provoqués. Il se pourrait très bien, toutefois, que les gens sachent quelque chose que nous ignorons et que nous n'avons aucun moyen d'apprendre. Ainsi, certains souvenirs ont donné lieu à des hypothèses : hypothèses d'infidélités, de maladie, de pactes de suicide, de jalousie, tout ce qu'on vous a exposé. On pourrait mener des recherches plus approfondies sur certains détails pour peu qu'ils semblent plausibles à un quelconque égard.

— Les gens aiment parler du passé, affirma Mrs Oliver. Ils aiment vraiment mieux parler du passé que de ce qu'il arrive aujourd'hui, ou de ce qu'il est arrivé l'année dernière. Ça les aide à se remémorer. Ils commencent d'abord par parler d'un tas de gens pour lesquels on n'éprouve bien évidemment aucune curiosité, mais on ne tarde pas à apprendre ensuite ce que ces gens savaient au sujet de quelqu'un d'autre, qu'eux-mêmes ne connaissaient pas mais dont ils avaient entendu parler. Vous comprenez, du coup le général et la lady Ravenscroft dont on entend parler se trouvent au deuxième degré, en quelque sorte. Comme dans les relations de famille, reprit-elle : vous savez, cousin germain au premier degré, cousin au deuxième degré, et tout ce qui s'ensuit. Cela dit, je ne pense pas que mes recherches soient d'une grande aide.

— Il ne faut pas dire ça, protesta Poirot. Je suis quasi certain que, dans votre charmant petit calepin lie-de-vin, vous trouverez quelque chose qui concerne ce drame du passé. Je puis vous affirmer, d'après mes propres recherches au sein des comptes rendus officiels se rapportant à cette affaire, que le mystère de ces deux décès reste entier. Du point de vue de la police, s'entend. C'était un couple uni, au sujet de qui ne circulaient guère de commérages ou de rumeurs d'adultère, et l'on n'a eu vent après coup d'aucune maladie susceptible d'avoir poussé l'un à se supprimer ou à supprimer l'autre. Cela dit, ce que je vous rapporte là concerne uniquement l'époque précédant immédiatement le drame. Or, leur vie commune n'a pas commencé là : il y a eu la Malaisie et toutes leurs années passées hors d'Angleterre.

— Je comprends ce que vous voulez dire, déclara Mrs Oliver. J'ai d'ailleurs récolté des renseignements là-dessus auprès d'une ancienne nounou. Une ancienne nounou aujourd'hui âgée de... je ne sais pas, elle pourrait avoir 100 ans, mais je crois qu'elle n'en a que 80 et quelque. J'ai des souvenirs d'elle qui remontent à mon enfance. Elle me racontait des histoires sur les expatriés aux Indes, en Égypte, dans le royaume du Siam, à Hong Kong et tout le reste.

— Des renseignements qui vous ont intéressée ?

— Oui, répondit Mrs Oliver : elle a évoqué un drame assez obscur. Elle n'avait pas l'air très sûre de ce qui s'était passé. Je ne pense pas vraiment que ça ait le moindre rapport avec les Ravenscroft, peut-être plutôt avec d'autres gens de là-bas, car elle ne se souvient plus très bien des noms et des détails. Il était question d'un problème de folie au sein d'une famille. La belle-sœur de quelqu'un. Soit la sœur du général Je-ne-sais-plus-qui, soit celle de Mrs Je-ne-sais-plus-qui. Une femme ayant passé des années dans un établissement psychiatrique. J'ai cru comprendre qu'elle avait tué ses propres enfants, ou tenté de les tuer, des années auparavant, puis qu'on l'avait supposée guérie, ou mise en liberté conditionnelle, quelque chose comme ça, après quoi elle s'était rendue en Égypte, ou en Malaisie, ou je ne sais où. Elle s'y était rendue pour séjourner chez les gens en question. Et là, il s'était semble-t-il produit un autre drame, concernant aussi des enfants, je crois, ou quelque chose d'approchant. Il s'agissait en tout cas d'une affaire qui avait été étouffée. Cela dit, je me suis demandé s'il n'y avait pas une histoire de démence dans la famille Ravenscroft, soit de son côté à elle, soit du côté du général. Je ne pense pas qu'il ait pu s'agir nécessairement de quelqu'un d'aussi proche qu'une sœur. Ça pouvait être une cousine, ou quelque chose comme ça. En tout cas... voilà, ça m'a semblé une voie possible à exploiter pour mon enquête.

— Oui, reconnut bien volontiers Poirot, la possibilité d'une plaie longtemps cachée et qui aurait soudain refait surface n'est jamais à exclure. Comme me l'a si bien dit quelqu'un il y a peu : *au loin s'étend l'ombre portée des péchés de jadis*.

— Il ne m'a semblé ni certain ni même probable que la vieille Nounou Matcham se souvienne vraiment du fait que ces gens aient pu être ceux qu'elle se figurait, précisa Mrs Oliver. Cela dit, ça aurait *pu* cadrer avec ce que m'a dit cette affreuse bonne femme, au déjeuner littéraire, quand elle voulait me faire demander à ma filleule si c'était sa mère qui avait tué son père, ou le contraire.

— Encore une fois, comment cette fille aurait-elle pu le savoir ?

— Ma foi, rien au fond n'interdisait qu'elle l'ait su. Non pas qu'elle l'ait su à l'époque, j'entends — on lui aura certainement caché la vérité pour l'épargner — mais peut-être aurait-elle pu glaner après coup çà et là des bribes de détails qui lui auraient permis d'y voir plus clair dans l'existence de ses parents et de déterminer qui était susceptible d'avoir tué qui, quand bien même elle n'en parlerait probablement jamais, n'y ferait jamais allusion, ni n'en dirait rien à quiconque.

— Or, vous prétendez que cette femme... cette Mrs...

— Oui. Son nom m'échappe pour le moment. Mrs Burton-je-ne-sais-quoi. Un nom comme ça. Elle a évoqué le désir qu'avait son fils d'épouser ma filleule. Et au fond j'admets qu'on puisse souhaiter savoir, le cas échéant, s'il ne se trouvait par hasard pas des criminels... ou à tout le moins des antécédents de dérangement mental dans la famille de la mère ou du père de sa future bru. Cette femme pensait sans doute que si ç'avait été la mère qui avait tué le père, il serait très imprudent de la part de son fils d'épouser sa promise, alors que si ç'avait été le père qui avait tué la mère, elle y verrait probablement moins d'objections, suggéra Mrs Oliver.

— Vous voulez dire qu'elle penserait que cet atavisme puisse ne courir que dans la branche féminine ?

— Ma foi, cette créature ne m'a pas paru avoir la science infuse ni être très futée. De l'autorité, ça oui, accorda Mrs Oliver. S'imaginant avoir tous les droits, alors que c'est loin d'être le cas.

» On m'a également soumis un autre éclairage du drame, enchaîna assez abruptement la romancière. La même chose, mais de raccroc, si vous voyez ce que je veux dire. Mais vous le voyez sûrement. Quelqu'un m'a glissé dans le tuyau de l'oreille : « Les Ravenscroft ? Ce n'était pas ce couple qui avait adopté un enfant ? Tout était paraît-il réglé, tout s'était passé à merveille, ils étaient fous de joie — car un de leurs enfants était mort en Malaisie, je crois — et puis voilà que la véritable mère a voulu le reprendre si bien qu'il y a eu un procès, ou je ne sais quoi. Toujours est-il que le tribunal leur confirma la garde de l'enfant. Mais il semblerait que la mère tenta du coup de le récupérer en le kidnappant ou Dieu sait quoi. » Sombre affaire... qu'est-ce que vous en dites ?

— Que votre compte rendu renferme des pistes plus simples, objecta Poirot, et que, pour ma part, je préfère.

— Telles que ?

— Les perruques. Les quatre perruques.

— Ma foi, reprit Mrs Oliver, je m'étais bien dit que ce détail vous intéresserait... encore que je ne comprenne absolument pas pourquoi. Pour moi, ça n'a pas l'air de *signifier* quoi que ce soit. L'hypothèse précédemment énoncée ne récoltait pas non plus mes suffrages, comme on dit élégamment. Elle relevait de la folie ordinaire. Il y a des gens qui se retrouvent dans des asiles d'aliénés parce qu'ils ont tué leurs enfants ou l'enfant de quelqu'un d'autre au nom d'une raison complètement loufoque, dénuée de tout fondement. On a parlé d'une folle. Je ne vois pas ce qui, dans cet ordre d'idées, aurait pu pousser le général et lady Ravenscroft à se supprimer.

— À moins précisément que l'un d'eux n'ait été impliqué dans la disparition d'enfant telle que vous la mentionnez, suggéra Poirot.

— Vous voulez dire que le général aurait pu tuer quelqu'un, le fils... un enfant illégitime, peut-être, de sa femme, ou le sien propre ? Non, je crois que là, nous sombrons un peu trop allègrement dans le mélodrame. D'ailleurs, si vous y tenez, ç'aurait pu être elle qui aurait tué l'enfant de son mari, ou le sien propre.

— Tout ceci étant dit, enchaîna Poirot, les gens ressemblent généralement à l'image qu'ils donnent d'eux-mêmes.

— C'est-à-dire... ?

— Les Ravenscroft semblaient former un couple uni, un couple vivant en bonne intelligence, sans différends ni querelles. Ils ne paraissaient pas avoir connu d'ennuis médicaux sérieux. Pas de cancer supposé, pas de leucémie ni quoi que ce soit de cet ordre. Et, à l'exception d'une opération probablement bénigne envisagée par l'un des deux après consultation d'un spécialiste à Londres, rien n'indique un avenir de déchéance physique qu'ils n'auraient pu affronter. Et cependant, il semble qu'on ne récolte encore que du *possible*, mais rien en revanche qui soit *probable*. Même s'il y a eu quelqu'un d'autre dans la maison, quelqu'un d'autre à ce moment-là, la police, mes amis j'entends, qui ont suivi l'enquête à l'époque, affirment que rien de ce qui a été dit ne cadrait vraiment avec autre chose que les seuls événements. Pour on ne sait quelle raison, ces deux-là n'ont tout d'un coup plus souhaité continuer à vivre. *Pourquoi ?*

— Pendant la guerre — la deuxième guerre, veux-je dire —, glissa Mrs Oliver, j'ai connu un couple qui croyait que les Allemands allaient débarquer en Angleterre, et ils avaient décidé, le cas échéant, de se supprimer. Je leur ai dit que je trouvais ça complètement idiot. Mais eux estimaient qu'ils ne pourraient pas continuer à vivre dans ces circonstances. Je persiste à toujours trouver ça idiot. Il faut avoir le courage d'affronter les pires situations. Bon sang de bonsoir, ce n'est pas en mourant qu'on règle ses problèmes ni qu'on rend service à son prochain. Tiens, mais je me demande...

— Oui ? Que vous demandez-vous ?

— Eh bien ! en prononçant ces mots, je viens soudain de me demander si la mort du général et de lady Ravenscroft n'avait après tout pas rendu service à quelqu'un.

— Vous voulez dire... à quelqu'un qui aurait pu hériter d'eux ?

— En quelque sorte. Encore que ce ne soit pas à l'argent que je pense. Il a pu s'agir de quelqu'un à qui cela aurait donné de meilleures chances de s'en sortir dans l'existence. Qui sait s'il n'y avait pas, dans la vie des Ravenscroft, un secret inavouable dont ils ne voulaient pas que leurs deux enfants puissent jamais découvrir toute l'horreur.

— L'ennui avec vous, soupira Poirot, c'est que vous pensez trop souvent à des choses qui *auraient pu* se passer, qui *auraient pu* être. Certes, vous me suggérez des idées. Des idées plausibles. Mais si seulement elles pouvaient en plus être probables ! *Pourquoi* ? Pourquoi était-il nécessaire que ces deux-là meurent ? Pourquoi ceci, pourquoi cela ? S'il faut en croire les apparences, ils n'étaient pas en proie à l'affliction, à la maladie, ils n'étaient pas profondément malheureux. Alors pourquoi, au soir d'une belle journée, sont-ils partis faire une promenade sur la falaise en emmenant le chien...

— Que vient faire le chien là-dedans ? coupa Mrs Oliver.

— Ma foi, voilà un petit moment que je me pose la question. Cet animal, l'ont-ils emmené ou les a-t-il suivis ? Où se situe le chien ? Que vient-il faire dans tout cela ?

— Je suppose qu'il se situe au même plan que les perruques, grinça Mrs Oliver. Encore un détail qu'on n'arrive pas à expliquer et qui n'a pas l'air significatif. Un de mes éléphants m'a dit que le chien adorait lady Ravenscroft, et un autre m'a dit que le même chien l'avait mordue.

— On en revient toujours au même point, constata Poirot : il faut qu'on en sache plus. Il faut qu'on en apprenne davantage sur les protagonistes du drame, or comment arriver à connaître intimement des gens quand un gouffre d'années nous en sépare ?

— Ma foi, vous y êtes parvenu à une ou deux reprises au cours de votre carrière, non ? lança Mrs Oliver. Vous savez... cette histoire de peintre, qui avait été abattu par balle ou empoisonné, je ne me souviens plus bien. Ça se passait au bord de la mer, sur un genre de fortifications ou de je ne sais trop quoi. Vous ne connaissiez aucune des personnes concernées, mais ça ne vous avait pas pour autant empêché de découvrir l'auteur du crime.

— Vous faites allusion à l'affaire des *Cinq petits cochons*. Je n'en connaissais en effet aucune, mais j'en avais appris long sur leur compte de la bouche de leurs proches.

— Ma foi, c'est ce que je me tue à essayer de faire, expliqua Mrs Oliver, mais je n'arrive pas à remonter suffisamment en arrière. Je ne trouve personne qui ait été réellement impliqué, qui détienne réellement la vérité. Ne croyez-vous pas que, tout bien considéré, nous ferions vraiment mieux de renoncer ?

— J'estime que ce serait en effet fort sage, acquiesça Poirot, mais vient un moment dans la vie où l'on n'a plus envie d'être sage. Où l'on a au contraire envie d'en savoir plus quoi qu'il puisse en coûter. Je porte désormais un intérêt certain à ce couple de gens charmants et à leurs deux beaux enfants. Car ce sont de beaux enfants, j'imagine ?

— Je ne connais pas le garçon, répondit Mrs Oliver. Il ne me semble pas l'avoir jamais rencontré. En revanche, éprouvez-vous le besoin de voir ma filleule ? Je pourrais vous l'envoyer, si vous voulez.

— Oui, je crois que j'aimerais avoir une entrevue avec elle. Peut-être n'en aura-t-elle pas envie, mais nous pourrions provoquer une rencontre. M'est avis que cela pourrait être intéressant. Et puis il y a quelqu'un d'autre que j'aimerais voir.

— Ah bon ! Qui donc ?

— La femme du déjeuner littéraire. La femme autoritaire. Votre amie aux allures de gendarme.

— Ce n'est pas du tout mon amie, protesta Mrs Oliver. Elle m'a simplement mis le grappin dessus pour essayer de me tirer les vers du nez, un point c'est tout.

— Peut-être pourriez-vous relancer cette fréquentation ?

— Oh ! oui, sans difficulté aucune. Je crois qu'elle sauterait sans doute sur l'occasion.

— J'aimerais la voir. J'aimerais comprendre pourquoi elle tient tant à une certitude.

— En effet, ça pourrait être utile, j'imagine. En tout cas, soupira Mrs Oliver, je serai contente d'oublier un peu les éléphants. Nounou — vous savez, la vieille Nounou dont je vous ai parlé — a mentionné elle aussi les éléphants, le fait qu'ils n'oublient jamais. Ce genre de phrase idiote commence à m'obséder. Eh bien ! ma foi, c'est à *vous*, maintenant, de chercher de nouveaux éléphants. C'est votre tour.

— Et vous ?

— Peut-être pourrais-je rechercher les cygnes.

— Seigneur Dieu ! que viennent faire les cygnes là-dedans ?

— Il s'agit seulement d'un souvenir, que Nounou m'a remis en mémoire. Celui de petits garçons avec qui je jouais. L'un d'eux m'appelait Madame Éléphant, et l'autre, Madame Cygne. Quand j'étais Madame Cygne, je faisais semblant de nager par terre. Quand j'étais Madame Éléphant, ils montaient sur mon dos. Mais il n'est pas précisément question de cygnes dans l'affaire qui nous occupe.

— Encore heureux ! manqua s'étrangler Poirot. Les éléphants me suffisent amplement.

10

Desmond

Le surlendemain, tout en prenant son chocolat chaud du matin, Hercule Poirot lut pour la seconde fois une lettre reçue au courrier de ce jour-là. L'écriture n'en était pas vilaine, mais trahissait cependant plus de fraîcheur d'âme que d'absolue maturité.

Cher monsieur Poirot,

Vous allez trouver ma lettre plutôt étrange, je le crains, mais je crois que vous comprendrez mieux si je mentionne le nom d'une de vos amies. J'ai tenté de la joindre pour lui demander si elle accepterait de nous mettre en relation pour que je vienne vous voir, mais elle n'était apparemment pas chez elle. Sa secrétaire — je parle de Mrs Ariadne Oliver, la romancière —, sa secrétaire m'a plus ou moins expliqué que Mrs Oliver serait partie faire un safari en Afrique orientale. Si c'est en effet le cas, je me rends compte qu'elle ne rentrera sans doute pas avant quelque temps. Je suis pourtant sûr qu'elle accepterait de m'aider. En fait, j'aimerais vraiment beaucoup que vous m'accordiez une entrevue. J'ai un urgent besoin de conseils précis.

Mrs Oliver, si j'ai bien compris, connaît ma mère qui l'a rencontrée à l'occasion d'un déjeuner littéraire. S'il vous était possible de me donner un rendez-vous pour que je vienne vous voir un jour, je vous en serais très reconnaissant. Je peux organiser mon emploi du temps en fonction de ce qui vous conviendra le mieux. J'ignore si cela a la moindre utilité, mais la secrétaire de Mrs Oliver a prononcé le mot « éléphants ». Je suppose que cela a un rapport avec les voyages de Mrs Oliver en Afrique orientale. La secrétaire a laissé entendre qu'il s'agissait d'un genre de mot de passe. Je ne saisis pas vraiment de quoi il est question, mais peut-être serez-vous mieux à même de comprendre. Je suis plongé dans une inquiétude et une détresse profondes et, si vous pouviez me recevoir, je vous en serais très reconnaissant.

Respectueusement vôtre,

Desmond Burton-Cox

— Nom d'un petit bonhomme ! éructa Hercule Poirot.

— Je vous demande pardon, monsieur ? s'enquit George.

— Simple exclamation, répondit le détective. Il y a des bestioles dont il est très difficile de se débarrasser, une fois qu'elles ont envahi notre existence. Dans mon cas, il semble que ce soit une affaire d'éléphants.

Il quitta la table du petit déjeuner, fit venir

miss Lemon, sa fidèle secrétaire, et lui remit la lettre de Desmond Burton-Cox en lui donnant des instructions pour qu'elle convienne d'un rendez-vous avec le jeune homme.

— Je ne suis pas pris outre-mesure, ces temps-ci, précisa-t-il. Demain me conviendrait parfaitement.

Miss Lemon lui rappela deux rendez-vous qu'il avait déjà fixés, mais le détective déclara que cela lui laissait quantité de temps morts, et qu'elle pouvait donc organiser la rencontre comme il le souhaitait.

— Un problème ayant trait au Jardin Zoologique ? s'enquit la secrétaire.

— Du tout, répondit Poirot. Du reste, non, ne mentionnez pas les éléphants dans votre réponse. Trop, c'est trop. Les éléphants sont de gros animaux. Pour un peu, ils vous boucheraient l'horizon. Oui, on peut laisser tomber les éléphants. Sans aucun doute resurgiront-ils hélas dans le courant de la conversation que je me propose d'avoir avec Desmond Burton-Cox.

— Mr Desmond Burton-Cox, annonça George en faisant entrer le visiteur attendu.

Poirot avait quitté son fauteuil et se tenait debout devant la cheminée. Il garda le silence un instant, le temps de se composer une attitude d'infinie dignité, puis il marcha à la rencontre de son visiteur. Un grand garçon d'allure dynamique encore qu'un tantinet nerveux. Quoi de plus normal, songea Poirot. Un peu mal à l'aise, aussi, mais s'efforçant avec beaucoup de succès de le dissimuler. Tendant la main, le jeune homme lança :

— Mr Hercule Poirot ?

— Lui-même, se rengorgea ce dernier. Et vous, vous vous appelez Desmond Burton-Cox.

Asseyez-vous, je vous en prie, et expliquez-moi les raisons qui vous ont amené à venir me voir ainsi que ce que je peux pour vous.

— Tout cela est un peu délicat à exposer, répondit le jeune homme.

— Tant de sujets le sont, déclara Hercule Poirot. Cela dit, nous avons tout le temps. Asseyez-vous.

Desmond toisa d'un air plutôt dubitatif le personnage qui lui faisait face. Une silhouette très comique, vraiment, se disait-il. Crâne ovoïde, moustache superlative. Pas tellement impressionnant. Pas du tout, en fait, ce qu'il s'était attendu à affronter.

— Vous... vous êtes détective, non ? demanda-t-il. Enfin bon, vous... vous résolvez des énigmes, vous solutionnez des problèmes. Les gens viennent vous demander de découvrir ce qui pourra les tirer du pétrin.

— En effet, répondit Poirot, c'est une de mes marottes dans l'existence.

— Je ne pense pas que vous sachiez pourquoi je viens ni que vous soyez très renseigné sur mon compte.

— Je le suis plus que vous ne sauriez l'imaginer, le contredit Poirot.

— Vous voulez dire que Mrs Oliver, votre amie, vous... vous aurait touché un mot à mon sujet ?

— Elle m'a dit qu'elle s'était entretenue avec sa filleule, une certaine miss Célia Ravenscroft. C'est bien cela, n'est-ce pas ?

— Oui. En effet, Célia m'a raconté. Cette Mrs Oliver, est-ce qu'elle... est-ce qu'elle connaît aussi ma mère... est-ce qu'elle la connaît bien, veux-je dire ?

— Non, je ne les crois pas réellement intimes. D'après Mrs Oliver, elles se sont rencontrées lors d'un déjeuner littéraire il y a peu, et ont échangé quelques mots. Votre mère, si j'ai bien compris, a soumis certaine requête à Mrs Oliver.

— De quel droit est-ce qu'elle a fait ça ? s'emporta aussitôt le garçon.

Ses sourcils s'étaient rejoints au-dessus de son nez. Il semblait furieux, à présent, fou de rage... presque vindicatif.

— Vraiment, reprit-il. Les mères... c'est vrai, quoi !

— Je comprends, compatit Poirot. Il y a bien des heurts, de nos jours, entre générations. Peut-être y en a-t-il d'ailleurs toujours eu. Les mères ne cessent de se livrer à des interventions dont leurs enfants préféreraient qu'elles s'abstiennent. Je me trompe ?

— Oh ! c'est à peu près ça. Cela dit, ma mère... enfin bon, elle n'aime rien tant que se mêler de ce qui ne la regarde pas.

— Célia Ravenscroft et vous, si j'ai bien compris, êtes... proches. Mrs Oliver a cru comprendre, toujours d'après votre mère, qu'il était plus ou moins question de mariage entre cette jeune fille et vous. Dans un avenir pas trop lointain, sans doute ?

— En effet, mais ma mère n'a vraiment pas besoin d'aller poser des questions ou de se soucier de sujets qui... eh bien ! non, qui ne la regardent en rien.

— Les mères sont pourtant souvent ainsi, objecta Poirot. Vous êtes sans doute... très attaché à la vôtre ? ajouta-t-il avec un léger sourire.

— Je n'irais pas jusque-là, répliqua le jeune homme. Non, je n'irais certainement pas jusque-là. Voyez-vous... ma foi, je ferais mieux de vous le dire tout net : ce n'est pas ma véritable mère.

— Ah ! vraiment. Il ne m'avait pas semblé comprendre cela.

— Je suis un enfant adopté, expliqua Desmond. Ma mère adoptive avait un fils. Un petit garçon, qui est mort. Elle a ensuite voulu adopter un enfant, m'a adopté moi, et m'a élevé comme son fils. Elle parle toujours de moi comme de son fils, elle me considère comme son fils, mais en réalité, je ne le suis pas. Nous n'avons aucun point commun. Nous ne voyons pas les choses de la même façon.

— Rien là que de très compréhensible, commenta Poirot.

— Je m'avise cependant que je ne parviens manifestement pas à aborder de front le sujet à propos duquel j'ai sollicité ce rendez-vous, déplora Desmond.

— Vous souhaitez sans doute me prier d'enquêter sur certains événements qui demeurent pour vous obscurs afin d'apporter une réponse à vos interrogations ?

— C'est de cet ordre-là. J'ignore dans quelle mesure vous êtes au courant de... disons, du problème en cause.

— Je le suis en gros, répondit Poirot. Mais bien des détails m'échappent encore. Et je ne sais en outre pas grand-chose de vous, ni de miss Ravenscroft que je n'ai pas encore rencontrée. Je souhaiterais d'ailleurs le faire.

— Ah oui ? eh bien ! j'envisageais de la convaincre de vous parler, mais je m'étais dit que je ferais mieux de m'entretenir avec vous au préalable.

— Voilà, ma foi, qui semble fort avisé, déclara Poirot. Maintenant, si vous le voulez bien, entrons dans le vif du sujet : quelque chose vous chagrine, vous inquiète ? Vous éprouvez des difficultés face à une décision à prendre ?

— Pas vraiment, non. Aucune difficulté, de quelque ordre qu'elle puisse être. C'est seulement qu'il s'est produit un drame il y a des années, quand Célia n'était encore qu'une enfant, une gamine. Le genre de drame banal peut-être quand il survient chez autrui mais qui prend toute son ampleur dès lors qu'il affecte deux êtres que l'on a connus et aimés. Deux êtres qu'un événement dont nous ignorons tout a bouleversé l'existence au point qu'ils se soient suicidés. Qu'ils aient commis un double suicide. Personne n'a jamais su la raison qui a pu les pousser à cet acte désespéré. Mais leurs enfants ne devraient pas avoir à porter à leur tour cette croix tout au long de leur existence. Cette histoire est finie, et bien finie. Et pourtant ma mère s'obstine à poser des questions. Elle veut savoir, et elle s'en est prise à Célia. Elle l'a mise dans un tel état que Célia ne sait plus vraiment si oui ou non, elle veut m'épouser.

— Et vous ? Vous avez toujours envie de la prendre pour légitime épouse ?

— Cela va de soi. J'en ai la ferme intention. Je suis bien décidé à le faire. Seulement, elle est troublée. Elle éprouve désormais l'impérieux besoin d'être mise au courant. Elle veut comprendre le pourquoi de la mort de ses parents et elle est persuadée — à tort, sûrement — que ma mère en sait plus long sur la question qu'elle ne veut bien l'avouer. Qu'elle a eu vent de certaines précisions à propos de cette histoire.

— Ma foi, j'éprouve beaucoup de sympathie pour vous, déclara Poirot, et il me semble que si vous êtes tous deux dotés de bon sens et que vous souhaitiez vous marier, il n'y a aucune raison pour que vous ne le fassiez pas. Je puis en outre vous préciser qu'on m'a donné quelques renseignements concernant ce drame. Comme vous l'avez souligné, il s'agit d'une affaire qui remonte à des années. Et on n'a pas découvert le mobile du drame. Mais la vie est ainsi faite : il est des mystères que nul n'est jamais parvenu à percer.

— Il s'agissait d'un double suicide, suite logique d'un pacte établi en commun, insista le garçon. Il n'a pu en aller autrement. Mais toujours est-il que...

— Que vous voulez en connaître la raison. C'est ça ?

— Eh bien ! oui, c'est ça. C'est ce qui perturbe Célia, au point que j'en arrive à en être perturbé par ricochet. Or, je ne peux rien savoir, pour l'excellente raison que je n'étais pas présent au moment fatal.

— Vous ne connaissiez pas le général et lady Ravenscroft, à l'époque, ni sans doute Célia ?

— Oh ! bien sûr que si ! Célia, je la connais depuis toujours ou presque. Les gens chez qui j'allais passer mes vacances quand nous étions enfants étaient voisins de ses parents à elle... et nous nous entendions déjà comme larrons en foire. Là-dessus, bien sûr, tout ça est tombé aux oubliettes. Je n'ai revu Célia que plusieurs années après. Ses parents et les miens vivaient en Malaisie, voyez-vous, et je crois que, nous partis, mon père et ma mère avaient continué à la fréquenter. Mon père est mort, soit dit en passant. Mais je crois qu'à l'époque, ma mère a eu vent de rumeurs, et qu'à présent, elle s'est monté le bourrichon et persuadée qu'elles étaient fondées. Or, je suis sûr que ça ne tient pas debout. Que ça ne peut pas tenir debout. Et pourtant elle paraît décidée à empoisonner l'existence de Célia en ramenant sans cesse la question sur le tapis. C'est pourquoi il faut que je sache ce qui s'est réellement passé. Le pourquoi. Le comment des choses. Pour la tranquillité d'esprit de Célia. Et pour pouvoir faire table rase des sornettes que colportent les gens.

— Rien d'anormal à ce que vous éprouviez tous deux ce besoin, acquiesça Poirot. Et Célia plus encore que vous, j'imagine. Mais, si toutefois je puis me permettre, cela importe-t-il vraiment ? Cette jeune fille que vous voulez épouser... en quoi le passé la concerne-t-il ? Ce qui compte, dans la vie, c'est le *présent*. Qu'importe que ses parents aient conclu un pacte de suicide ou que l'un d'eux ait été tué par accident et que l'autre se soit ensuite suicidé ? En quoi cela serait-il plus grave que s'ils étaient banalement morts tous deux dans un accident d'avion ?

— Je vous accorde que vos propos sont frappés au coin du bon sens, admit bien volontiers Desmond Burton-Cox. Cependant les choses ont pris une tournure telle qu'il faut maintenant que Célia connaisse l'apaisement. C'est quelqu'un... quelqu'un qui prend les choses très à cœur, même si elle n'est pas très loquace sur le sujet.

— Vous est-il venu à l'idée, reprit Hercule Poirot, que la tâche risquait d'être très difficile, voire impossible ?

— Elle ne sera certes pas commode à moins que... à moins qu'il ne surgisse comme par miracle — qui sait ? — un quelconque *élément nouveau*.

— En effet, mais l'élément nouveau en question aurait forcément trait à une péripétie qui se serait produite autrefois, alors quelle valeur pourrait-il bien avoir aujourd'hui, après tout ce temps ? Ce qui revient à dire : n'êtes-vous pas en train de me demander l'impossible ?

— Non, fit Desmond. C'est là que je ne suis *pas* d'accord avec vous. Moi, je crois que ça devrait être parfaitement possible.

— Très intéressant, commenta Poirot. Et

pourquoi pensez-vous que ce soit parfaitement possible ?

— Parce que...

— Parce que quoi ? Vous avez bien une raison.

— Il y a forcément des gens qui connaissent le fin mot de l'histoire. Des gens qui n'ont sans doute aucune envie de le raconter à Célia ou à moi, mais auxquels *vous* pourriez tirer les vers du nez.

— Vous commencez à m'intéresser, fit Poirot.

— Il s'est autrefois passé des événements assez louches, poursuivit le jeune homme. J'en ai plus ou moins vaguement entendu parler. Quelqu'un... lady Ravenscroft elle-même, peut-être, a passé des années dans un établissement psychiatrique suite à un drame survenu quand elle était jeune. Un enfant est mort... et il semble qu'elle en ait été plus ou moins responsable.

— Il s'agit là d'événements dont vous avez été témoin ? Ou de bruits qui vous ont été rapportés ?

— De confidences que m'a faites ma mère. D'après des bruits qui circulaient à l'époque en Malaisie.

— Et vous voulez savoir si les bruits en question étaient fondés ou pas ? L'enquête ne va pas être facile, objecta Poirot.

— Oui, mais j'ai entendu dire monts et merveilles à votre sujet. On prétend que vous n'avez pas votre pareil pour découvrir la vérité, si profondément enfouie soit-elle au milieu du mensonge. Que vous savez mieux que quiconque amener les gens à s'épancher.

— Et quels « gens » souhaitez-vous voir s'épancher dans mon gilet ? La Malaisie tout entière, ou du moins ce qui y demeure de la colonie britannique du temps de vos parents ?

— Non, loin de moi cette idée. Il ne doit d'ailleurs plus y rester personne en place.

— Il n'y a donc pas de noms que vous puissiez m'indiquer ?

— Là-bas, aucun, répondit Desmond.

— Ailleurs, en ce cas ?

— Je vais vous déballer le fond de ma pensée. Il est à mon avis deux personnes susceptibles de savoir ce qui s'est passé et pourquoi cela s'est passé. Et cela pour l'excellente raison, voyez-vous, que l'une et l'autre ont, à des moments différents, été *dans la place*.

— Et pourquoi donc n'iriez-vous pas les interroger vous-même ?

— Oh ! je le pourrais. Mais je ne pense pas, voyez-vous, qu'elles consentiraient à me... je ne sais pas comment exprimer ça. Et puis, pour tout vous dire, il y a certaines questions qu'il est impératif qu'on leur pose... et que pour rien au monde je n'aimerais avoir à leur poser moi-même. Pas plus d'ailleurs que Célia. Ces personnes se sont toujours montrées d'un dévouement absolu, et c'est pour cette raison même qu'elles doivent savoir la vérité et que, tout en la sachant pertinemment, elles ne l'ont jamais avouée à la police. Pas parce qu'elles étaient mal intentionnées, mais parce qu'elles devaient s'en vouloir de n'avoir pas pu aider, de n'avoir pas été à même d'intervenir pour normaliser la situation, ou tout au moins de tenter de le faire... Oh ! je formule ça tellement mal !

— Vous vous en sortez au contraire très bien, sourit Poirot. Et d'ailleurs, encore une fois, votre histoire m'intéresse et je pense que vous avez une idée précise en tête. Seulement, dites-moi : Célia Ravenscroft est-elle d'accord avec vous pour ce qui est de ces démarches ?

— Je ne lui ai pas parlé de grand-chose. Mais, vous savez, elle était très attachée à Maddy et à Zélie.

— Maddy et Zélie ?

— C'est comme ça que s'appellent les deux personnes en question. Oh ! il faut que je m'explique. Voyez-vous, quand Célia était encore toute gamine, à l'époque où j'ai fait sa connaissance, elle avait un genre de... disons qu'on appellerait sans doute ça à l'heure actuelle une fille au pair, mais en ce temps-là on parlait de préceptrice. Une préceptrice française, vous voyez. Une « Mademoiselle ». Une adorable « Mademoiselle ». Elle jouait avec nous tous, les enfants, et Célia l'appelait toujours « Maddy », en guise de diminutif... si bien que toute la famille en est venue à appeler la préceptrice « Maddy ».

— Oui, je comprends.

— Comprenez aussi que, puisqu'elle était française, je me sois dit qu'en plus de vos inappréciables qualités, votre communauté de langue ne pouvait que faciliter vos rapports. Nul doute en effet qu'elle n'accepte plus volontiers de vous confier à vous ce qu'elle n'a jamais voulu évoquer avec d'autres.

— Hum ! Et le second prénom que vous avez prononcé ?

— Zélie. À peu près la même chose, voyez-vous. Une Mademoiselle, elle aussi. Maddy est restée deux ou trois ans, je crois, à la suite de quoi elle est retournée en France, ou plutôt en Suisse me semble-t-il, et cette autre préceptrice est venue. Plus jeune que Maddy, et que Célia a aussitôt surnommée Zélie. C'était une très jeune et jolie fille, très gaie. On l'adorait tous comme des fous. Elle faisait des jeux avec nous, on raffolait tous d'elle. Les adultes de la famille aussi. D'ailleurs le général Ravenscroft l'appréciait beaucoup. Ils jouaient souvent ensemble, au piquet, vous voyez, et à un tas d'autres jeux.

— Et lady Ravenscroft ?

— Oh ! elle adorait Zélie, elle aussi. Et d'ailleurs Zélie le lui rendait bien. C'est pour ça qu'elle est revenue après être partie.

— Revenue ?

— Oui, quand lady Ravenscroft est tombée malade, qu'elle est allée à l'hôpital, Zélie est revenue pour lui tenir lieu de dame de compagnie, s'occuper d'elle. Je n'en jurerais pas, mais je crois... il me semble... j'en suis même pratiquement sûr... qu'elle était là quand le drame... quand le drame... est arrivé. Alors du coup, voyez-vous, elle *sait* sans doute ce qui s'est vraiment passé.

— Et vous connaissez son adresse ? Vous savez où elle habite, à présent ?

— Oui. Je le sais. J'ai trouvé son adresse. J'ai trouvé leurs adresses à toutes les deux. Peut-être pourriez-vous aller les voir l'une et l'autre. C'est beaucoup vous demander, je sais, mais...

Le jeune homme s'interrompit.

Poirot le fixa du regard pendant quelques instants.

— Oui, finit-il par capituler. C'est une possibilité... certes... une possibilité.

DEUXIÈME PARTIE

L'OMBRE PORTÉE DES PÉCHÉS DE JADIS

11

GARROWAY ET POIROT COMPARENT LEURS CALEPINS

Le superintendant Garroway regarda Poirot, assis en face de lui. Il avait le regard pétillant. George lui servit un whisky-soda sur sa droite. Passant à son maître, l'impeccable valet lui déposa à portée de main un verre plein d'un liquide sombre et violacé.

— Qu'est-ce que vous buvez là, si ce n'est pas trop vous demander ? s'enquit le superintendant, intrigué.

— Du sirop de cassis, répondit Poirot.

— Ma foi, frémit le superintendant, chacun ses goûts. De quoi Spence m'a-t-il également parlé ? Il m'a affirmé qu'il vous arrivait d'absorber un breuvage que vous baptisez tisane, c'est cela ? De quoi s'agit-il au juste ? D'une variante française de la pavane, ou quoi ?

— Non, répondit Poirot, du remède souverain pour faire chuter la fièvre.

— Ah ! La providence des grabataires !

Le superintendant but une gorgée — de son whisky.

— Quoi qu'il en soit ! lança-t-il, au suicide !

— C'était *bel et bien* un suicide ? s'enquit Poirot.

— Ça ne pouvait rien être d'autre, n'est-ce pas ? releva le superintendant Garroway. N'empêche, mon très cher, cette myriade de choses que vous vouliez savoir...

Il hocha la tête, et son sourire s'étira.

— Je suis navré, déclara Poirot, de vous avoir à ce point mis à contribution. Mais que voulez-vous ? Je suis comme l'animal ou l'enfant de l'un des récits de votre Mr Kipling : Je Souffre d'une Insatiable Curiosité.

— Insatiable curiosité, répéta le superintendant. C'étaient de beaux récits qu'il écrivait, Kipling. Il connaissait son affaire, en plus de ça. On m'a une fois dit de cet homme qu'il lui suffisait d'un petit tour à bord d'un torpilleur pour en savoir plus qu'un des meilleurs techniciens de la Marine de guerre.

— Hélas ! soupira Hercule Poirot, pour ma part, je ne sais pas tout. Par conséquent, comme vous le voyez, il faut que je multiplie les questions. J'ai bien peur néanmoins de vous en avoir envoyé une liste plutôt longuette.

— Ce qui m'a étonné, reprit le superintendant Garroway, c'est la façon dont vous sautiez comme qui dirait du coq à l'âne. Psychiatres, comptes rendus médicaux, comment l'argent fut légué, qui avait de l'argent, qui en reçut. Qui espérait de l'argent et n'en eut pas, précisions sur les coiffures de dames, perruques, nom du fournisseur de perruques... elles étaient acheminées dans de ravissants cartons roses, soit dit en passant.

— Et vous saviez tout, enchaîna Poirot. Cela m'a stupéfié, je puis vous l'assurer.

— Ah ! ma foi, l'affaire était mystérieuse alors

nous en avons bien sûr pris des notes très complètes. Rien de tout ça ne nous a servi à grand-chose mais nous avons conservé les dossiers et tout est là, pour le cas où quelqu'un souhaiterait y jeter un coup d'œil.

Il poussa une feuille vers son interlocuteur.

— Voilà. Primo, les coiffeurs-perruquiers : Eugène & Rosentelle. Maison huppée et dont la marchandise ne devait pas être donnée. À l'époque installés comme de bien entendu sur Bond Street. Lady Ravenscroft figurait sur la liste de leurs bons clients. Ils ont déménagé par la suite : même raison sociale, mais maison établie dans Sloane Street. L'adresse exacte importe peu : c'est devenu depuis lors une boutique pour le toilettage des animaux de compagnie. Quant à Rosentelle et à son Eugène, ils sévissent à présent à Cheltenham. Toujours dans la même branche : « Coiffeurs-Stylistes », c'est la fonction qu'ils s'attribuent désormais... c'est la formule à la mode... et on peut même y rajouter « Visagistes » pour faire encore mieux. Même bonhomme, autre casquette, comme on disait dans ma jeunesse.

— Tiens, tiens ! releva Poirot.

— Quoi, tiens, tiens ? fit Garroway.

— Je vous suis immensément obligé, s'épanouit le détective. Vous venez de me donner une idée. Comme c'est étrange, la façon dont les idées vous naissent dans la tête !

— Comme s'il n'y en avait pas déjà trop dans la vôtre ! se récria le superintendant. C'est l'un de vos problèmes majeurs et je déplore que vous éprouviez le besoin d'en avoir de nouvelles. Sur ce, je me suis également renseigné autant que possible sur le passé de la famille : pas grand-chose de ce côté-là. Alistair Ravenscroft était de souche écossaise. Père pasteur... deux oncles dans l'armée... couverts de médailles l'un et l'autre. Lui épousa Margaret Preston-Grey... issue elle aussi d'une bonne lignée... dûment présentée à la Cour et tout ce qui s'ensuit. Pas le moindre scandale dans la famille. Vous aviez raison : elle avait bel et bien une sœur jumelle. Je me demande où vous avez pêché ça... Dorothea et Margaret Preston-Grey... qu'on appelait familièrement Dolly et Molly. Les Preston-Grey vivaient à Hatters Green, dans le Sussex. Vraies jumelles : avec les habituelles caractéristiques propres à ce type de jumelles. Première dent percée le même jour... scarlatine contractée le même mois... tombent amoureuses du même genre d'homme... se marient à peu près au même moment... époux tous les deux dans l'armée. Le médecin de famille qui soignait les deux sœurs quand elles étaient enfants est mort voilà quelques années, si bien qu'on ne peut rien espérer d'intéressant de son côté. Il y eut toutefois un drame, ayant trait à l'une des deux.

— À lady Ravenscroft ?

— Non, à l'autre : elle épousa un certain capitaine Jarrow, et eut deux enfants dont le plus jeune, un garçon de 4 ans, se fit assommer par je ne sais quel ustensile avec lequel les enfants jouent dehors... peut-être une pelle ou une binette miniature. Le coup l'atteignit à la tête si bien qu'il tomba dans un bassin ou je ne sais quoi, et se noya. Apparemment, la responsable était l'autre enfant, une fillette de 9 ans. Son frère et elle jouaient ensemble et s'étaient disputés, comme le font les enfants. Il n'y a guère de doute possible là-dessus, mais deux *autres* versions ont bel et bien circulé. Il s'est trouvé quelqu'un pour affirmer que la coupable n'était autre que la mère... qui s'était mise en colère et avait frappé l'enfant... Et il s'est également trouvé une mauvaise langue pour mettre en cause une autre adulte : vraisemblablement une domestique au service de la mère. Je ne pense pas que ça présente le moindre intérêt pour vous : aucune incidence possible sur un pacte de suicide conclu par la sœur et son mari des années plus tard.

— Non, renchérit Poirot, ça n'en a pas l'air. Cela dit, il est toujours bon de connaître les antécédents familiaux.

— Je suis bien d'accord avec vous, enchaîna Garroway. Il n'empêche que tout cela remonte à pas mal d'années avant le suicide.

— Y a-t-il eu enquête approfondie, à l'époque ?

— Oui. J'ai réussi à mettre la main sur les dossiers de police. Et sur les comptes rendus publiés par les journaux. Tout le monde s'est beaucoup interrogé sur cette affaire et ce ne sont pas les questions qui ont manqué, mais bien plutôt les réponses aux dites questions. Quoi qu'il en soit, la mère a été très profondément et durablement affectée par ce drame. Elle s'est même complètement effondrée au point de devoir être hospitalisée. Et il semble bien que, par la suite, elle n'ait plus jamais été la même.

— Mais est-ce que l'idée a prévalu que c'était elle qui avait tué l'enfant ?

— Ce fut en tout cas l'opinion de son médecin. Seulement il n'y a jamais eu l'ombre d'une preuve formelle, comprenez-vous. La malheureuse affirma que d'une fenêtre, elle avait vu l'accident se produire. Qu'avant même de songer à intervenir, elle avait, de loin, vue l'aînée des enfants, la fillette, frapper le garçon et le pousser à l'eau. Mais son récit était si décousu et elle semblait elle-même si égarée que... enfin bon, je ne pense pas qu'on l'ait crue, à l'époque.

— Je suppose qu'il y a eu des rapports de psychiatres ?

— Oui. Cette femme fut placée dans une maison de repos ou je ne sais quel hôpital. Qu'elle ait été elle-même l'instrument de la mort de son fils ou que le seul fait d'en avoir été le témoin lui ait porté un coup fatal, elle était bel et bien devenue une malade mentale. Elle a passé un bon bout de temps à subir des traitements dans divers établissements. Il me semble même qu'elle était suivie par un des spécialistes de l'hôpital St Andrew de Londres. En fin de compte, on l'a déclarée guérie — ou en tout cas en état de rémission — et on l'a laissée sortir au bout de trois ans, en la renvoyant chez elle pour mener une vie quasi normale au sein de sa famille.

— Et cette vie « quasi normale » était proche de... de la normale ?

— Elle n'a, je crois, jamais cessé de souffrir de troubles nerveux.

— Où était-elle au moment du suicide des Ravenscroft ? Séjournait-elle chez eux ?

— Non... elle était morte à peu près trois semaines auparavant. Lors d'un séjour effectivement chez eux, à Overcliffe. Là encore, ça pourrait illustrer la similitude de destinée chez les vrais jumeaux. Cette malheureuse était somnambule... elle en souffrait apparemment depuis plusieurs années. Il lui était déjà arrivé, au cours de ses crises, deux ou trois incidents sans gravité. Elle prenait parfois trop de tranquillisants et on la retrouvait en train de se promener dans la maison, parfois même dehors, en pleine nuit. Un beau soir qu'elle suivait ainsi un sentier qui longe le bord de la falaise, elle a perdu son chemin et basculé dans le vide. On ne l'a retrouvée que le lendemain matin... elle était morte sur le coup. Pour lady Ravenscroft, le choc a été affreux. Les deux sœurs s'aimaient beaucoup. Il fallut l'hospitaliser tant elle le prenait mal.

— Est-il possible que ce dramatique accident ait amené les Ravenscroft à se suicider quelques semaines plus tard ?

— Cette hypothèse ne fut jamais sérieusement envisagée.

— Il arrive des choses curieuses aux jumeaux, comme vous dites : lady Ravenscroft a peut-être mis fin à ses jours en raison du lien d'une force extrême qui existait entre elle et sa sœur jumelle. Il se peut aussi que le mari, pour des motifs que je n'évoquerai pas ici, se soit ensuite suicidé parce qu'il éprouvait une quelconque culpabilité...

— Vous avez trop d'imagination, Poirot, le coupa Garroway. Alistair Ravenscroft n'aurait pu avoir de liaison avec sa belle-sœur sans que tout le monde le sache. Il n'y a jamais rien eu de tel... si c'est là ce que vous vous imaginiez.

Le téléphone sonna soudain. Poirot se leva pour décrocher. C'était Mrs Oliver :

— Monsieur Poirot, pouvez-vous venir demain prendre le thé, ou un verre de sherry ? Célia passe me voir... puis ce sera au tour de la mégère aux manières gendarmesques. C'est bien le genre de rencontres que vous appeliez de vos vœux, non ?

Poirot confirma que c'était exactement ce qu'il voulait.

— Et maintenant je vous laisse parce qu'il faut que je file, reprit Mrs Oliver. J'ai rendez-vous avec un vieux cheval de retour... fourni par mon éléphant numéro 1 : Julia Carstairs. Je suis persuadée qu'elle s'est trompée de nom — elle les mélange toujours —, mais j'espère que l'adresse au moins sera la bonne.

12

CÉLIA FAIT LA CONNAISSANCE D'HERCULE POIROT

— Eh bien, très chère madame, lança Poirot, comment cela s'est-il passé avec sir Hugo Foster ?

— Pour commencer, il ne s'appelait pas Foster, mais Fothergill... On peut faire confiance à Julia pour s'emberlificoter dans les noms propres. Ça ne rate jamais.

— On ne peut donc pas toujours se fier à la mémoire des éléphants ?

— Ne me parlez plus d'éléphants... Comme on dit vulgairement : j'en ai soupé, des éléphants.

— Et votre cheval de retour ?

— Un petit vieux vraiment adorable... mais inutile en tant que source d'information. Uniquement obsédé par une famille Barnet dont l'enfant était mort dans un accident en Malaisie. Rien donc à voir avec les Ravenscroft. Je vous le dis, je vous le répète : les éléphants et moi, désormais, ça fait deux.

— Vous avez jusqu'ici fait montre, ma bonne et excellente amie, de votre immense vertu de persérance et, j'irai même jusqu'à dire, de l'étendue de votre grandeur d'âme.

— Trêve de balivernes, voulez-vous ? Célia arrive d'ici une demi-heure. Vous vouliez faire sa connaissance, n'est-ce pas ? Je lui ai dit que vous... euh... m'aidiez dans cette affaire. Mais vous préféreriez peut-être qu'elle aille vous voir chez vous ?

— Non, répondit Poirot, je crois que j'aurai plaisir à me conformer à ce que vous avez prévu.

— Je ne pense pas qu'elle s'éternise. Si nous nous débarrassons d'elle en une petite heure, ce sera parfait et nous laissera le loisir de réfléchir un peu à tout ça. Ensuite de quoi, Mrs Burton-Cox débarquera, toutes voiles dehors, et c'est sans doute là que j'aurai à déployer la grandeur d'âme dont vous venez de me gratifier.

— Ah ! en effet. La séance risque d'être haute en couleur. J'ai hâte d'y assister. Mais d'ici là si nous parlions un peu...

Mrs Oliver soupira :

— C'est vrai, mon Dieu, quelle affaire ! Que de pain sur la planche ! Et quel embrouillamini ! c'est quand même dommage, non ? Tant de matière...

Puis elle reprit :

— Nous avons vraiment trop d'éléments, n'est-ce pas ?

— En effet, confirma Poirot. D'autant que nous ne savons pas ce que nous recherchons. La seule chose dont nous soyons sûrs demeure, selon toute probabilité, le double suicide d'un couple marié menant une existence paisible et heureuse. Or, quels sont les indices dont nous disposons pour établir la cause de ce double suicide, sa raison ? Nous avons exploré devant, derrière, à droite et à gauche, à l'est et à l'ouest.

— Tout à fait exact, renchérit Mrs Oliver. Partout. Mais nous ne sommes pas encore allés au pôle Nord, ajouta-t-elle.

— Ni au pôle Sud, enchaîna Poirot.

— Alors, de quoi disposons-nous, tout compte fait ?

— De plusieurs choses, répondit Poirot. J'en ai dressé une liste, que voilà. Voulez-vous la lire ?

Mrs Oliver rejoignit son invité, se posta derrière lui et lut par-dessus son épaule.

— Perruques, fit-elle en montrant du doigt le premier article. Pourquoi les perruques en premier lieu ?

— Parce qu'elles sont quatre, expliqua Poirot. Ce qui est pour le moins inhabituel. Ça paraît intéressant. Intéressant et plutôt difficile à élucider.

— Je crois que le magasin où elle se fournissait en perruques a fermé, depuis. Les gens les achètent désormais dans des endroits complètement différents, d'ailleurs on n'en porte plus autant qu'avant. Les gens en mettaient pour aller à l'étranger. Parce que ça évite un tas de tracas, en voyage, vous comprenez.

— Oui, oui, assura Poirot, nous verrons ce que nous pouvons faire avec ces perruques. En tout cas, c'est un point qui m'intéresse. Mais il y a aussi tout un tas d'anecdotes. Des histoires de désordres mentaux au sein de la famille. Des histoires concernant une sœur jumelle souffrant de troubles névrotiques et qui a passé nombre d'années de sa vie dans un établissement psychiatrique.

— Ça n'a pas l'air de mener où que ce soit, répliqua Mrs Oliver. Enfin, ce que je veux dire, c'est qu'elle aurait pu, je pense, être venue pour les tuer, mais je ne vois pas vraiment pourquoi.

— Non, rétorqua Poirot, si j'ai bien compris, les empreintes sur le revolver étaient indéniablement celles du général Ravenscroft et de sa femme. Il y a en outre des histoires à propos d'un enfant, un enfant assassiné ou agressé je ne sais où, peut-être par la sœur jumelle de lady Ravenscroft, peut-être par une tout autre femme : une *amah*, peut-être, ou une domestique. Deuxième point : nous en savons grâce à vous un peu plus long sur l'argent.

— Qu'est-ce que l'argent vient faire là-dedans ? demanda Mrs Oliver, un peu interloquée.

— Il ressort de vos enquêtes auprès de vos éléphants qu'il n'est pas question d'argent dans cette affaire, répondit Poirot. C'est bien ce qui se révèle si intéressant. D'habitude, il n'est point de drame qui, de façon ou d'une autre, ne ramène à une question d'argent. D'argent que, dans ce cas qui nous occupe, quelqu'un aurait par exemple hérité en conséquence de ce suicide. D'argent que quelqu'un aurait vu lui échapper. D'argent source d'ennuis ici ou là, source de problèmes, de convoitise et de désir. C'est difficile, ça. Difficile à déceler. Il ne semble pas y avoir eu de grosse somme d'argent nulle part, en l'occurrence. Il y a eu, en revanche, plusieurs rumeurs de liaisons amoureuses : de femmes séduisant le mari, d'hommes séduisant la femme. Une aventure d'un côté ou de l'autre aurait pu provoquer un suicide ou un meurtre. Cela se produit très souvent. De là, nous arrivons à ce qui suscite le plus d'intérêt chez moi pour le moment. C'est pourquoi je suis si impatient de faire la connaissance de Mrs Burton-Cox.

— Ah ! Cette horrible bonne femme. Je ne vois pas pourquoi vous la croyez si importante. Tout ce qu'elle a fait, c'est jouer les fouineuses et chercher à me faire découvrir des secrets de famille.

— En effet, mais pourquoi a-t-elle cherché à vous le faire faire ? C'est précisément cela qui me semble curieux. Et c'est cela qu'il faut tirer au clair. Elle constitue le lien, voyez-vous.

— Le lien ?

— Oui. Nous ne savons pas quel est ce lien, où il se trouve, en quoi il consiste. Tout ce que nous savons, c'est qu'elle cherche frénétiquement à en savoir plus sur ce suicide. En tant que lien, elle a un rapport aussi bien avec votre filleule, Célia Ravenscroft, qu'avec le fils qui n'est pas son fils.

— Qu'entendez-vous par là... pas son fils ?

— C'est un enfant adopté, expliqua Poirot. Un

fils qu'elle a adopté après la mort de son propre enfant.

— Comment son propre enfant est-il mort ? Pourquoi ? Et quand ?

— Toutes ces questions, je me les suis posées aussi. Il se pourrait que cette femme constitue un lien, un lien émotionnel, un désir de vengeance motivé par la haine, par une quelconque liaison amoureuse. En tout cas, il faut que je la voie. Il faut que je me fasse une idée à son sujet. Non, je ne peux pas m'empêcher de penser que c'est très important.

La sonnette retentit, et Mrs Oliver quitta la pièce pour aller répondre.

— Ce doit être Célia, lança-t-elle. Vous êtes paré pour la rencontre ?

— Moi, oui, répondit Poirot. J'espère que, de son côté, elle l'est aussi.

Mrs Oliver revint au bout de quelques instants, accompagnée de Célia. La mine de la jeune fille était réticente, soupçonneuse.

— Je ne sais pas si je..., fit-elle.

Elle s'arrêta, dévisageant fixement Hercule Poirot.

— Il faut que je te présente à quelqu'un qui m'aide, annonça Mrs Oliver, et dont j'espère qu'il t'aidera aussi à propos de ce que tu veux savoir. Voici M. Hercule Poirot, qui a un génie particulier pour tirer les affaires au clair.

— Ah ! fit Célia.

Elle détailla d'un œil éminemment dubitatif le crâne ovoïde, la monstrueuse moustache et la petite stature.

— Il me semble, reprit-elle avec une certaine hésitation, que j'ai entendu parler de lui.

Au prix d'un léger effort, Hercule Poirot s'abstint de riposter fermement : « Les gens, pour la plupart, ont entendu parler de moi », ce qui n'était plus tout à fait aussi vrai qu'auparavant, car nombre de ceux qui avaient entendu parler de lui et l'avaient connu reposaient désormais dans des cimetières, sous la dalle commémorative idoine. Il répondit donc :

— Asseyez-vous, mademoiselle. Je vais vous fournir à mon sujet les précisions suivantes : lorsque je me lance dans une enquête, je la mène jusqu'au bout. La vérité, je me targue, pour peu que je m'y emploie, de la faire immanquablement éclater au grand jour. Et, à la condition expresse que ce soit bien elle que vous recherchiez, je la porterai — si brutale qu'elle puisse être — à votre connaissance. Il se peut cependant que vous recherchiez plutôt l'apaisement, ce qui n'est pas la même chose. Je peux amener au jour divers aspects susceptibles de vous apaiser et m'en tenir là. Cela suffirait-il à votre bonheur ? Si oui, n'en demandez pas plus.

Célia s'assit dans le fauteuil que son interlocuteur venait de pousser vers elle, et dévisagea attentivement le petit homme. Puis elle répondit :

— Vous n'êtes pas à cent pour cent certain que ce soit la vérité qui m'importe, c'est ça ?

— Je pense, précisa Poirot, que la vérité risque souvent d'être... traumatisante, chagrinante, et qu'il se pourrait que vous en veniez à vous demander après coup « pourquoi n'ai-je pas laissé tout ça en sommeil ? Pourquoi ai-je tenu à savoir ? C'est un savoir pénible que je ne peux ni modifier ni réparer. C'est le double suicide d'un père et d'une mère que... — ma foi, nous le supposerons — ... que j'aimais. » Car, de vous à moi, ce n'est pas une tare que d'aimer ses père et mère.

— Il semble qu'à l'heure actuelle, on considère parfois que si, grinça Mrs Oliver. C'est là, dironsnous, un principe dernier cri.

— Ce que vous décrivez, déclara Célia, c'est ce qu'a été ma vie depuis des annnées... et ce qu'elle est encore. J'ai très vite commencé à me poser des questions, voyez-vous. À cueillir des bribes de conversations bizarres que lâchaient parfois des gens qui me regardaient avec un brin de pitié. Et pas seulement de la pitié, d'ailleurs. De la curiosité aussi. Or, ce n'est pas cela que j'attends de l'existence. Ce que je recherche — même si vous ne le croyez pas vraiment —, ce que je recherche, c'est la vérité. Parce que la vérité est la seule chose au monde que je me sente capable d'affronter. Alors, à ce propos confirmez-moi donc juste un détail.

Cela ne venait pas dans la continuité de la conversation. Célia posait là à Poirot une question qui était brusquement venue interférer avec ce qu'elle avait en tête l'instant d'avant :

— Vous avez vu Desmond, n'est-ce pas ? Il est allé vous voir. Il me l'a dit.

— Oui. Il est venu me voir. Vous auriez souhaité qu'il s'en abstienne ?

— Il ne m'a pas demandé mon avis sur la question.

— Et s'il l'avait fait ?

— Je ne sais pas. Je ne sais pas si je lui aurais interdit de le faire, demandé de ne le faire sous aucun prétexte, ou si je l'aurais encouragé au contraire dans sa démarche.

— Il y a une question que j'aimerais vous poser, mademoiselle. Je tiens à savoir si vous avez une idée précise de ce qui importe à vos yeux, de ce qui importe plus que tout le restant.

— Comment ça ? À quel sujet ?

— Comme vous dites, Desmond Burton-Cox est venu me voir. Un garçon très bien, très sympathique, et prenant profondément à cœur ce dont il venait me parler. Or cela... c'est ce qui compte véritablement. Ce qui compte, c'est que vous et lui souhaitiez véritablement vous marier… parce que *ça*, c'est sérieux. C'est un lien — même si les jeunes gens d'aujourd'hui ne sont pas toujours de cet avis — c'est un lien que l'on noue pour la vie. Est-ce que vous souhaitez accéder au mariage ? Au mariage avec le garçon qui vous aime et que vous aimez sans doute vous aussi. C'est cela et cela seul qui importe. Quelle différence cela peut-il faire à vos yeux, ou à ceux de Desmond, que la mort de deux personnes — si chères vous soient-elles — soit survenue par suicide ou par tout autre chose ?

— Vous pensez qu'il a *pu* s'agir, ou plutôt qu'il s'est bel et bien agi de tout autre chose ?

— Je ne le *sais* pas encore, répondit Poirot, mais plus j'y songe et plus j'ai en effet des raisons de le penser. Trop de détails ne cadrent pas avec l'idée qu'on peut se faire d'un double suicide, même si la police… — en laquelle j'ai toute confiance, mademoiselle Célia —, même si la police n'a pas cru pouvoir, à l'époque, retenir d'autre conclusion.

— Pour absence de mobile ? C'est bien cela que vous avez en tête ?

— Oui, répondit Poirot. C'est bien cela.

— Vous-même, n'en avez pas découvert non plus ? Je veux dire à force d'enquêter, de réfléchir, ou je ne sais quoi ?

— Non, je ne suis pas certain de pressentir déjà la cause de ce drame, expliqua Poirot. Mais tout ce que je crois, c'est qu'il pourrait y avoir quelque chose de très pénible à apprendre, et je m'obstine à vous demander si vous aurez la sagesse de vous dire : « Le passé est le passé. J'ai là face à moi un garçon qui compte pour moi et pour qui je compte. C'est l'avenir que nous allons vivre ensemble, pas le passé. »

— Desmond vous a-t-il dit qu'il avait été adopté ? demanda abruptement Célia.

— Oui.

— Vous voyez bien : en quoi est-ce que ça regarde cette femme, en fait ? Pourquoi faut-il qu'elle aille s'en prendre à Mrs Oliver, qu'elle tâche de la pousser à me poser des questions, à découvrir Dieu sait quoi ? Ce n'est pas sa véritable mère.

— Lui est-il cependant attaché ?

— Non, répondit Célia. L'un dans l'autre, je dirais qu'il ne l'aime pas. Qu'il ne l'a jamais aimée.

— Et elle — outre l'argent qu'elle a dépensé pour lui sans compter : pour sa scolarité, ses vêtements, que sais-je encore ? — croyez-vous qu'elle éprouve à son égard des sentiments profonds ?

— Je ne sais pas. Je ne crois pas. Elle voulait adopter un enfant pour remplacer le sien, mort à la suite d'un accident. D'ailleurs elle devait se sentir très seule : son mari était mort lui aussi peu auparavant — quand ça au juste, je n'en sais rien : toutes ces dates sont tellement embrouillées.

— Je sais, je sais. Il y a encore un détail, certes sordide, mais sur lequel j'aimerais avoir des éclaircissements.

— À son sujet à lui ou à elle ?

— À lui... et à elle par ricochet. Je veux parler de l'état de sa fortune. Votre fiancé dispose-t-il de moyens financiers personnels ?

— Je ne vois pas très bien ce que vous entendez par là. Il travaille et sera en mesure de subvenir aux besoins de sa femme, ça, je crois pouvoir vous l'affirmer. J'ai aussi cru comprendre qu'une somme assez correcte avait été placée à son nom au moment de son adoption.

— Mais il n'est rien sur quoi cette femme puisse... faire opposition et qu'elle soit susceptible de garder par devers elle ?

— Vous vous demandez en somme si elle lui couperait les vivres au cas où il m'épouserait ? Je ne pense pas qu'elle l'en ait jamais menacé, ni même qu'elle soit en mesure de le faire, tout, au moment de l'adoption, ayant dû être réglé par les hommes de lois qui se chargent automatiquement de ce genre de tractations.

— Je souhaiterais aussi vous demander quelque chose que vous pourriez peut-être être la seule à savoir, à l'exception, éventuellement, de Mrs Burton-Cox — et encore ! Connaîtriez-vous, par hasard, la véritable identité de la mère de votre fiancé ?

— Vous pensez que ça pourrait être une des raisons pour lesquelles Mrs Burton-Cox fouine à ce point dans toutes les directions ? Vous voulez dire qu'elle chercherait après tout ce temps à savoir qui est au juste son « fils » ? Seigneur ! Quoi qu'il en soit, personnellement, je n'en sais rien. Je présume que Desmond devait être un enfant illégitime. En général, les candidats à l'adoption se recrutent parmi ces enfants-là, non ? Peut-être n'était-elle que vaguement au courant de quelque chose concernant sa vraie mère ou son vrai père. Si c'est le cas, elle ne lui en a de toute façon rien dit. J'ai cru comprendre qu'elle s'était contentée de lui raconter les trucs idiots qu'on préconise dans ces cas-là : que ce n'est après tout pas plus mal d'être adopté..., que ça prouve au moins qu'on était vraiment désiré. On entend tellement ce genre d'âneries.

— Des tas d'associations préconisent que l'on révèle l'adoption de cette façon-là. Cela dit, votre fiancé ou vous-même connaîtriez-vous des gens avec lesquels il aurait quelque chance d'être apparenté ?

— Pas que je sache. Et je ne pense pas que Desmond en connaisse, ni même se soucie d'en connaître. Il a bien trop les pieds sur terre pour ça.

— Savez-vous si Mrs Burton-Cox était une amie de votre famille, de vos père et mère ? L'aviez-vous déjà rencontrée, pour autant que vous vous en souveniez, à l'époque où vous viviez chez vos parents, dans votre petite enfance ?

— Je ne pense pas. Je crois que la mère de Desmond — Mrs Burton-Cox, j'entends — a longtemps vécu en Malaisie où, me semble-t-il, son mari était mort. Et aussi que, quand est venu pour Desmond le temps de la scolarité, elle l'a envoyé en pension en Angleterre — pension dont des cousins à elle, voisins de campagne de mes parents, le sortaient pour le prendre chez eux pendant les vacances. C'est d'ailleurs comme ça que nous nous sommes liés d'amitié dès l'enfance. Je le revois encore à l'époque, vous savez. J'avais tout un panthéon de héros. Mais lui, il les dominait tous de cent coudées. Il grimpait aux arbres comme personne. Il m'apprenait tout sur les nids d'oiseaux, leurs œufs, les couvaisons. C'était pour moi un Dieu, un Dieu que j'avais toujours à ma portée... Ça m'a donc semblé tout naturel, quand je l'ai revu, des années plus tard, à l'université, qu'on se mette à se remémorer tout ça, puis qu'il me demande soudain comment je m'appelais. Il m'a dit : « Je ne connais que ton prénom, et je ne sais rien de toi et tu ne sais rien de moi. » Et de fil en aiguille nous nous sommes mis à nous poser l'un à l'autre des tas de questions — et puis à nous les poser ensuite à nous-mêmes. C'est ce qui nous a rapprochés, pourrait-on dire. Toutes ces lacunes, tous ces pans de vie ignorés. Je ne sais pas tout de lui. Je ne sais *rien*, en fait. De même que j'ai l'impression de ne plus savoir grand-chose de mes propres parents. Or, je *veux* savoir. Comment peut-on bâtir une vie à deux quand on ne sait pas tout ce qui nous concerne l'un et l'autre, tout ce qui s'est réellement passé ?

— Vous me demandez donc de poursuivre mon enquête ?

— Si elle doit donner des résultats, oui, bien que je ne pense pas qu'elle le fasse car, dans la mesure de nos moyens, Desmond et moi nous y sommes déjà essayés sans succès. Apparemment, tout le monde butte sur l'énigme de cette double mort. Ou de cette mort tout court, en fait. Car s'il s'agit d'un double suicide, on peut considérer ça comme une seule mort. Est-ce de Shakespeare, ou alors d'où vient cette citation qui dit : « Et dans la mort ils restèrent unis » ?

La jeune fille se tourna à nouveau vers Poirot :

— Oui, poursuivez. Poursuivez votre quête de la vérité. Continuez à informer Mrs Oliver, ou à m'informer directement. Je préférerais d'ailleurs que vous m'informiez directement.

Elle pivota vers Mrs Oliver :

— Ce n'est pas que je veuille vous écarter. Vous avez toujours été pour moi la plus adorable des marraines, mais... mais je préférerais tenir la bonne parole de la bouche du prophète. C'est peut-être un peu excessif, monsieur Poirot, mais n'y voyez pas malice de ma part.

— Non, assura Poirot. Je suis satisfait d'être la bouche du prophète.

— Pensez-vous que vous le serez ?

— Je crois sérieusement pouvoir l'être.

— Et vous réussissez toujours, n'est-ce pas ?

— En général, oui, rectifia Poirot. Je n'en affirme pas plus.

13

Mrs BURTON-COX

— Eh bien ? s'exclama Mrs Oliver en regagnant le salon après avoir raccompagné Célia à la porte. Que pensez-vous de ma filleule ?

— Elle ne manque pas de personnalité, répondit Poirot. C'est une jeune fille intéressante, pas n'importe qui.

— Je vous l'avais bien dit, se rengorgea Mrs Oliver.

— J'aimerais que vous me précisiez un point d'histoire.

— La concernant ? Je vous en avais prévenu : je ne la connais pas vraiment bien.

— Ce n'est pas à elle que je faisais allusion. Parlez-moi de sa mère.

— Ah ! je vois.

— Vous connaissiez sa mère ?

— Oui. Nous étions ensemble dans une sorte de pensionnat, à Paris. À l'époque, les gens envoyaient les filles à Paris pour les « terminer », comme on disait autrefois, expliqua la romancière. À entendre ça, on pense plus à un voyage vers le cimetière qu'à une introduction dans la bonne société. Que voulez-vous savoir à son sujet ?

— Vous vous souvenez d'elle ? De la jeune fille qu'elle était ?... Quelle impression vous a-t-elle laissée ?

— Elle était belle, répondit Mrs Oliver. Je me souviens de ça. Pas quand elle avait 13 ou 14 ans. Elle était carrément potelée, à cet âge-là. On l'était toutes, je pense, ajouta-t-elle pensivement.

— Avait-elle une forte personnalité ?

— J'ai du mal à m'en souvenir parce que,

voyez-vous, elle n'était ni ma seule amie ni la meilleure. J'entends par là que nous étions plusieurs... une petite meute, pourrait-on dire. Des filles aux goûts plus ou moins voisins. On aimait le tennis, on aimait qu'on nous emmène à l'opéra, on s'ennuyait mortellement si on nous traînait au musée. Je ne peux guère que vous donner une idée globale. Molly Preston-Grey. C'est ainsi qu'on l'appelait.

— Vous aviez des amoureux, toutes les deux ?

— Nous avons eu un ou deux béguins, il me semble. Pas pour des chanteurs de variétés, bien sûr. Ça n'existait pas, à l'époque. Pour des acteurs, en général. Il y en avait un assez célèbre, un comédien de music-hall. Une des filles avait épinglé sa photo au-dessus de son lit, et Mlle Girand, le professeur de français, s'opposa énergiquement à ce que cette photo reste là. « Ce n'est pas convenable ! » s'égosillait-elle — en français, bien entendu. La fille ne lui avait pas dit que le comédien était son père ! On s'amusait beaucoup, ajouta Mrs Oliver. Oui, on s'amusait souvent comme des folles.

— Dites-m'en donc un peu plus sur Molly, ou Margaret, Preston-Grey. La jeune Célia vous la rappelle-t-elle ?

— Non, je ne trouve pas. Non. Elles ne se ressemblent pas. Je crois que Molly était plus... plus sentimentale que cette jeune fille.

— Elle avait une sœur jumelle, si j'ai bien compris. Fréquentait-elle le même pensionnat ?

— Non. Elle aurait pu, puisqu'elle était du même âge, mais non, je crois qu'elle était dans un tout autre genre d'établissement, en Angleterre. Je n'en suis pas certaine. J'ai l'impression que cette sœur jumelle, Dolly, que je n'ai vue qu'une ou deux fois, de loin en loin, et qui bien sûr, à l'époque, ressemblait trait pour trait à

Molly... c'est-à-dire qu'elles n'avaient pas encore commencé à adopter des allures différentes, des coiffures différentes et tout, comme le font généralement les jumelles quand elles grandissent. Je crois que Molly était très attachée à sa sœur Dolly, mais elle n'en parlait pas souvent. J'ai l'impression — à présent, je veux dire, pas à l'époque — qu'il y avait peut-être bien quelque chose qui clochait légèrement du côté de la sœur en question. Une fois ou deux, je me souviens, il y avait eu des allusions au fait qu'elle était malade, ou partie suivre un traitement quelque part. Je me souviens m'être demandé une fois si elle n'était pas handicapée. Une de ses tantes l'avait emmenée un temps au bord de la mer pour qu'elle s'y rétablisse.

Mrs Oliver secoua la tête.

— Mais je ne me souviens pas vraiment. J'ai seulement l'impression que Molly était très attachée à sa sœur et qu'elle aurait aimé pouvoir la protéger d'une certaine manière. Cela vous semble-t-il stupide ?

— Pas du tout, assura Hercule Poirot.

— Je crois qu'à d'autres moments, elle n'avait pas envie de parler de Dolly. Elle parlait de sa mère et de son père. Elle les aimait bien, il me semble, d'un amour filial normal. Je me souviens qu'une fois, sa mère est venue à Paris et l'a emmenée en ville. Une femme agréable. Pas particulièrement amusante ou belle, ni rien. Mais agréable, calme, gentille.

— Je vois. Rien qui, selon vous, puisse nous aider dans ce domaine ? Pas d'amoureux ?

— Nous n'avions pas tant d'amoureux que ça, à l'époque, répondit Mrs Oliver. Pas comme de nos jours, où la chose va de soi. Plus tard, une fois rentrées chez nous toutes les deux, nous nous sommes plus ou moins perdues de vue. Je crois que Molly est partie pour je ne sais où à l'étranger avec ses parents. Je ne crois pas que ç'ait été aux Indes... non, je ne crois pas. Il me semble que c'était ailleurs. Peut-être bien en Égypte. Je crois me rappeler que ses parents travaillaient dans les services diplomatiques. À un moment donné, ils étaient en Suède, puis dans un endroit comme les Bermudes ou les Antilles. Je crois que le père était gouverneur là-bas, ou quelque chose comme ça. Mais ce genre de détails, on ne s'en souvient pas vraiment. Molly s'était entichée du professeur de musique, et cela nous convenait parfaitement à l'une et l'autre, d'ailleurs il me semble que ces amours-là devaient être beaucoup plus faciles à vivre que celles d'aujourd'hui n'en ont l'air. C'est-à-dire qu'on vouait une véritable adoration à l'objet de notre flamme... il nous tardait d'arriver au jour où ces professeurs revenaient nous dispenser un cours. Eux, cela va sans dire, éprouvaient une parfaite indifférence à notre égard. Mais il n'empêche qu'on rêvait d'eux la nuit, et je me souviens d'une espèce de rêve éveillé superbe au cours duquel je soignais mon M. Adolphe adoré, atteint de choléra, et je crois que j'allais même jusqu'à lui transfuser mon sang. Ce qu'on peut être bête ! Sans parler des autres rêves qu'on nourrissait ! Il fut un temps où j'étais tout à fait décidée à prendre le voile, et plus tard, je songeai à devenir infirmière... Mais dites-moi, tout ça est bel et bon. Seulement l'heure tourne et nous n'allons pas tarder à recevoir Mrs Burton-Cox. Je me demande comment elle va réagir à votre présence ?

Poirot consulta sa montre.

— Nous devrions voir ça d'ici un petit instant.

— Y a-t-il autre chose dont nous devions discuter au préalable ?

— Je crois que nous pourrions comparer nos notes à propos de quelques détails. Comme je le disais, il y a un ou deux points qui, selon moi, souffriraient quelques recherches. Des recherches éléphantines que *vous* mèneriez, dirons-nous ? Et le doublage d'un éléphant en ce qui me concerne.

— Quelle curieuse remarque, commenta Mrs Oliver. Je vous ai dit que j'en avais terminé avec les éléphants.

— Certes ! fit Poirot, mais peut-être les éléphants n'en ont-ils pas terminé avec vous.

La sonnette de la porte d'entrée retentit à nouveau. Poirot et Mrs Oliver échangèrent un regard.

— Courage ! lança cette dernière. Allons-y !

Elle quitta une nouvelle fois la pièce. Poirot perçut l'écho des salutations qui s'échangeaient dehors, puis, un instant plus tard, Mrs Oliver regagna le salon où elle fit entrer l'assez monumentale Mrs Burton-Cox.

— Quel ravissant appartement vous avez-là ! s'écria la visiteuse. C'est si gentil à vous de me consacrer un peu de temps... un temps très précieux, je n'en doute pas. Vous m'avez demandé de passer vous voir et...

Elle décocha un regard en biais à Hercule Poirot tandis qu'une légère surprise se peignait brièvement sur ses traits. L'espace d'un instant, ses yeux allèrent du détective au piano demi-queue qui occupait l'embrasure d'une fenêtre. L'idée vint à Mrs Oliver que Mrs Burton-Cox prenait Hercule Poirot pour un accordeur. Elle se hâta de dissiper le malentendu.

— Il faut que je vous présente M. Hercule Poirot, annonça-t-elle.

Poirot s'inclina sur la main de la grosse femme.

— Il n'y a que lui, je pense, qui puisse vous apporter la moindre aide, enchaîna la romancière. Vous savez : à propos de ce que vous me demandiez l'autre jour concernant Célia Ravenscroft, ma filleule.

— Ah ! oui, comme c'est aimable à vous de vous en être souvenue. J'espère vraiment que vous allez pouvoir m'apporter quelques lumières sur ce qui s'est réellement passé.

— Je n'ai hélas pas récolté grand-chose, répondit Mrs Oliver, c'est d'ailleurs pour cela, en fait, que j'ai demandé à M. Poirot de vous rencontrer. C'est un personnage extraordinaire, vous savez, pour tout ce qui a trait aux renseignements en général. Le meilleur de sa branche professionnelle, vraiment. Je serais incapable de dire à combien de mes amis il a prêté assistance, ou combien de... — ma foi, on peut vraiment parler d'énigmes — il a élucidées. Or, l'affaire qui nous intéresse a vraiment été un drame d'une telle obscurité...

— C'est en effet peu dire, renchérit Mrs Burton-Cox dont le regard demeurait passablement dubitatif.

Mrs Oliver désigna des fauteuils, puis mondanisa :

— Que prendrez-vous : un verre de sherry ? Ce n'est plus l'heure du thé, bien sûr. À moins que vous ne préfériez un cocktail ?

— Oh ! un doigt de sherry. C'est très aimable à vous.

— Monsieur Poirot ?

— La même chose, répondit le détective.

Mrs Oliver ne put s'empêcher de lui savoir gré de ne pas avoir réclamé un sirop de cassis ou l'une de ses tisanes favorites. Elle sortit une carafe et trois verres.

— J'ai déjà exposé à M. Poirot les grandes lignes de l'enquête que vous souhaitez voir menée.

— Ah bon ! fit Mrs Burton-Cox.

Elle semblait passablement hésitante et moins sûre d'elle qu'à son ordinaire.

— Ah ! ces jeunes gens d'aujourd'hui, préluda-t-elle à l'intention de Poirot, nous donnent vraiment bien du souci. Ah ! ces jeunes gens et leur insouciance foncière... Mon fils est le plus charmant des garçons, vraiment le plus charmant, c'est tout juste si l'on peut lui reprocher peut-être une certaine... faiblesse de caractère. Dieu sait pourtant si nous avons fondé de grands espoirs sur sa réussite dans l'existence. Et il y a d'un autre côté cette jeune fille, une très charmante jeune fille... Mrs Oliver vous a sans doute expliqué qu'il s'agit de sa filleule... Seulement... ma foi, bien sûr, sait-on jamais ? J'entends par là que ces amitiés... que ces foucades, serais-je plutôt tentée de dire... se nouent subitement mais bien souvent, ne durent pas. Ce sont ce qu'on appelait autrefois, voyez-vous, des amourettes, aussi est-il très important d'en savoir ne serait-ce qu'un peu plus en ce qui concerne les... les antécédents des gens. À quoi ressemblait la famille, vous comprenez. Oh ! bien entendu, je sais que Célia est issue d'un très bon milieu, n'est-ce pas, reste qu'il y a *quand même* eu ce... ce drame. Suicide réciproque, me semble-t-il, quoique personne n'ait vraiment pu m'apporter la moindre précision quant à ce qui provoqua la chose, ou ce qui y mena, dirons-nous. Aucun de mes amis n'avait d'amis communs avec les Ravenscroft, si bien que j'ai beaucoup de mal à me faire une idée de ces gens. Je sais que Célia est une charmante jeune fille, n'est-ce pas, mais une mère aimante souhaiterait en savoir... en savoir nettement plus.

— D'après ce que m'a dit mon amie, Mrs Oliver, il y a quelque chose que vous souhaitiez précisément savoir. En fait, vous vouliez savoir...

— Vous m'avez textuellement dit, enchaîna d'autorité Mrs Oliver, que vous vouliez savoir : « Qui, du père ou de la mère de Célia, avait tué l'autre ? » Est-ce que c'était lady Ravenscroft qui avait tué son mari avant de se supprimer, ou le général Ravenscroft qui avait abattu sa femme avant de se faire justice ?

— En effet, car j'ai le sentiment que cela change tout, affirma Mrs Burton-Cox. Oui, vraiment, j'ai le sentiment que cela change tout.

— Le distinguo est certes subtil, commenta Poirot. Quant au point de vue, pour intéressant qu'il soit, je n'en vois pas le bien-fondé.

Le ton n'avait rien de très engageant.

— C'est, voyez-vous, le climat affectif, dirons-nous, qui m'intéresse, se défendit assez platement Mrs Burton-Cox. Ce sont les... oui, les désordres affectifs qui menèrent à ce drame qu'en mère attentive je me dois de prendre en compte. Quand on se marie, reconnaissez-le, on a le devoir de penser aux enfants. Aux enfants à venir, j'entends. Aux problèmes soulevés par l'hérédité, veux-je dire. Je crois qu'aujourd'hui, on se rend compte que l'hérédité joue un rôle bien plus important que l'environnement. Elle détermine une certaine tournure de caractère, certains risques très graves qu'on ne souhaite pas forcément encourir.

— Exact, déclara Poirot. C'est aux gens qui prennent ces risques qu'incombe la décision. Votre fils et la jeune personne en question, ce sera à eux de choisir.

— Oh ! je sais, je sais. Ce sera, comme vous dites, leur choix. Et, hélas, pas le mien. Les parents n'ont de nos jours plus leur mot à dire, n'est-ce pas, plus leur voix au chapitre, ni même de conseils à donner. Mais j'aimerais tout de même savoir de quoi il retournait, oui, j'aimerais vraiment savoir. Si vous avez le sentiment que vous pourriez entamer la moindre... enquête, je suppose que c'est le terme à employer, il serait bon que.... Mais peut-être... peut-être après tout ne suis-je qu'une mère poule trop inquiète. Que je me tracasse trop pour mon cher fils. Seulement mettez-vous à ma place. Les mères sont comme ça.

Inclinant légèrement la tête de côté, elle poussa un petit hennissement qui se voulait un rire léger.

— Peut-être, reprit-elle après avoir vidé son verre de sherry, peut-être pourrez-vous y repenser et de mon côté, je vous ferai signe moi aussi. À propos des points précis et des sujets qui me tracassent.

Elle consulta sa montre.

— Mon Dieu ! Oh ! mon Dieu ! me voilà en retard pour mon autre rendez-vous. Il faut que j'y aille. Je suis vraiment désolée, ma chère Mrs Oliver, de devoir m'enfuir si tôt, mais vous savez ce que c'est... J'ai eu toutes les peines du monde à trouver un taxi cet après-midi. Ils se contentaient de tourner la tête de l'autre côté les uns après les autres, et de passer devant moi en trombe. Tout ça est tellement compliqué, n'est-ce pas ? Mrs Oliver a votre adresse, je suppose ?

— Je vous la donne, répondit Poirot.

Il tira une carte de sa poche et la remit à la grosse femme.

— Ah ! bien, bien. Je vois. Monsieur Hercule Poirot. Vous êtes français, c'est ça ?

— Belge, rectifia Poirot.

— Ah ! oui, oui. Ah ! la Belgique... Bien, bien, je comprends parfaitement. Je suis vraiment ravie d'avoir fait votre connaissance, cela me donne tellement d'espoir. Mon Dieu, il faut que je m'en aille très, très vite.

Ayant échangé une vigoureuse poignée de main avec Mrs Oliver, elle fit le même adieu à Poirot puis quitta la pièce et la porte claqua dans l'entrée.

— Eh bien ! que pensez-vous de ça ? lança Mrs Oliver.

— Et vous ? s'enquit Poirot.

— Moins haut en couleur que nous ne nous y attendions. Et puis elle s'est enfuie, répondit son amie. Enfuie. Vous lui avez, Dieu sait pourquoi, fait peur.

— En effet, constata Poirot. Je crois que vous avez parfaitement bien saisi.

— Elle voulait me faire soutirer des renseignement à Célia, elle voulait se servir de moi pour extorquer des choses à Célia, une sorte de confidence, je ne sais quel secret dont elle soupçonne l'existence, mais elle ne veut pas d'une véritable enquête à proprement parler, n'est-ce pas ?

— Je crois que non, répondit Poirot. C'est intéressant, cela. Très intéressant. Elle est riche, d'après vous ?

— J'opterais volontiers pour l'affirmative. Elle porte des vêtements de chez le bon faiseur, elle habite un quartier élégant, c'est une créature... on a du mal à la situer au juste. C'est une arriviste, cela ne fait pas l'ombre d'un doute. Une femme autoritaire. Elle siège dans un tas de comités. Elle n'a rien de louche, je pense. J'ai posé la question à quelques connaissances. Personne ne l'apprécie beaucoup. Mais c'est le genre de battante qui se mêle de politique, et tout ce qui s'ensuit.

— Dans ce cas, qu'est-ce qui cloche, chez elle ? demanda Poirot.

— Vous pensez qu'il y a quelque chose qui cloche ? Ou tout simplement, comme moi, vous ne l'aimez pas ?

— Je crois qu'il y a quelque chose là-dessous qu'elle ne tient pas à voir surgir au grand jour, déclara Poirot.

— Ah ! Et vous allez découvrir de quoi il s'agit ?

— Naturellement, si je peux, confirma le détective. Ce ne sera peut-être pas facile. Elle bat soudain en retraite. En nous quittant de la sorte, elle battait en retraite. Elle a pris peur, tout à coup, des questions que je risquais de lui poser. Oui, c'est intéressant.

Il soupira :

— Il va falloir, là aussi, remonter dans le passé.

— Quoi, remonter à nouveau dans le passé ?

— Oui, et plus loin encore qu'on ne le pensait. Il nous faudra découvrir, quelque part dans ce passé, l'événemenent fondateur de l'affaire, celui sans lequel le drame d'Overcliffe n'aurait jamais eu lieu. Oui. Il va falloir remonter dans le passé.

— Ma foi, il en sera comme vous le souhaiterez, capitula Mrs Oliver. Or donc, qu'y a-t-il au programme dans l'immédiat ? Qu'est-ce que c'est que cette liste, que vous avez là ?

— Au fil des comptes rendus de police, j'ai retenu un certain nombre de détails sur ce qui a été répertorié à Overcliffe après le drame. Vous vous souvenez sans doute de la découverte de quatre perruques.

— Oui, répondit Mrs Oliver, et vous avez même dit et répété que quatre perruques, cela faisait trop.

— Le nombre semblait en effet un peu excessif, enchaîna le détective. J'ai également recueilli certaines adresses utiles. Celle d'un médecin qui pourrait nous apporter de l'aide.

— Un médecin ? Vous parlez du médecin de famille ?

— Non, pas le médecin de famille. Celui qui témoigna autrefois lors de l'enquête préliminaire concernant la mort d'un garçonnet assommé avant d'être poussé dans un bassin de jardin où il s'est noyé.

— Poussé par la mère, vous voulez dire ?

— Poussé par la mère, poussé par une gamine plus âgée, poussé peut-être par une tierce personne qui se trouvait dans la maison à ce moment-là. Je sais dans quelle région d'Angleterre cela s'est passé, et, grâce à des sources officielles jusqu'auxquelles a pu remonter le superintendant Garroway ainsi qu'à de miens amis qui travaillaient à l'époque dans la presse, j'ai pu obtenir quelques précisions susceptibles de nous ouvrir des horizons.

— Et vous allez voir ce médecin... mais ce doit être un très vieil homme, à présent.

— Ce n'est pas lui que j'irai voir, mais son fils, lequel en digne rejeton de son père s'est lui aussi spécialisé dans les diverses formes de troubles mentaux. Je lui suis recommandé et il se pourrait qu'il soit en mesure de me fournir d'utiles renseignements.

» Des investigations ont en outre été menées en leur temps sur les questions d'argent. Et c'est là un sujet de plus dont il nous incombera de nous préoccuper.

— Les questions d'argent ! Qu'entendez-vous par là ?

— Eh bien ! il y a un certain nombre de points qu'il nous faut tirer au clair. L'argent est, et a toujours été, le moteur de bien des crimes. L'argent ! Qui a de l'argent à perdre si tel événement se produit ? qui a de l'argent à gagner si tel autre se produit ? Cela, il faut le tirer au clair.

— Ma foi, ç'a dû être fait dans le cas des Ravenscroft.

— Oui, et tout semblait parfaitement régulier. Le mari et la femme avaient chacun de leur côté rédigé le testament classique qui prévoit que la totalité des biens faisant l'objet de la communauté échoit au survivant. Aucun des deux ne bénéficia cependant de ces dispositions puisqu'ils sont morts ensemble. Si bien que ceux qui, eux, tirèrent profit de cette double mort, ce sont leur fille aînée, Célia, et Edward, un enfant plus jeune qui, si j'ai bien compris, est aujourd'hui à l'université à l'étranger.

— Ma foi, ça ne va guère nous aider. Aucun des enfants n'était sur place ni n'a pu être mêlé à ça d'une quelconque manière.

— Oh non ! Bien sûr ! Voilà qui est tout à fait exact. Et c'est bien pourquoi il nous faut aller plus loin... plus loin en arrière, plus loin en avant, plus loin de côté pour découvrir s'il existe un quelconque mobile pécuniaire là-dessous qui soit... disons, significatif.

— Ma foi, ne me demandez pas à moi d'enquêter dans ce domaine, répliqua Mrs Oliver. S'il est un sujet auquel je n'ai jamais rien compris, c'est bien celui-là.

— Non. Je crois que le mieux pour vous, serait, dirons-nous, de vous charger des perruques.

— Des perruques ?

— Le scrupuleux rapport de police de l'époque mentionnait les fournisseurs des perruques, maison fort sélecte de coiffeurs et fabricants de postiches située dans Bond Street. Par la suite, la boutique a fermé ses portes et l'affaire a été transplantée ailleurs. Cela dit, j'ai ici l'adresse des fondateurs qui exercent désormais leurs talents à Cheltenham et je me suis dit que les réponses viendraient peut-être plus aisément si c'était une femme qui posait les questions.

— Ah ! fit Mrs Oliver. Moi ?

— Oui, vous.

— Bon. Que voulez-vous que je fasse ?

— Que vous alliez à Cheltenham où vous trouverez une certaine Mrs Rosentelle. Une femme plus toute jeune, mais toujours mariée, ai-je cru comprendre, à un autre membre de la profession, un coiffeur spécialisé dans les solutions — postiches et assimilés — aux problèmes de calvitie masculine.

— Non d'un petit bonhomme ! fulmina Mrs Oliver, je crois parfois rêver ! Ces missions que vous me confiez ! Vous croyez que ces deux Figaro se souviendront de quelque chose ?

— Figaro ou pas, les éléphants ont de la mémoire, rappela Hercule Poirot.

— Oh ! et vous, pendant ce temps-là, à quel genre d'éléphant allez-vous les soumettre, vos questions ? À ce médecin dont vous parliez ?

— D'une part, oui.

— Et de quoi pensez-vous qu'il se souviendra ?

— Pas de grand-chose, répondit Poirot, mais il se pourrait, je crois, qu'il ait entendu parler de certain accident. Ç'avait dû avoir un certain retentissement, vous savez. Il existe forcément des archives concernant l'enquête.

— Vous parlez de la sœur jumelle ?

— Oui. Il y a eu, d'après ce que je me suis laissé dire, deux accidents au moins auxquels elle a été mêlée. Un alors qu'elle était jeune mère et habitait l'Angleterre, du côté de Hatters Green, puis un autre plus tard, lorsqu'elle vivait en Malaisie. Dans les deux cas, l'accident se solda par la mort d'un enfant. Il se pourrait que j'apprenne là quelque chose sur...

— Vous voulez dire qu'étant donné qu'elles étaient jumelles, il se pourrait que Molly — ma Molly, j'entends — ait également souffert d'un quelconque déséquilibre mental ? Je n'y crois pas une seconde. Elle n'était pas comme ça. C'était une fille affectueuse, aimante, très jolie, sensible et... oh ! c'était quelqu'un de tellement bien !

— Oui. C'est ce qu'il y paraissait, en effet. Quelqu'un de très heureux, somme toute, n'est-ce pas ?

— Oui. Molly était quelqu'un d'heureux. Quelqu'un de *très* heureux. Oh ! bien sûr, je l'ai complètement perdue de vue sur le tard, je le sais : elle vivait à l'étranger. Mais les très rares fois où j'ai reçu des lettres ou que je suis allée la voir, j'ai toujours eu l'impression qu'elle était heureuse.

— Et la sœur jumelle, vous ne la connaissiez pas vraiment ?

— Non. Les rares fois où j'ai vu Molly, il me semble que sa sœur était... disons, en toute franchise, qu'elle était internée dans je ne sais quel établissement, je crois. Elle n'avait pas assisté au mariage de Molly, pas même en qualité de demoiselle d'honneur.

— Voilà un détail étrange en soi.

— Je ne vois toujours pas ce que vous allez pouvoir tirer de ça.

— Des renseignements, voilà tout, répondit Poirot.

14

Le dr Willoughby

Hercule Poirot sortit du taxi, régla la course en l'arrondissant d'un pourboire, vérifia que l'adresse à laquelle il venait d'arriver correspondait bien à celle qu'il avait notée dans son calepin, tira soigneusement de sa poche une lettre libellée à l'intention du Dr Willoughby, gravit les marches du perron et appuya sur la sonnette. Un domestique ouvrit la porte. Quand Poirot eut annoncé son nom, on lui répondit que le Dr Willoughby l'attendait.

Le domestique le fit entrer dans une pièce confortable dont un mur disparaissait entièrement sous des rayonnages de livres. Deux fauteuils étaient installés devant la cheminée, et, sur un plateau, trônaient des verres et deux carafes. Le Dr Willoughby se leva pour accueillir son visiteur. Front élevé et cheveux bruns, c'était un homme dans la bonne cinquantaine, mince, élancé, doté d'yeux gris extrêmement pénétrants. Il échangea une poignée de main avec le détective, puis invita ce dernier à s'asseoir. Poirot sortit la lettre de sa poche.

— Ah ! oui.

Le médecin la prit, ouvrit l'enveloppe, lut la lettre, après quoi il la posa à côté de lui et regarda Poirot avec intérêt.

— J'ai déjà reçu un appel du superintendant Garroway, lui signala-t-il, ainsi, je peux l'ajouter, que d'un ami du ministère de l'Intérieur qui m'a prié lui aussi de faire tout mon possible pour vous aider dans le cadre de l'affaire qui vous intéresse.

— C'est un service assez considérable que je vous demande là, j'en ai conscience, déclara Poirot, mais cette affaire m'importe pour des raisons précises.

— Vous importe au bout d'un si grand nombre d'années ?

— Oui. Bien entendu, s'il se trouvait que vous ayez perdu tout souvenir des événements en question, je le comprendrais fort bien.

— Je ne crois pas que ce soit le cas. Je m'intéresse, comme vous le savez peut-être, à des secteurs particuliers de ma profession, et ce depuis bien des années.

— Votre père était, je le sais, un spécialiste tout à fait éminent dans ce domaine.

— En effet. Ce fut une des grandes passions de sa vie. Il avait formulé quantité de théories dont certaines s'avérèrent brillantes. C'est, si j'ai bien compris, à un cas psychiatrique que vous vous intéressez ?

— Le cas d'une femme. Qui se nommait Dorothea Preston-Grey.

— En effet. J'étais tout jeune homme, à l'époque. Je m'intéressais déjà aux recherches de mon père, même si ses hypothèses et les miennes ne concordaient pas toujours. J'ignore à quel point de vue précis vous vous intéressez à Dorothea Preston-Grey, comme elle s'appelait à l'époque, ou Mrs Jarrow, du nom qu'elle porta par la suite.

— Elle avait une sœur jumelle, précisa Poirot.

— En effet. Les jumeaux constituaient alors, je le précise, le domaine d'étude spécifique de mon père. Il y avait un projet en cours, à l'époque, qui visait à suivre le parcours de vrais jumeaux triés sur le volet. Les uns élevés conjointement dans le même milieu, les autres amenés, du fait de divers aléas de l'existence, à grandir dans des milieux totalement distincts. Pour voir dans quelle mesure ils demeuraient identiques, à quel point leurs parcours respectifs étaient similaires. Deux sœurs, par exemple, ou deux frères n'ayant pratiquement pas vécu ensemble alors que, par extraordinaire, les mêmes choses semblaient leur arriver au même moment. Tout cela était — en fait, tout cela *est* — infiniment passionnant. Mais ce n'est pas à cet aspect-là que vous vous intéressez, si j'ai bien compris.

— Non, confirma Poirot, c'est, je crois, à une affaire... ou plutôt à l'un des aspects d'une affaire concernant un accident dont un enfant fut victime.

— En effet. Ce drame se produisit dans le Surrey, me semble-t-il. Une région très agréable, pas très loin de Camberley, je crois. Mrs Jarrow était une toute jeune veuve, à l'époque, avec deux enfants en bas âge. Son mari venait de mourir dans un accident. En conséquence de quoi elle était...

— Mentalement déséquilibrée ? hasarda Poirot.

— Non, on ne la considérait pas réellement comme telle. Elle avait certes été profondément affectée par le décès de son mari et ne parvenait pas à surmonter son deuil aussi bien que son médecin traitant l'aurait semblait-il souhaité. Son chagrin déclenchait apparemment chez elle des réactions assez étranges. En tout état de cause, mon père fut appelé en consultation et prié de donner son avis. Il jugea l'état de la patiente préoccupant et estima souhaitable un placement temporaire de Mrs Jarrow dans une maison de repos où elle pourrait faire l'objet de soins appropriés. Ce qui fut fait à la satisfaction générale. Et, après quelques mois, la patiente put rentrer chez elle et reprendre une vie en apparence normale... tout au moins jusqu'à ce fatal incident dont un enfant fut la victime. D'après le récit qu'en fit Mrs Jarrow, ce fut la fillette, plus âgée de quatre ou cinq ans que son petit frère, qui agressa le bambin en le frappant avec une pelle ou une binette miniature. Le petit tomba dans le bassin du jardin et se noya. Ce genre de drame n'est, hélas, pas rare entre enfants. Il arrive que certains soient précipités à l'eau dans leur poussette par un aîné jaloux qui se dit que

« Maman sera bien plus tranquille une fois qu'Edward — ou Donald, peu importe son nom — ne sera plus là ». La jalousie, pourtant, semblait inexistante en l'occurrence. La fillette avait bien pris la naissance de son frère. Mrs Jarrow, en revanche, n'avait pas désiré ce deuxième enfant. Elle avait consulté deux médecins dans l'intention d'avorter, sans parvenir à en trouver un qui accepte de pratiquer ce qui était alors une intervention illégale. L'un des domestiques déclara, de même qu'un jeune télégraphiste venu délivrer une dépêche chez les Jarrow, je crois, que c'était une femme, et non la fillette, qui avait agressé le petit. L'une des bonnes affirma en outre de façon très déterminée qu'elle avait regardé par la fenêtre à ce moment-là, et que c'était sa maîtresse qui avait poussé l'enfant dans la pièce d'eau. Elle ajouta : « Je ne crois pas qu'en ce moment, la pauvre femme sache ce qu'elle fait. Vous savez, depuis le jour du décès de monsieur, elle est dans un état... un état, ma foi, pas possible. » Dans le doute, un verdict d'accident fut néanmoins prononcé : les enfants avaient été vus en train de jouer ensemble, de se pousser l'un l'autre, etc., et on en resta là. Mais mon père, lorsqu'on le consulta à nouveau et à l'issue d'un entretien avec Mrs Jarrow assorti de certains tests, questionnaires et interrogations variées, acquit la certitude qu'elle était responsable de ce qui était arrivé. D'après lui, il était plus sage de préconiser une seconde cure psychiatrique à Mrs Jarrow.

— Votre père était *vraiment* tout à fait sûr que c'était *elle* la responsable ?

— Oui. Il y avait, à l'époque, une école thérapeutique très en vogue, en laquelle mon père avait foi. Le credo de cette école était qu'au bout d'un temps de cure suffisant — parfois très long :

un an et plus —, les gens pouvaient reprendre une existence quotidienne normale, et ce, pour leur plus grand profit. Qu'ils pouvaient regagner leur domicile, et qu'avec toute l'attention requise, tant médicale que de la part de leur entourage qui pouvait les observer vaquant à leur existence normale, tout se passerait bien. Cette méthode, je me dois de le préciser, remporta de prime abord quelques succès avant que ne surviennent un certain nombre d'échecs désastreux. Des patients apparemment guéris rentraient chez eux, dans leur environnement habituel, retrouvaient famille, mari, père et mère, et rechutaient lentement, souvent jusqu'à l'irréparable. L'un de ces échecs — déception amère pour mon père — fut celui d'une femme qui retourna vivre sous le toit de l'amie avec laquelle elle vivait auparavant. Tout semblait se passer dans l'allégresse, jusqu'à ce qu'au bout de cinq ou six mois, elle appelle en urgence un médecin pour lui annoncer dès son arrivée : « Vous allez sans doute le prendre mal et appeler la police. Mais je n'ai vraiment pas pu agir autrement. Si vous aviez vu comme moi le diable dans les yeux de Hilda, vous en auriez tout de suite fait autant. J'y ai vu le diable et j'en ai tout de suite conclu qu'il fallait que je la tue. » L'amie de toute une vie, morte, était ligotée dans un fauteuil, étranglée. Après son décès, la meurtrière lui avait crevé les deux yeux. La pauvre folle mourut des années plus tard dans un établissement psychiatrique sans avoir jamais manifesté le moindre remords et en se contentant de déclarer à qui voulait l'entendre qu'elle n'avait fait là qu'obéir à l'impérieuse mission qui lui était impartie et qui consistait à traquer le diable partout, en tous lieux et sous toutes ses formes.

Poirot hocha tristement la tête.

— Voilà, reprit le médecin. Je considère,

comme d'ailleurs le fit mon père à l'époque, que Dorothea Preston-Grey souffrait, toute proportion gardée, d'une forme équivalente de déséquilibre mental et qu'on ne pouvait la déclarer inoffensive qu'à condition de l'obliger à subir un long internement dans un établissement spécialisé. Et là, après s'être vu prodiguer d'excellents soins, elle eut à nouveau l'air d'avoir complètement recouvré la santé. Elle quitta donc l'établissement pour s'en aller mener une vie quasi normale en compagnie d'une infirmière tout à fait charmante qui l'avait plus ou moins prise en charge et qui, aux yeux des domestiques, passait pour la dame de compagnie. Mrs Jarrow allait et venait, lia des amitiés et un beau jour, partit pour l'étranger.

— Pour la Malaisie, précisa Poirot.

— Oui. Je vois qu'on vous a correctement renseigné. Elle partit pour la Malaisie afin de s'établir chez sa sœur jumelle.

— Et là, un nouveau drame éclata ?

— Oui. Le fils d'un voisin fut victime d'une agression. On crut d'abord que c'était le fait d'une *amah*, et plus tard, je crois que les soupçons se portèrent sur l'un des domestiques indigènes. Mais là encore, il semble hors de doute que Mrs Jarrow, sous le coup de quelque obscure pulsion connue d'elle seule, avait perpétré cette agression. Aucune charge précise, ai-je cru comprendre, ne put être relevée contre elle. Je crois cependant que le général... je ne me rappelle plus son nom...

— Ravenscroft ? suggéra Poirot.

— Oui, c'est cela, le général Ravenscroft décida de prendre des dispositions pour la rapatrier en Angleterre et lui faire subir à nouveau un traitement médical. Ce que je vous dis là répond-il à vos attentes ?

— Oui, déclara Poirot, j'avais déjà entendu tout ou partie de cela, mais uniquement, hélas, sous forme de ragots auxquels je ne pouvais guère me fier. Maintenant, grâce à vous, mon siège est fait. Ce que je tiens cependant encore à vous demander, c'est la chose suivante : il s'agissait d'une affaire concernant deux vraies jumelles. Qu'advint-il de l'autre ? De Margaret Preston-Grey. Plus tard mariée au général Ravenscroft. Se peut-il qu'elle ait été atteinte de la même maladie ?

— Il n'y eut pas le moindre suivi médical la concernant. Elle était parfaitement équilibrée. Mon père, que cela intéressait, lui rendit visite une fois ou deux et s'entretint avec elle car il lui était très souvent arrivé de rencontrer des cas de maladies ou de troubles mentaux pratiquement identiques chez de vrais jumeaux ayant commencé dans la vie par se vouer une grande affection.

— Ayant seulement *commencé*, dites-vous ?

— Oui. Dans certains cas, une forme d'animosité peut se développer entre deux jumeaux. Cela évolue à partir d'une forme d'amour protecteur très vif que se portent mutuellement les deux jumeaux, mais peut dégénérer en un sentiment plus proche de la haine pour peu qu'une quelconque tension déclenche le processus, ou que la moindre crise affective engendre de l'animosité entre les deux.

» Je pense qu'en l'occurrence, ce fut peut-être le cas. Le général Ravenscroft, alors jeune sous-officier, s'était, me semble-t-il, profondément épris de Dorothea Preston-Grey, qui était une très belle jeune fille. De fait, c'était la plus belle des deux... et elle était tombée éperdument amoureuse de lui en retour. Ils n'étaient cependant pas fiancés officiellement, et le général

Ravenscroft ne tarda guère à reporter ses sentiments sur l'autre sœur, Margaret — ou Molly, comme on l'appelait —, et la demanda en mariage. Ce nouvel amour étant réciproque, ils se marièrent dès que la carrière militaire du jeune homme le permit. Mon père a toujours été convaincu que la jumelle délaissée, Dolly, nourrit dès lors une jalousie morbide à l'égard de sa sœur et qu'elle continua d'aimer Alistair Ravenscroft et de lui garder rancœur de ce mariage. Elle surmonta pourtant tout cela, épousa un autre homme dans les plus brefs délais — mariage très heureux, semblait-il —, et par la suite, rendit fréquemment visite aux Ravenscroft non seulement lors de cette fameuse occasion, en Malaisie, mais plus tard aussi, alors que le couple vivait dans un autre poste militaire à l'étranger, puis lorsqu'ils rentrèrent en Angleterre. Mrs Jarrow était apparemment guérie, à ce moment-là, ne végétait plus dans un abattement morbide et une infirmière tout à fait compétente vivait sous son toit, de même qu'un certain nombre de domestiques. Il me semble, en tout cas mon père me l'affirma toujours, que lady Ravenscroft, Molly, demeurait très attachée à sa sœur. Elle se montrait très protectrice à son égard et l'aimait tendrement. Elle aurait voulu, je pense, la voir plus souvent, mais le général Ravenscroft n'y tenait pas trop. Il ne me semble pas impossible que Dolly — Mrs Jarrow —, légèrement déséquilibrée, ait continué à témoigner une véritable dévotion au général Ravenscroft, ce qu'à mon avis, ce dernier devait trouver gênant et difficile à supporter, quand bien même sa femme croyait fermement que sa jumelle avait surmonté toute jalousie ou colère.

— J'ai cru comprendre que Mrs Jarrow séjournait chez les Ravenscroft quelque chose comme trois semaines avant que ne survienne le drame de leur suicide.

— En effet, c'est parfaitement exact. C'est alors qu'elle-même trouva tragiquement la mort. Elle était sujette à de fréquentes crises de somnambulisme. Une nuit, elle sortit pendant son sommeil et eut un accident : elle tomba d'un endroit de la falaise auquel menait un sentier apparemment abandonné. On la retrouva le lendemain, et je crois qu'elle mourut à l'hôpital sans avoir repris connaissance. Cela bouleversa sa sœur Molly, mais j'aimerais préciser — car vous souhaitiez probablement me poser la question —, qu'à mon avis, on ne peut considérer que cela eut une quelconque influence sur le suicide qui s'ensuivit, perpétré par un couple coulant des jours si heureux. Le chagrin que cause la mort d'une sœur ou d'une belle-sœur ne saurait pousser quiconque à se supprimer. Et certainement pas à commettre un double suicide.

— À moins, peut-être, enchaîna Hercule Poirot, que Margaret Ravenscroft n'ait été responsable du décès de sa sœur.

— Seigneur ! s'écria le Dr Willoughby. Vous ne sous-entendez quand même pas que...

— Que Margaret ait suivi sa sœur somnambule et qu'elle ait, de sa main, poussé Dorothea dans le vide, du haut de la falaise ?

— Je refuse absolument d'envisager une éventualité de cet acabit, décréta le médecin.

— Avec les êtres humains, reprit Hercule Poirot, sait-on jamais ?

15

EUGÈNE & ROSENTELLE, COIFFEURS-STYLISTES ET VISAGISTES.

Mrs Oliver contempla les rues de Cheltenham avec approbation. En fait, elle n'y était encore jamais passée. Quel bien cela fait, se dit la romancière en son for intérieur, de voir des maisons qui ressemblent vraiment à des maisons, des maisons normales.

Remontant dans ses souvenirs de jeunesse, elle se rappela qu'elle avait connu des gens — parents, oncles, tantes ou cousins — qui habitaient Cheltenham. Des retraités, en règle générale. De l'Armée ou de la Marine. C'était le genre d'endroit, se dit-elle, où on a envie de venir s'installer quand on a passé un bon bout de temps à l'étranger. On y éprouvait un sentiment de sécurité tout britannique, il devait faire bon y vivre de bavardages au coin du feu et de conversations tranquilles.

Après avoir jeté un coup d'œil dans une ou deux charmantes boutiques d'antiquités, elle gagna l'endroit où Hercule Poirot avait décidé qu'elle se rende. Elle s'engouffra dans un luxueux salon de coiffure où quatre ou cinq clientes étaient en train de se faire pomponner. Une jeune personne aux formes généreuses délaissa sa cliente et s'avança, l'air interrogateur.

— Mrs Rosentelle ? demanda Mrs Oliver en abaissant brièvement les yeux vers une carte de visite. D'après ce que j'ai compris, elle pouvait me recevoir à condition que je passe en fin de matinée. Je ne compte pas me faire coiffer, précisa-t-elle. Je souhaite simplement un bref entretien.

— Ah ! oui, répondit la jeune fille. Je crois savoir que Madame attend effectivement quelqu'un.

Elle entraîna la romancière dans un couloir, descendit quelques marches au bas desquelles elle poussa une porte battante. Quittant le salon de coiffure, les deux femmes étaient parvenues dans ce qui était de toute évidence le domaine privé de Mrs Rosentelle. La jeune fille frappa à une porte et, tout en passant le nez dans l'entrebâillement, lança :

— La dame qui vient vous voir !

Après quoi elle s'enquit, sur le ton de l'employée prise en faute mais qui joue le tout pour le tout afin de se racheter :

— Quel nom m'avez-vous dit, déjà ?

— Mrs Oliver, répondit cette dernière.

Puis elle entra. On se serait cru dans un autre salon de coiffure, mais de modèle réduit cette fois — ou alors dans une bonbonnière. Rideaux de taffetas rose, papier peint rose et meubles capitonnés de rose entouraient une femme vêtue de rose que Mrs Oliver estima plus ou moins du même âge qu'elle-même et qui sirotait une tasse de café.

— Mrs Rosentelle ? s'enquit Mrs Oliver.

— Oui... Je vous attendais. Encore que je n'aie pas très bien compris ce qui vous intéressait. Les lignes téléphoniques sont tellement mauvaises. Mais c'est très bien, j'ai à peu près une demiheure à vous consacrer. Voulez-vous un peu de café ?

— Non, merci, répondit Mrs Oliver. Je ne veux pas vous accaparer outre mesure. Je souhaite simplement vous poser une question. Voilà longtemps, si je ne m'abuse que vous exercez la coiffure.

— Oh ! oui. Si longtemps, même, que je suis

très contente de passer à présent la main à plus jeune que moi.

Mrs Rosentelle sourit. Elle avait le cheveu artistement teint et un beau visage intelligent que des soins appropriés avaient su protéger de l'outrage des ans.

— Encore une fois, je ne suis pas certaine d'avoir bien saisi...

— Eh bien ! en fait, je voulais vous poser une question sur... voyons... sur les perruques en général.

— Ah ! les perruques... Nous ne nous y adonnons plus autant qu'autrefois.

— Vous aviez une boutique à Londres, n'est-ce pas ?

— Oui. D'abord à Bond Street, ensuite nous avons déménagé dans Sloane Street, mais c'est infiniment plus agréable de vivre en fin de compte à la campagne ou à tout le moins dans une petite ville comme nous le faisons maintenant, mon mari et moi. Oui, nous travaillons beaucoup moins la perruque, de nos jours, répéta-t-elle, quoique mon mari continue de faire de temps à autre des postiches pour les messieurs qui souffrent de leur calvitie. Pour quantité de gens, voyez-vous, ne pas faire son âge vous change beaucoup la vie, surtout dans les milieux professionnels. Un bon postiche peut d'ailleurs souvent vous aider à trouver un emploi.

— Je veux bien le croire, renchérit Mrs Oliver.

Par pure nervosité, elle ajouta quelques banalités de bon ton en se demandant comment elle allait aborder le sujet qui l'intéressait. Elle fut donc interloquée quand tout à coup, Mrs Rosentelle avança le buste et lança :

— Vous êtes Ariadne Oliver, n'est-ce pas ? La romancière ?

— Oui, répondit cette dernière. En fait...

Sur ses traits, se peignit l'expression passablement confuse qu'elle prenait habituellement lorsqu'on lui posait cette question.

— Oui, j'écris des romans, en effet.

— J'adore vos livres. Je les ai quasiment tous lus. Ah ! c'est vraiment une agréable surprise que de vous avoir là, chez moi. Mais dites-moi, en quoi puis-je vous être utile ?

— Eh bien ! je voulais vous parler perruques, et vous interroger sur... sur le passé.

— Vous songez aux modes du passé ?

— Pas tout à fait. Ça concerne une femme, une amie. Pour tout vous dire, nous avons fait nos études ensemble, elle et moi... Une amie donc, qui s'est mariée et qui est partie pour la Malaisie, puis qui est revenue vivre en Angleterre, après quoi un drame est survenu, une fin tragique et... et l'un des détails qui ont étonné les gens dans cette histoire, c'était que mon amie ait possédé autant de perruques. Je crois qu'elles venaient toutes de chez vous.

— Un drame ? Une fin tragique ? Comment s'appelait votre amie ?

— Eh bien... jeune fille, elle portait le nom de Molly Preston-Grey, mais de par son mariage, elle était devenue lady Ravenscroft.

— Ah ! Ah, mais oui ! Oui, je me souviens de lady Ravenscroft. Je m'en souviens même très bien. Elle était tellement élégante et charmante, et tellement belle encore, pour son âge. Oui, son mari était colonel, général, ou je ne sais quoi, et, à sa retraite, ils étaient rentrés pour s'installer à... voilà que j'oublie le nom du comté...

— Et c'est là qu'a eu lieu ce qu'on tient pour un double suicide, expliqua Mrs Oliver.

— Oui, oui, je me souviens avoir lu quelque chose là-dessus et m'être exclamé auprès d'Eugène : « Ça, par exemple ! mais c'est notre lady Ravenscroft ! » Ça m'a en outre fait une telle peine, un tel chagrin ! Je me suis laissé dire qu'ils venaient d'apprendre qu'elle avait un cancer et qu'il n'y avait rien à y faire, et que du coup, ils n'avaient pas vu d'autre solution que la mort en commun. Mais je n'ai jamais eu de précisions ni rien.

— Personne n'en a eu, déplora Mrs Oliver.

— Mais alors, que pensez-vous que je puisse vous apprendre ?

— Vous lui fournissiez ses perruques, or j'ai cru comprendre que les enquêteurs, la police j'imagine, ont trouvé que quatre perruques, cela faisait vraiment beaucoup, mais peut-être était-il courant d'en posséder autant, à l'époque ?

— Ma foi, selon moi, les gens en avaient toujours au moins deux, reprit Mrs Rosentelle. Une, voyez-vous, qu'ils envoyaient au recoiffage, si l'on peut dire, et une de rechange à porter pendant ce temps-là.

— Vous souvenez-vous que lady Ravenscroft ait commandé deux perruques supplémentaires ?

— La dernière fois, elle ne s'est pas déplacée en personne. Il me semble qu'elle était, ou avait été hospitalisée, ou je ne sais quoi, si bien que c'est une jeune demoiselle française qui est venue à sa place. Une demoiselle française qui lui tenait compagnie, je crois. Très gentille, et qui parlait parfaitement l'anglais. Elle a donné toutes les explications sur les perruques supplémentaires que voulait lady Ravenscroft, taille, coloris, style, et elle a passé la commande. Oui. C'est drôle que ça me revienne. Je pense d'ailleurs que je m'en serais pas souvenue si... oh ! quelque chose comme... oh ! un mois... ou peut-être plus : disons six semaines après... je n'avais

le détail le plus intéressant est la précision que vous venez d'ajouter. C'était une demoiselle française, n'est-ce pas, qui apporta les perruques qui devaient être copiées ou assorties ?

— Oui. J'ai cru comprendre qu'il s'agissait d'une sorte de dame de compagnie. Lady Ravenscroft avait fait, ou faisait un séjour dans un hôpital ou une maison de repos quelque part, et n'était pas en très bonne santé. Elle ne pouvait donc pas venir faire son choix en personne.

— Je vois.

— Ce fut donc sa dame de compagnie française qui s'en chargea.

— Savez-vous comment s'appelait la dame de compagnie en question, par hasard ?

— Non. Il ne me semble pas que Mrs Rosentelle ait mentionné le nom. En fait, je ne crois pas qu'elle le connaissait. Le rendez-vous avait été pris par lady Ravenscroft si bien que cette personne se contenta d'apporter les perruques pour en faire voir la taille, assortir les couleurs et tout ce qui s'ensuit.

— Ma foi, enchaîna Poirot, voilà qui m'avance en direction de la dernière étape que je m'apprête à franchir.

— Et vous, avez-vous appris du nouveau ? répliqua Mrs Oliver. Avez-vous *agi* de quelque manière que ce soit ?

— Vous faites toujours, en ce qui me concerne, preuve d'un tel scepticisme ! gémit Poirot. Vous considérez toujours que je ne fais rien, que je reste dans mon fauteuil à me reposer.

— Disons, à l'extrême rigueur, que vous restez dans votre fauteuil à réfléchir, concéda Mrs Oliver. Mais j'en conviens à regret : vous ne sortez pas souvent pour passer à l'action.

— Il se peut, je crois, que dans un avenir

proche je sois amené à sortir pour passer, comme vous dites, à l'action, répliqua Poirot. Cela devrait vous satisfaire. Il se peut même que je me hasarde à traverser la Manche, quoique sûrement pas en bateau. L'avion s'impose, je crois.

— Ah ! fit Mrs Oliver. Voulez-vous que je vous accompagne ?

— Non, répondit Poirot. Il vaudrait mieux, d'après moi, que je voyage seul, pour cette fois.

— Vous allez *vraiment* effectuer ce voyage ?

— Oh ! oui... Oh ! que oui... Je vais me démener en tous sens, m'affairer, et vous devriez, un des prochains jours, être légitimement fière de moi, madame.

Une fois qu'il eut raccroché, Poirot composa un nouveau numéro qu'il avait noté et rangé dans son portefeuille. On lui passa bientôt la personne à laquelle il souhaitait parler.

— Mon cher superintendant Garroway, c'est Hercule Poirot qui vous parle. Je ne vous importune pas trop ? Vous n'êtes pas trop pris en ce moment ?

— Non, je ne suis pas pris, répondit le superintendant. Je suis en train de tailler mes rosiers, tout simplement.

— Il y a un détail sur lequel je voudrais vous interroger. Une toute petite chose.

— Concernant notre énigme du double suicide ?

— Oui, notre énigme. Vous disiez qu'il y avait un chien dans la maison. Et vous disiez que ce chien accompagnait d'ordinaire les membres de la famille en promenade.

— En effet, il a été question d'un chien. Quelqu'un, la gouvernante je crois bien, affirma que les Ravenscroft étaient partis en promenade ce jour-là accompagnés du chien.

— À l'examen du corps de lady Ravenscroft, retrouva-t-on une quelconque trace révélant qu'elle se serait fait mordre par ce chien ? Trace pas nécessairement très récente, ni du jour même ?

— Ma foi, c'est curieux que vous mentionniez cela. Je ne peux pas prétendre que je me serais souvenu d'un détail pareil si vous n'en aviez pas reparlé. Cela dit, oui, il y avait une ou deux traces de morsure. Pas très graves. Qui plus est, la gouvernante précisa que le chien avait agressé et mordu sa maîtresse à plus d'une reprise, quoique sans réelle gravité. Écoutez, Poirot, il n'y avait pas de cas de rage dans les environs, si c'est à ça que vous pensez. Je ne vois pas ce que vous allez chercher là. Après tout, lady Ravenscroft a été abattue par balle... son mari et elle l'ont été par balle. Il n'a jamais été question ni du moindre empoisonnement sanguin, ni du moindre risque de tétanos.

— Je n'accuse pas le chien, protesta Poirot. Je voulais simplement savoir.

— L'une des morsures était assez récente, elle datait de la semaine précédente, me semble-t-il, voire de deux semaines d'après ce qu'en a dit quelqu'un. Elle ne nécessita aucune intervention médicale. Et cicatrisa très bien. Que disait cette citation, déjà ? reprit le superintendant Garroway : « *Ce fut le chien qui en mourut*. » Je ne me souviens plus d'où elle est tirée, mais...

— En tout cas, ce ne fut pas le chien qui mourut, riposta Poirot. Mais ce n'était pas le but de ma question. J'aurais bien voulu le connaître, ce chien. C'était sans doute un animal très intelligent.

Quand, après avoir remercié le superintendant, il eut reposé le combiné, Poirot se prit à murmurer :

— Un chien intelligent. Oh ! oui, très intelligent. Sans doute bien plus intelligent que ne le furent tous ces messieurs de la police.

17

POIROT ANNONCE SON DÉPART

Miss Livingstone annonça un visiteur :

— Mr Hercules Porrett.

Dès que la secrétaire eut quitté la pièce, Poirot ferma la porte derrière elle et s'assit à côté de son amie, Mrs Ariadne Oliver.

Baissant légèrement le ton, il annonça :

— Je m'en vais. Je m'apprête au départ. Ma place est réservée dans l'avion pour Genève.

— À vous entendre, on vous prendrait pour un membre de l'ONU, de l'UNESCO ou de je ne sais quoi.

— Non. Je vais simplement rendre une visite personnelle.

— Vous avez trouvé un éléphant à Genève ?

— Ma foi, j'imagine que l'on peut envisager la chose sous cet angle. Peut-être même deux éléphants.

— Moi, je n'ai rien découvert de plus, déplora Mrs Oliver. En fait, je ne sais pas qui aller voir pour découvrir quoi que ce soit de plus.

— Il me semble vous avoir entendu dire que votre filleule Célia Ravenscroft avait un frère cadet.

— En effet. Il s'appelle Edward, je crois. Je ne l'ai quasiment jamais vu. Je me rappelle être allée le sortir une ou deux fois de l'école pour l'emmener en ville. Mais ça remonte à des années.

— Qu'est-il devenu ?

— Il est à l'université, au Canada, je crois. À moins qu'il ne fasse là-bas des études d'ingénieur. Vous voulez lui poser des questions ?

— Non, pas pour le moment. J'aimerais simplement savoir où il réside actuellement. Cela dit, j'ai cru comprendre qu'il n'était pas dans la maison quand a eu lieu le fameux suicide ?

— Vous ne pensez quand même pas... vous ne pensez pas une seule seconde que ç'ait pu être *lui* l'auteur de ce crime, dites-moi ? Lui, je veux dire, qui ait tué son père et sa mère ? Je sais que ce sont des choses qui arrivent. Les jeunes gens sont parfois très bizarres, quand ils atteignent l'âge ingrat.

— Le jeune Ravenscroft n'était pas dans la maison, répéta Poirot. Cela, mes comptes rendus de police me l'avaient déjà appris.

— Avez-vous découvert d'autres éléments intéressants ? Vous avez l'air très enthousiaste.

— Je le suis, d'une certaine manière. Je me suis fait préciser certains détails susceptibles de jeter un jour nouveau sur ce que nous savons déjà.

— Qu'est-ce qui jette un jour nouveau sur quoi ?

— Il me semble que j'arrive à entrevoir pourquoi Mrs Burton-Cox vous a abordé comme elle l'a fait et la raison qui l'a poussée à tenter d'obtenir par votre entremise des renseignements sur les circonstances du suicide des Ravenscroft.

— Vous voulez dire qu'elle ne se contentait pas de jouer les fouineuses ?

— Non. Je crois qu'il y avait un autre mobile là-dessous. Et c'est là, sans doute, que l'argent intervient.

— L'argent ? Que vient faire l'argent là-dedans ? Elle ne m'a quand même pas l'air dans la misère !

— Elle a de quoi vivre, c'est certain. Mais sans plus. Or, il semble que son fils adoptif... — qui sait qu'il a été adopté mais qui ignore tout de ses véritables origines — ... il semble, donc, qu'il ait, en atteignant sa majorité, rédigé un testament en faveur de sa mère adoptive. Qu'elle lui en ait suggéré l'idée ou qu'il se soit tout bonnement dit qu'il n'avait pour le moment pas d'autre choix, le fait importe peu mais le résultat n'en est pas moins là : elle est sa légataire universelle.

— Je ne vois pas en quoi cela pouvait amener cette créature à rechercher des renseignement sur un suicide qui ne la regarde en rien.

— Ah non ? Mrs Burton-Cox souhaitait contrecarrer toute velléité de mariage. Pour peu que le jeune Desmond ait une petite amie, qu'il envisage de l'épouser dans un avenir proche, Mrs Burton-Cox n'hériterait pas l'argent en question, puisque le mariage annihilerait toutes les dispositions préalables. De surcroît, il est probable que s'il épousait sa douce, le garçon rédigerait un nouveau testament qui ferait d'elle, et non plus de sa mère adoptive, sa légataire universelle.

— Et selon vous, Mrs Burton-Cox ne voulait pas de ça ?

— Elle voulait trouver quelque chose qui parvienne à décourager le garçon d'épouser la jeune fille en question. Je crois qu'elle espérait, et croyait sans doute vraiment, soit dit en passant, que la mère de Célia avait tué son mari avant de se supprimer. C'est un genre de comportement susceptible de refroidir les ardeurs d'un jeune homme. D'ailleurs, même si c'était le général qui avait tué lady Ravenscroft, l'idée n'en demeurait guère moins décourageante.

— Alors d'après vous, on en reviendrait à notre idée première selon laquelle, sachant que le père ou la mère de Célia était un assassin, Desmond se dirait que sa fiancée risquait d'avoir des tendances criminelles ?

— En un peu plus nuancé, mais il se pourrait bien, selon moi, que cela soit l'idée générale.

— Mais le garçon n'est pas riche ! Que diable pouvait-il bien léguer ?

— Il ignore le nom que portait sa véritable mère, et qui elle était, mais il semble qu'à un moment donné, devenue actrice et chanteuse et ayant gagné énormément d'argent sur les planches, miss Fenn souhaita reprendre son fils — ce à quoi Mrs Burton-Cox s'opposa. Kathleen Fenn dut alors, j'imagine, beaucoup penser à son enfant et décider, avant de succomber au mal incurable qui allait l'emporter, d'en faire tout naturellement son légataire. À l'âge de 25 ans, Desmond touchera donc l'héritage de sa véritable mère — héritage considérable qui, en attendant, est placé en fidéicommis. Du coup, bien sûr, Mrs Burton-Cox ne veut pas qu'il se marie, ou alors seulement avec quelqu'un qui ait son entière approbation ou sur qui elle puisse exercer une influence prépondérante.

— Oui, tout cela se tient et explique le soudain revirement de Mrs Burton-Cox : si elle souhaitait ardemment que je me charge de glaner les renseignements qui l'intéressaient au premier chef, elle ne voulait à aucun prix que le brillant détective que vous êtes risque de mettre son nez dans ses petites combines à elle pour finir par découvrir ce qu'elle mijotait.

— Sans doute, confirma Poirot.

— Autre chose que vous ayez appris ?

— Oui, ou plutôt que le superintendant Garroway m'a rappelé : la gouvernante et femme de charge des Ravenscroft, une femme âgée, avait une très mauvaise vue.

— Cela a-t-il une quelconque importance dans l'affaire ?

— Cela se pourrait, répondit sobrement Poirot.

Il consulta sa montre.

— Je crois, reprit-il, qu'il est l'heure pour moi de m'en aller.

— Vous partez prendre votre avion à l'aéroport ?

— Non. Mon avion ne décolle que demain matin. Mais il y a un endroit où je dois me rendre aujourd'hui... un endroit que je tiens à voir de mes propres yeux. Une voiture m'attend dehors, à l'heure qu'il est, pour m'y emmener...

— Que souhaitez-vous donc aller voir ? s'enquit Mrs Oliver sans chercher le moins du monde à dissimuler sa curiosité.

— Il ne s'agit pas tant de *voir*... que de *ressentir*. Oui, c'est le mot : de ressentir et d'identifier ce que je ressentirai...

18

Interlude

Hercule Poirot franchit la grille du clos qui entourait l'église. Il s'engagea dans l'une des allées et bientôt, s'arrêtant au pied d'un muret moussu, abaissa le regard vers une pierre tombale. Il se tint là quelques instants, contemplant d'abord la tombe, puis les longues ondulations des *downs* avant qu'elles ne se changent en falaises abruptes... et enfin la mer en toile de fond. Son regard revint ensuite à la tombe : un petit bouquet de fleurs des champs, le genre de bouquet que pouvait avoir déposé un enfant, se dit Poirot, mais il ne pensait pas que ce soit un enfant qui ait déposé celui-là. Il lut l'inscription qui ornait la pierre tombale :

CI-GIT
DOROTHEA JARROW
Décédée le 15 septembre 1960
ET REPOSENT A SES COTES
MARGARET RAVENSCROFT
SA SŒUR
Décédée le 3 octobre 1960
ET
ALISTAIR RAVENSCROFT
EPOUX DE CETTE DERNIERE
Décédé le 3 octobre 1960
Et dans la mort ils restèrent unis

Pardonne-nous nos offenses
Comme nous pardonnons
À ceux qui nous ont offensés
Seigneur, prends pitié de nous
Christ, prends pitié de nous
Seigneur, prends pitié de nous

Poirot se tint là quelques minutes. Il hocha une ou deux fois la tête. Puis il quitta le clos du cimetière et prit un sentier qui partait en direction de la falaise puis en longeait le bord. Bientôt, le détective fit une nouvelle halte et contempla la mer. Il se mit alors à parler tout seul :

— À présent, je suis sûr de ce qui s'est passé et de pourquoi cela s'est passé. Je mesure à quel point l'événement a pu être dramatique. Je comprends aussi pourquoi il nous a fallu remonter tellement loin en arrière. *En ma fin est mon commencement*, mais peut-être faut-il formuler cela différemment ? « Mon commencement présupposait-il la tragédie de ma fin ? » La jeune femme suisse devait avoir compris la vérité... mais acceptera-t-elle de me la confirmer ? Le garçon, lui, pense que oui. Il estime qu'elle se délivrera de son secret dans leur intérêt... dans l'intérêt de cette jeune fille et de ce garçon qui s'aiment. Car la vie qu'ils désirent voir s'ouvrir devant eux, ils ne pourront l'accepter que lorsqu'ils *sauront*.

19

MADDY ET ZÉLIE

— Mademoiselle Rouselle ? demanda Hercule Poirot.

Il inclina le buste.

Mlle Rouselle tendit la main. La cinquantaine, se dit Poirot. Une femme assez volontaire. Sachant mener sa barque. Intelligente, cérébrale, satisfaite, songea-t-il, de l'existence qu'elle avait menée, goûtant les plaisirs et endurant les chagrins que la vie occasionne.

— Votre nom ne m'est pas inconnu, sourit son interlocutrice. Vous avez des amis, vous savez, aussi bien en Suisse qu'en France. J'ignore ce que je peux au juste faire pour vous. Oh ! je sais que vous l'indiquiez dans la lettre que vous m'avez adressée. Il s'agit d'une vieille histoire, n'est-ce pas ? D'événements du passé. Ou plus exactement de précisions que vous souhaitez à propos de ces événements qui se sont déroulés voilà des années. Mais asseyez-vous. Oui, oui, ce fauteuil-là est assez confortable, je crois. Il y a des petits fours, et une carafe sur la table.

Mlle Rouselle se montrait calmement accueillante, affable sans ostentation.

— Vous avez autrefois été préceptrice dans une famille anglaise, préluda Poirot. Les Preston-Grey... ou plutôt les Ravenscroft. Peut-être ne vous souvenez-vous plus guère d'eux à présent.

— Mais bien sûr que si. À mon âge, on oublie ce qu'il vous est advenu la veille, mais pas ce qui vous est arrivé quand vous étiez jeune, vous savez. Les Ravenscroft... Il y avait une fillette et un garçonnet. De gentils enfants. Leur père est par la suite devenu général.

— Mrs Ravenscroft avait également une sœur.

— Ah ! oui, je me rappelle. Mais elle n'était pas là quand je suis arrivée dans la famille. Il me semble qu'elle était fragile. Sa santé laissait à désirer. Elle se faisait soigner je ne sais où.

— Vous souvenez-vous des prénoms des deux sœurs Preston-Grey ?

— Je crois que Mrs Ravenscroft s'appelait Margaret. L'autre, je n'en suis plus très sûre.

— Dorothea.

— Ah ! oui. Un prénom que je n'ai pas rencontré souvent. Mais elles se donnaient toutes deux des diminutifs : Molly et Dolly. C'étaient de vraies jumelles, vous savez, d'une ressemblance étonnante. Et toutes deux de très jolies jeunes femmes.

— Elles s'entendaient bien ?

— Oui, elles s'adoraient. Quant aux enfants, le garçon s'appelait Edward. C'était un enfant malicieux, mais adorable. Et la fillette avait un prénom tiré de *Comme il vous plaira*, de Shakespeare : Rosalind ou Célia... oui c'était Célia. Je m'entendais bien avec eux.

— Et eux s'entendaient bien avec vous, ai-je cru comprendre. Ils adoraient jouer avec vous, et vous jouiez très gentiment avec eux.

— J'ai toujours aimé les enfants, sourit Mlle Rouselle.

— Ils vous appelaient « Maddy », je crois.

L'hôtesse de Poirot se mit à rire :

— Ah ! voilà un nom que j'ai plaisir à entendre. Il me rappelle tant de souvenirs !

— Avez-vous connu un garçon nommé Desmond ? Desmond Burton-Cox ?

— Ah ! oui. Je crois qu'il habitait la maison voisine, ou quasiment voisine. Nous avions plusieurs voisins et les enfants jouaient souvent ensemble. Lui s'appelait Desmond. Oui, je me rappelle.

— Vous êtes restée là-bas longtemps, mademoiselle ?

— Non. Je n'y ai passé que trois ou quatre ans, tout au plus. Ensuite, on m'a rappelée ici. Ma mère était très malade. Il fallait que je rentre pour m'occuper d'elle, même si je savais que ça ne durerait sans doute pas très longtemps. Je ne me trompais pas. Elle est morte un an et demi, deux ans au plus après mon retour. Par la suite, j'ai fondé un petit pensionnat ici, où je prenais des filles un peu plus âgées qui voulaient, entre autres choses, étudier les langues. Je ne suis pas retournée en Angleterre, mais pendant un an ou deux, je suis restée en contact avec la famille. Les deux enfants m'envoyaient généralement une carte de vœux au moment de Noël.

— Le général Ravenscroft et sa femme vous donnaient-ils l'impression d'être un couple heureux ?

— Très heureux, oui. Ils raffolaient de leurs enfants.

— Formaient-ils un couple bien assorti ?

— Oui, à mes yeux, ils avaient toutes les qualités nécessaires pour que leur mariage soit une réussite.

— Vous disiez que lady Ravenscroft était très attachée à sa sœur jumelle. Cet attachement était-il réciproque ?

— Ma foi, je n'ai guère eu l'occasion d'en juger. À franchement parler, il me semblait que la sœur — Dolly, comme on l'appelait — était véritablement un cas psychiatrique. Une ou deux fois, je l'ai vue se comporter de façon pour le moins étrange. C'était une nature jalouse, me semble-t-il, et j'ai cru comprendre qu'à un moment donné, elle avait été fiancée, ou sur le point de l'être, avec le général Ravenscroft. Pour autant que j'aie pu le savoir, lui s'était d'abord épris d'elle, mais par la suite, son sentiment s'était reporté sur l'autre sœur, ce qui fut une bonne chose, je crois, car Molly Ravenscroft était une femme très équilibrée et tout à fait charmante. Quant à Dolly... je me disais tantôt qu'elle adorait sa sœur, tantôt qu'elle la détestait. Il en allait d'ailleurs de même pour tout ce qui l'entourait. Sa jalousie aidant, elle en venait parfois à décider qu'on témoignait trop d'affection aux enfants et elle allait jusqu'à prendre sur elle de... en quelque sorte de les en punir. Il y a quelqu'un qui pourrait vous parler de tout cela bien mieux que moi. C'est Mlle Meauhourat. Elle habite Lausanne. Elle est entrée chez les Ravenscroft quelque chose comme un an et demi après que j'ai dû les quitter. Elle y a passé quelques années. Par la suite, il me semble qu'elle y est retournée en tant que dame de compagnie de lady Ravenscroft, pendant que Célia poursuivait sa scolarité à l'étranger.

— J'ai la ferme intention d'aller la voir. J'ai son adresse, déclara Poirot.

— Elle est au courant de quantité de détails que j'ignore, et c'est quelqu'un de charmant, à qui on peut faire toute confiance. Ce drame qui est arrivé par la suite, ç'a été terrible. Si quelqu'un sait ce qui le déclencha, c'est bien Mlle Meauhourat. Mais elle est très discrète. Elle ne m'en a jamais soufflé mot. J'ignore si elle acceptera de vous en parler. Peut-être que oui, peut-être que non.

Poirot resta quelques instants à dévisager Mlle Meauhourat. S'il avait été impressionné par Mlle Rouselle, il le fut également par la femme qui se tenait devant lui, prête à le faire entrer. Elle n'était pas aussi imposante, beaucoup plus jeune, d'une dizaine d'années au moins, se dit-il, et impressionnante à d'autres égards. Elle était vive, encore séduisante, avec un regard bienveillant, voire chaleureux mais sans douceur exagérée et qui devait percer à jour son interlocuteur quel qu'il fût. Voilà quelqu'un de très étonnant, se dit Hercule Poirot.

— Je suis Hercule Poirot, mademoiselle.

— Je sais. J'attendais votre venue pour aujourd'hui ou demain.

— Ah ! Vous avez reçu ma lettre ?

— Non. Elle est certainement encore à la poste. Notre service postal est un peu aléatoire. Elle n'est pas arrivée, non. En revanche, j'ai reçu une lettre de quelqu'un d'autre.

— De Célia Ravenscroft ?

— Non. Mais elle émanait de quelqu'un qui entretient un contact étroit avec Célia. Un garçon, ou un jeune homme, comme on veut, qui s'appelle Desmond Burton-Cox. Il m'a informée de votre arrivée.

— Ah ! je vois. C'est un garçon intelligent, et qui n'aime pas perdre de temps. C'est lui qui m'a persuadé de venir vous voir de toute urgence.

— C'est ce que j'ai cru comprendre. Des problèmes se présentent, me semble-t-il. Des problèmes qu'il tient à résoudre, ainsi que Célia. Ils pensent que vous pourrez les aider ?

— Oui, et ils pensent aussi que *vous* pourrez m'aider *moi*.

— Ils sont amoureux l'un de l'autre et veulent se marier.

— Voilà, seulement on leur met des bâtons dans les roues.

— Ah ! la mère de Desmond, j'imagine. C'est ce qu'il me laisse entendre.

— Il y a eu dans la vie de Célia des événements qui suscitent chez la mère des a priori à l'encontre d'un mariage rapide de son fils avec cette jeune fille.

— Ah ! le double suicide des parents, bien sûr.

— Oui. La marraine de Célia a été abordée par la mère de Desmond qui lui a demandé de se renseigner auprès de Célia des circonstances précises dans lesquelles le suicide en question s'était déroulé.

— Ça n'a aucun sens, répliqua Mlle Meauhourat.

Elle fit un geste de la main.

— Asseyez-vous. Faites, je vous en prie. Je pense que cette conversation va nous prendre un petit moment. Non, Célia ne pouvait pas expliquer à sa marraine... — Mrs Ariadne Oliver, la romancière, c'est bien cela ? Oui, je me rappelle —... Célia ne pouvait lui donner ces renseignements étant donné qu'elle n'en a jamais eu connaissance elle-même.

— Elle n'était pas sur place quand le drame se produisit, et personne ne lui en a rien raconté. C'est bien cela ?

— Oui, c'est bien cela. On a jugé qu'il valait mieux l'éviter.

— Ah ! Et vous approuvez cette décision ?

— Il est très difficile d'avoir une opinion catégorique sur la question. Très difficile. Des années se sont écoulées depuis lors, bon nombre d'années, et je peine toujours à émettre un avis tranché. Pour autant que je le sache, Célia ne s'est jamais réellement souciée de ce qui a provoqué la mort de ses parents. Souciée, j'entends, du pourquoi et du comment. Elle a accepté cette idée de double suicide comme elle aurait accepté un accident de voiture ou d'avion. Et cela d'autant plus naturellement qu'outre le fait qu'elle n'était pas en Angleterre au moment de cette double mort, elle n'y est pas non plus retournée après cela pendant un certain nombre d'années puisqu'elle est restée ici, en Suisse, au sein d'un pensionnat.

— Pensionnat que, de fait, c'était vous qui dirigiez, Mlle Meauhourat.

— C'est tout à fait exact. Je n'ai pris ma retraite que tout récemment. C'est une de mes collègues qui continue désormais. Cela dit, on m'avait demandé de trouver à Célia — dont je m'étais déjà occupée enfant — un bon endroit où poursuivre ses études, quantité de jeunes filles venant en Suisse dans ce but. J'aurais pu recommander plusieurs établissements. Sur le moment, je l'ai prise dans le mien.

— Et Célia ne vous a posé aucune question, n'a réclamé aucune information ?

— Non. Elle était déjà pensionnaire ici avant le drame, voyez-vous.

— Ah ! je n'avais pas véritablement compris cela.

— Célia est arrivée dans mon établissement quelques semaines avant ce dramatique épisode. J'étais moi-même absente à ce moment-là. J'étais encore auprès du général et de lady Ravenscroft. Je m'occupais de lady Ravenscroft, je lui tenais lieu de dame de compagnie à elle plutôt que de préceptrice à Célia, qui était encore pensionnaire en Angleterre, à ce moment-là. Il a été subitement décidé que Célia viendrait en Suisse et y finirait sa scolarité.

— Lady Ravenscroft n'était alors pas en bonne santé, n'est-ce pas ?

— Non. Mais rien de très grave. Rien d'aussi grave qu'elle-même l'avait craint à un moment donné.

— Vous êtes restée avec elle.

— J'avais une sœur habitant Lausanne qui a accueilli Célia à son arrivée et l'a installée dans l'établissement, lequel était prévu pour quinze ou seize jeunes filles seulement, et où elle devait commencer ses études en attendant mon retour. Je suis moi-même revenue environ trois ou quatre semaines plus tard.

— Vous étiez donc à Overcliffe au moment où le drame s'est produit.

— En effet. Le général et lady Ravenscroft sont partis se promener, comme à l'accoutumée. Ils sont sortis et ne sont pas revenus. On les a retrouvés morts, abattus par balle. L'arme se trouvait à côté d'eux. C'était un revolver appartenant au général Ravenscroft qui le rangeait toujours dans un tiroir, dans son bureau. On releva dessus leurs empreintes à tous les deux. Aucun indice ne révélait qui avait eu l'arme en main le dernier. Leurs empreintes à tous les deux, légèrement brouillées, figuraient dessus. L'hypothèse qui s'imposait à l'évidence était celle du double suicide.

— Vous n'avez eu aucune raison d'en douter ?

— La police n'en a eu aucune, à ce qu'il me semble.

— Ah ! fit Poirot.

— Je vous demande pardon ? releva Mlle Meauhourat.

— Rien, rien. Une simple réflexion que je me fais.

Poirot regarda son interlocutrice. Cheveux châtains à peine striés de gris, pli ferme de la bouche, yeux gris, un visage qui ne laissait pas transparaître d'émotion. Elle se dominait totalement.

— Vous ne pouvez donc rien me dire de plus ?

— Je crains que non. Cela remonte à bien longtemps.

— Vous gardez un souvenir assez précis de cette période.

— Oui. On ne peut pas oublier complètement un événement aussi triste.

— Et vous étiez d'avis qu'il ne fallait rien dire de plus à Célia sur ce qui avait déclenché ledit événement ?

— Ne vous ai-je pas dit à l'instant que je n'en savais pas plus à ce sujet ?

— Vous étiez déjà sur place, vous résidiez à Overcliffe depuis quelque temps, au moment du drame, n'est-ce pas ? Quatre ou cinq semaines... six, peut-être ?

— Plus que ça, en fait. J'avais été la préceptrice de Célia, par le passé, mais cette fois, après qu'elle fut partie pour le pensionnat, j'étais revenue afin d'aider lady Ravenscroft.

— La sœur de cette dernière vivait chez les Ravenscroft à la même époque, non ?

— Oui. Elle avait passé quelque temps à l'hôpital pour y recevoir des soins spécifiques. Son état s'était beaucoup amélioré, si bien que les responsables avaient eu l'impression — les responsables médicaux, j'entends — qu'elle aurait tout intérêt à mener une vie normale au milieu de ses proches dans une atmosphère familiale. Célia étant partie en pension, le moment semblait bien choisi pour que lady Ravenscroft invite sa sœur chez elle.

— Elles s'entendaient bien, ces deux sœurs ?

— C'est difficile à dire, répondit Mlle Meauhourat.

Elle fronça les sourcils.

— Je me le demande, vous savez. Je me le suis bien souvent demandé, depuis, et sur le moment aussi, d'ailleurs. Elles étaient jumelles, voyez-vous. Il existait un lien entre elles deux, un lien de dépendance et d'amour réciproques, et, à bien des égards, elles se ressemblaient beaucoup. À d'autres égards, cependant, elles différaient beaucoup.

— Qu'est-ce à dire ? J'aurais plaisir à savoir ce que vous entendez par là.

— Oh ! ça n'a rien à voir avec le drame. Rien de tel. Mais il y avait indéniablement une faille, si je puis dire, une faille physique ou mentale — quel que soit le terme qu'on emploie — or, de nos jours, certaines personnes sont d'avis que tous les déséquilibres mentaux ont une cause physique. Je crois qu'on admet très bien, au sein du corps médical, qu'à la naissance, il existe déjà un lien très fort entre les vrais jumeaux, une ressemblance très marquée de leurs tempéraments, qui veut que même s'ils sont séparés, s'ils grandissent dans des environnements différents, les mêmes choses leur arriveront en même temps dans la vie. Ils suivront les mêmes voies. Certains des cas qu'on cite en exemple dans le milieu médical semblent tout à fait extraordinaires. Deux sœurs, l'une vivant en Europe, mettons en France, et l'autre en Angleterre, prendront à peu près au même moment un chien de même race. Elles épouseront des hommes qui se ressemblent étonnamment. Elles mettront toutes deux un enfant au monde, par exemple, à quelque chose comme un mois d'intervalle. Tout se passe comme si elles devaient se conformer à un déroulement pré-établi où qu'elles se trouvent et sans savoir ce que fait l'autre. Mais on voit aussi le contraire. Une sorte de répulsion, de haine presque, qui pousse l'une des sœurs à s'écarter de l'autre, ou l'un des frères à rejeter l'autre comme pour chercher à se défaire de la similitude, la ressemblance, les connaissances partagées, les choses qu'ils ont en commun. Et cela peut avoir de très étranges conséquences.

— Je sais, acquiesça Poirot, j'ai entendu parler de cela. Je l'ai constaté une fois ou deux. L'amour se mue très facilement en haine. Il est plus facile de détester qui on a aimé que de lui être indifférent. Je l'ai constaté non pas une fois, mais plusieurs. La sœur de lady Ravenscroft lui ressemblait beaucoup ?

— À mon avis, elle lui ressemblait encore beaucoup de par son aspect physique, mais si je peux me permettre, l'expression de sa physionomie était très différente. Elle vivait dans un état de tension nerveuse que lady Ravenscroft ne connaissait absolument pas. Elle éprouvait une profonde aversion à l'égard des enfants. Je ne sais pas pourquoi. Peut-être avait-elle fait une fausse-couche dans sa jeunesse. Peut-être avait-elle désiré un enfant sans jamais en avoir, toujours est-il qu'elle manifestait une sorte de rancune vis-à-vis des enfants. Une répugnance.

— Qui donna lieu à un ou deux épisodes graves, n'est-ce pas ? enchaîna Poirot.

— Quelqu'un vous en a parlé ?

— J'ai entendu des anecdotes racontées par des gens ayant connu les deux sœurs en Malaisie. Lady Ravenscroft vivait là-bas avec son mari, et sa sœur Dolly vint séjourner chez eux. Il y eut un accident avec un enfant, là-bas, et les gens pensèrent qu'il n'était pas impossible que Dolly en ait été partiellement responsable. On ne put rien établir avec certitude, mais j'ai cru comprendre que le mari de Molly ramena sa belle-sœur en Angleterre où elle dut à nouveau être internée dans un établissement psychiatrique.

— Oui, je trouve que c'est un très bon compte rendu de ce qui s'est passé. Quoiqu'il n'y ait rien là-dedans, bien sûr, que je sache de ma propre science.

— Non, en revanche il y a d'autres choses, je crois, que vous avez sues pour en avoir été le témoin.

— Quand bien même ce serait le cas, je ne verrais aucune raison de me les remémorer aujourd'hui. Ne vaut-il pas mieux laisser le passé en paix lorsqu'à tout le moins, il est accepté ?

— D'autres événements auraient pu se produire ce jour-là à Overcliffe. Il s'est peut-être agi d'un double suicide, mais ç'aurait pu être un meurtre, ç'aurait pu être bien d'autres choses encore. On vous a raconté ce qui s'était passé, mais à certaine petite phrase que vous venez de prononcer, je crois comprendre que vous savez ce qui est arrivé ce jour-là, et je pense que vous savez ce qui était sans doute arrivé... ou ce qui avait commencé de se tramer, dirons-nous, quelque temps auparavant. Au moment où il a été décidé que Célia partirait pour la Suisse alors que vous étiez encore à Overcliffe. Je ne vous poserai qu'une question. J'aimerais savoir quelle réponse vous y ferez. Il ne s'agit pas d'obtenir un renseignement : ma question vise à savoir ce que vous pensez. Quels étaient les sentiments du général Ravenscroft à l'égard de ces deux sœurs, de ces jumelles ?

— Je vois ce que vous voulez dire.

Pour la première fois, l'attitude de Mlle Meauhourat se modifia quelque peu. La dame ne se tenait plus sur ses gardes. Elle avança le buste et s'adressa à Poirot presque comme si cela lui apportait un véritable soulagement.

— Jeunes filles, elles étaient toutes deux très belles, expliqua-t-elle. J'ai entendu quantité de gens l'affirmer. Le général Ravenscroft commença par s'éprendre de Dolly. Elle avait beau être un peu déséquilibrée, c'était une jeune femme extrêmement attirante... au sens sexuel du terme. Il s'en toqua réellement — comme on disait à l'époque — et l'on envisageait même des fiançailles rapides, mais très vite, les sentiments du jeune homme évoluèrent. J'ignore s'il découvrit chez elle quelque caractéristique qui lui mit la puce à l'oreille. Peut-être décela-t-il les prémices de la démence, les dangers qui s'y rattachaient. Ses attentions se reportèrent alors sur l'autre sœur. Il ne tarda pas à succomber à son charme plus subtil, à sa maturité, et ce jusqu'à en tomber amoureux fou et à l'épouser.

— Vous voulez donc dire, en somme, qu'il les aima toutes les deux. Pas en même temps, mais que dans les deux cas, il s'agissait d'un réel amour.

— Oh oui ! Le général vouait un profond attachement à Molly, il avait foi en elle, et elle en lui. C'était lui-même un homme doté d'un grand charme, d'une infinie séduction.

— Pardonnez-moi, glissa Poirot, mais vous étiez vous-même éprise du général, n'est-ce pas ?

— Vous osez... vous osez me dire une chose pareille à moi ?

— Oui, j'ose vous dire cela. Je ne suis pas en train d'insinuer que vous ayez entretenu une liaison avec lui, non, rien de tel. Je suis simplement en train de dire que vous l'aimiez.

— En effet, reconnut Zélie Meauhourat. Je l'aimais. Et d'une certaine façon, je l'aime encore. Il n'y a rien là dont j'aie à rougir. Le général me faisait pleinement confiance, mais il n'était absolument pas épris de moi. On peut aimer, servir, et cependant être heureux. Je ne demandais pas plus que ce que j'avais. Confiance, sympathie, respect de ma personnalité...

— Aussi vous êtes-vous mise en quatre pour lui venir en aide lors d'une période terriblement critique de sa vie, compléta Poirot. Il est des faits que vous ne souhaitez pas me révéler. Il en est d'autres, en revanche, que je vais, moi, vous communiquer, des faits que je tiens de diverses sources qui m'ont dispensé des renseignements. Avant de venir vous voir, j'ai entendu d'autres personnes, d'autres gens ayant connu non seulement lady Ravenscroft, Molly, mais également Dolly. Je connais donc un peu la vie de Dolly, le drame de sa vie, le chagrin, la souffrance et aussi la haine, le mauvais penchant, sans doute, l'amour de la destruction qui peut se transmettre au sein d'une famille. Si elle aimait l'homme auquel elle avait été quasiment fiancée, elle dut, lorsqu'il épousa sa sœur, éprouver de la haine à l'égard de cette dernière. Peut-être ne lui pardonna-t-elle jamais vraiment. Mais qu'en était-il de Molly Ravenscroft ? Détestait-elle sa sœur ? La haïssait-elle ?

— Oh non ! répondit Zélie Meauhourat. Elle l'aimait tendrement. Elle l'aimait d'un amour très profond et protecteur. Je suis sûre de ça. C'était toujours elle qui demandait à faire venir sa sœur chez eux. Elle avait envie de l'arracher à sa souffrance, au danger aussi, car Dolly rechutait fréquemment dans des crises de frénésie assez redoutables. Cela effrayait lady Ravenscroft, parfois. Voilà, vous en savez assez. Vous avez déjà mentionné cette curieuse répugnance envers les enfants dont souffrait Dolly.

— Vous voulez dire qu'elle détestait Célia ?

— Non, pas Célia, non. L'autre enfant :

Edward. Le plus jeune. Edward avait failli être victime d'accidents à deux reprises. La première fois, lors de je ne sais quelle manœuvre en voiture, et la deuxième, d'une violente crise de nerfs. Je sais que Molly fut soulagée de voir Edward repartir pour l'école. Il était tout jeune, souvenez-vous, bien plus jeune que Célia. Il n'avait guère que 8 ou 9 ans, et fréquentait l'école primaire. Il était vulnérable. Molly craignait pour la sécurité de son fils.

— Oui, répondit Poirot, je comprends bien. À présent, si vous le permettez, je vais parler perruques. Du port de perruques. Quatre perruques. Cela fait vraiment beaucoup à la fois dans la garde-robe d'une femme. Je sais comment elles étaient, comment elles se présentaient. Je sais que lorsqu'il en fallut de supplémentaires, une jeune Française se rendit à la boutique, à Londres, les décrivit et les commanda. Il fut question d'un chien, également. Un chien qui partit en promenade le jour du drame avec le général Ravenscroft et son épouse. Auparavant, quelque temps auparavant, le même chien avait mordu sa maîtresse, Molly Ravenscroft.

— Les chiens sont comme ça, enchaîna Zélie Meauhourat. On ne peut jamais leur faire complètement confiance. Oui, je savais cela.

— Je vais aussi vous dire ce qui, selon moi, se passa ce jour-là, et ce qui se passa auparavant. Quelque temps plus tôt.

— Et si je refuse de vous écouter ?

— Vous ne refuserez pas. Vous pourrez dire que ce que je me suis imaginé est faux. Oui, vous pourrez même dire cela, mais je ne crois pas que vous le ferez. Ce que je suis en train d'essayer de vous faire comprendre, et je le pense de tout mon cœur, c'est qu'en l'occurrence, la vérité est devenue nécessaire. Il n'est pas simplement question d'idées extravagantes, ni d'interrogations. Il est question d'une fille et d'un garçon qui s'aiment et qui ont peur de l'avenir à cause de ce qui a pu se passer, et de ce qui risque de se transmettre de père ou mère en fille. C'est à la jeune fille, à Célia, que je pense. Une jeune fille frondeuse, pleine de caractère, sans doute difficile à vivre, mais qui a la tête bien faite, bon esprit, une aptitude au bonheur, une bonne trempe, mais à qui la *vérité* — il y a des gens comme cela — est nécessaire. Parce que ces gens sont capables d'affronter la vérité sans faiblir. Ils sont capables de l'affronter avec cette acceptation courageuse qu'il faut avoir dans l'existence pour que la vie soit vivable. Et lui, le garçon qu'aime cette jeune fille, souhaite cela pour elle aussi. Accepterez-vous de m'écouter ?

— Oui, répondit Zélie Meauhourat. Je vous écoute. Vous comprenez bien des choses, je crois, et je crois aussi que vous en savez plus que je ne pouvais l'imaginer. Parlez, je vous écoute.

20

« COMMISSION D'ENQUÊTE »

Une fois de plus, debout au sommet de la falaise, Hercule Poirot contemplait les rochers en contrebas sur lesquels venaient se fracasser les vagues. Là, à l'endroit même où il se tenait, avaient été découverts les corps d'un mari et de sa femme. Là, trois semaines avant cette découverte, une somnambule s'était tuée en basculant dans le vide.

« Pourquoi tout cela est-il arrivé ? » Telle avait été la question du superintendant Garroway.

Pourquoi ? Qu'est-ce qui avait bien pu déclencher ces drames ?

D'abord un accident... et, trois semaines plus tard, un double suicide. Au loin s'étend l'ombre portée des péchés de jadis. Quel était ce péché de jadis dont l'ombre, des années plus tard, avait mené à cette fin tragique ?

Plusieurs personnes devaient se retrouver ce jour-là. Un jeune homme et une jeune fille qui recherchaient la Vérité. Et deux personnes qui connaissaient cette Vérité.

Hercule Poirot se détourna de la mer et rebroussa chemin sur l'étroit sentier menant à une maison autrefois nommée Overcliffe.

Ce n'était pas très loin. Il aperçut des voitures garées le long d'un mur. Il vit la silhouette d'une maison se découpant sur le ciel. Une maison visiblement inoccupée et qui avait besoin d'être repeinte. L'écriteau d'un agent immobilier était accroché là, annonçant que cette « résidence de charme » était à vendre. Au portail, le nom « Overcliffe » était barré d'un trait et remplacé par « Down House ». Le détective s'avança à la rencontre de deux personnes qui marchaient dans sa direction. L'une était Célia Ravenscroft, l'autre Desmond Burton-Cox.

— L'agent immobilier m'a envoyé un avis, annonça Desmond, disant qu'il fallait que nous allions voir la maison, ou je ne sais comment ils formulent ça. J'ai pris la clé pour le cas où nous aurions besoin d'entrer. Elle a changé deux fois de propriétaires ces cinq dernières années. Il ne doit pas rester grand-chose à y voir, n'est-ce pas ?

— Je ne pense pas, non, ajouta Célia. Cette maison a déjà appartenu à un tas de gens, finalement. Les premiers qui l'ont achetée étaient des gens du nom d'Archer, ensuite ç'a été une famille qui s'appelait Fallowfield, il me semble. Ils disaient que c'était trop à l'écart. Et voilà maintenant que les derniers venus vendent à leur tour. Peut-être tous ces gens ont-ils eu peur des fantômes.

— Tu crois vraiment aux maisons hantées ? demanda Desmond.

— Oh ! pas vraiment, bien sûr, répondit Célia, mais ça pourrait quand même être ici le cas. C'est vrai, non ? Avec tout ce qui s'y est passé...

— Je ne suis pas de cet avis, déclara Poirot. Il y a eu ici chagrin et Mort, mais aussi, et plus que tout, Amour.

Un taxi apparut sur la route.

— Ce doit être Mrs Oliver, je pense, dit Célia. Elle m'avait prévenue qu'elle viendrait par le train puis qu'elle se ferait amener en taxi de la gare.

Deux femmes descendirent de voiture. L'une était Mrs Oliver, mais une grande femme élégamment vêtue l'accompagnait. Poirot, au courant de la venue de cette dernière, ne fut pas surpris. Mais il observa Célia pour voir si elle manifestait la moindre réaction.

— Oh !

La jeune fille s'élança vers la nouvelle arrivante, le visage illuminé.

— Zélie ! s'écria-t-elle. C'est *bien* Zélie ? C'est vraiment Zélie ! Oh ! que je suis contente. Je ne savais pas que vous veniez.

— M. Hercule Poirot m'a demandé d'être présente.

— Je comprends, répondit Célia. Oui, oui, il me semble que je comprends. Mais je... je ne...

Elle se figea, tourna la tête et regarda le beau jeune homme qui se tenait à son côté :

— Desmond, c'est toi... c'est toi qui... ?

— Oui. J'ai écrit à Mlle Meauhourat... à Zélie, si je peux continuer à l'appeler comme ça.

— Vous pouvez m'appeler Zélie aussi longtemps que vous le voudrez, tous les deux, répondit Mlle Meauhourat. Je n'étais pas sûre d'avoir envie de venir, je ne savais pas s'il était sage de le faire. Je ne le sais d'ailleurs toujours pas, mais je l'espère.

— J'ai besoin de *savoir*, expliqua Célia. Desmond et moi avons tous les deux besoin de savoir. Il s'est dit que vous pourriez peut-être nous apprendre quelque chose.

— M. Poirot est venu me voir, reprit Zélie. Il m'a convaincue de venir aujourd'hui.

Célia passa le bras sous celui de Mrs Oliver.

— Je tenais à ce que vous soyez aussi présente parce que c'est vous qui avez lancé tout ça et qui avez fait intervenir M. Poirot, n'est-ce pas ?

Poirot esquissa un sourire.

— C'est également votre marraine qui a mis en branle toute la cohorte de ses éléphants...

— Vos éléphants ? ! s'exclama Mlle Zélie.

— C'est ainsi qu'elle nommait la foule de ses informateurs, confirma Poirot.

— Les éléphants n'oublient rien, expliqua Mrs Oliver. C'est à partir de ce proverbe que j'ai commencé mes plongées dans le passé. J'ai transmis à M. Poirot beaucoup de ragots, de racontars, de renseignements, vrais ou faux, que j'ai glanés auprès de vieillards plus ou moins séniles, et lui... lui, il a établi un genre de... ma foi, s'il était médecin, j'appellerais ça un genre de diagnostic, j'imagine.

— J'ai dressé une liste, expliqua Poirot. Une liste des éléments qui semblent tendre vers la vérité sur ce qui s'est passé toutes ces années durant. Cette liste, je vais vous la détailler afin de vérifier si, pour vous que le drame a concernés, elle a, oui ou non, une signification.

— Il faut qu'on sache, enchaîna Célia. Était-ce

un suicide, était-ce un meurtre ? Quelqu'un, venu de l'extérieur, a-t-il tué mon père et ma mère, les a-t-il abattus pour une raison, un mobile que nous ignorons ? Je me poserai toujours la question. La réponse ne doit pas être facile, mais...

— Nous allons rester dehors, je pense, coupa Poirot. D'autres gens ont vécu dans cette maison. L'atmosphère ne peut plus y être la même. Nous n'y entrerons que si l'envie nous en prend lorsque la « commission d'enquête » que nous allons tenir sera terminée.

— Ce sera donc une commission d'enquête ? releva Desmond.

— Oui. Une étude aussi approfondie que possible sur ce qui s'est passé jadis.

Poirot se dirigea vers quelques chaises en fer forgé disposées à l'abri d'un grand magnolia, près de la maison. Le détective tira de sa mallette un feuillet de papier couvert d'une fine écriture. Il demanda à Célia :

— Ainsi donc, pour vous, c'est forcément comme ça ? L'un ou l'autre. Suicide ou meurtre ?

— L'un des deux doit correspondre à la réalité, répondit-elle.

— Je vais vous dire : les deux solutions sont vraies, mais ce ne sont pas les seules. D'après ce que je crois, nous n'avons pas seulement affaire à un meurtre ainsi qu'à un suicide, mais aussi à ce que j'appellerai une exécution, et en outre à un drame. Le drame de deux personnes qui s'aimaient et qui moururent de cet amour. Les drames d'amour ne sont pas toujours l'apanage des Roméo et des Juliette, ce ne sont pas nécessairement les jeunes gens qui endurent les affres de l'amour, qui sont prêts à mourir pour leur amour. Non. C'est plus compliqué qu'il n'y paraît.

— Je ne comprends pas, dit Célia.

— Pas encore.

— Je finirai donc par comprendre ? reprit-elle.

— Je crois que oui, répondit Poirot. Je vais vous dire ce qu'à mon avis, il s'est passé, et je vous expliquerai comment j'en suis arrivé à me forger cet avis. La première chose qui m'ait frappé, ce sont les détails restés inexpliqués dans la quantité d'éléments que la police recueillit à l'époque. C'est ainsi, par exemple, qu'au nombre des effets de feu Margaret Ravenscroft, figuraient quatre perruques.

Le détective répéta avec emphase :

— *Quatre* perruques.

Il regarda Zélie.

— Lady Ravenscroft n'en portait pas continuellement, enchaîna cette dernière. Seulement de temps à autre. En voyage, ou quand elle rentrait du dehors très ébouriffée et voulait être prête rapidement, ou parfois, elle en mettait une appropriée aux grands soirs.

— En effet, reprit Poirot, c'était assez à la mode à cette époque précise. D'habitude, les femmes en avaient à la rigueur une ou deux. Mais lady Ravenscroft en avait *quatre* en sa possession. Quatre perruques, cela m'a paru beaucoup. Je me suis demandé *pourquoi* il lui en fallait quatre. D'après la police, à qui je posai la question, ce n'était pas en raison d'une quelconque tendance à la calvitie. Lady Ravenscroft avait une chevelure en bonne santé, comme on en voit d'ordinaire aux femmes de cet âge. Tout de même, je me suis posé des questions sur ces perruques. L'une avait des reflets gris, ai-je appris plus tard. C'est la coiffeuse de lady Ravenscroft qui m'a précisé cela. Une autre formait un casque de petites boucles. Cette dernière était celle que portait lady Ravenscroft le jour de sa mort.

— Cela a-t-il une quelconque importance ? demanda Célia. Elle aurait pu porter n'importe laquelle.

— Elle aurait pu. J'ai également appris que, d'après les déclarations de la gouvernante à la police, lady Ravenscroft avait porté cette perruque précise quasiment en permanence au cours des quelques dernières semaines qui précédèrent sa mort. C'était sa perruque favorite, semblait-il.

— Je ne vois pas...

— Il y a également eu ce dicton que le superintendant Garroway m'a cité : « Même bonhomme, autre casquette. » Cela m'a furieusement donné à réfléchir.

— Je ne vois toujours pas..., répéta Célia.

— Il y a eu, de surcroît, poursuivit Poirot, le détail du chien...

— Le chien... Mais qu'a fait le chien ?

— Le chien a mordu lady Ravenscroft. Le chien était, paraît-il, très attaché à sa maîtresse... pourtant, au cours des quelques dernières semaines de vie de cette dernière, l'animal s'est retourné contre elle à plusieurs reprises et l'a mordue assez gravement.

— Vous voulez dire qu'il sentait qu'elle allait se suicider ?

Desmond, les yeux ronds, fixait le détective.

— Non. Bien plus simple que cela...

— Je ne...

— Non, reprit Poirot, le chien savait ce que personne d'autre ne semblait savoir. Il savait que cette femme-là n'était pas sa maîtresse. Elle ressemblait à sa maîtresse... la gouvernante, qui était légèrement aveugle et sourde en outre, a vu une femme portant les vêtements de Molly Ravenscroft, ainsi que la plus reconnaissable des perruques de Molly Ravenscroft : celle aux petites boucles en casque. Cette gouvernante ajouta seulement que sa maîtresse ne s'était pas comportée comme à l'accoutumée, les dernières semaines de sa vie : « Même bonhomme, autre casquette », selon la formule de Garroway. Alors l'idée — la conviction — m'est venue. Même *perruque*... autre *femme*. Le chien savait... savait parce que son flair le lui avait révélé. Une autre femme, pas celle qu'il aimait... mais bien au contraire une femme qu'il n'aimait pas, et même qu'il craignait. J'ai alors pensé : supposons que cette femme n'ait pas été Molly Ravenscroft... de qui pouvait-il bien s'agir ? Se pouvait-il qu'il s'agisse de Dolly... la sœur jumelle ?

— Mais c'est impossible, riposta Célia.

— Non, ce n'était pas impossible. N'oubliez pas, après tout, qu'elles étaient jumelles. Je dois maintenant en venir aux détails que Mrs Oliver a soumis à mon attention. Selon certains de ses « éléphants », lady Ravenscroft avait, peu avant le drame, séjourné dans un hôpital où on lui « aurait » révélé qu'elle souffrait d'un cancer. Vérification faite, et tout à fait entre nous, les comptes rendus médicaux allaient toutefois à l'encontre de cette hypothèse. J'ai ensuite peu à peu appris l'histoire passée de lady Ravenscroft et de sa sœur, qui, comme le font les jumeaux, se vouaient une très tendre affection, se comportaient à l'identique, s'habillaient à l'identique, auxquelles il arrivait apparemment les mêmes choses, qui avaient eu les mêmes maladies au même moment, s'étaient mariées à peu près en même temps ou à peu d'intervalle. Et qui en fin de compte, comme bien des jumeaux le font, au lieu de souhaiter tout faire à l'identique et de la même façon, souhaitèrent brusquement faire le contraire l'une de l'autre. Être aussi différente l'une de l'autre que possible. Un certain degré de rancœur alla jusqu'à s'établir entre elles. Et même bien davantage. Il y avait eu, par le passé, une raison à cela. Jeune homme, Alistair Ravenscroft s'était épris de Dorothea Preston-Grey, l'aînée des deux sœurs. Mais ses sentiments ne tardèrent pas à se reporter sur l'autre sœur, Margaret, qu'il épousa. S'ensuivit une jalousie, sans nul doute, qui creusa un écart entre les deux jeunes femmes. Margaret resta à tous égards profondément attachée à sa jumelle, mais Dorothea, elle, n'était plus du tout attachée à Margaret. Cela, me semble-t-il, explique quantité de choses. Dorothea était un personnage tragique. Sans qu'elle en soit le moins du monde responsable, un problème de gènes, un possible accident à la naissance, quelques caractéristiques héréditaires l'avaient faite à tout jamais mentalement instable. Très tôt, pour une raison qui n'a jamais été tirée au clair, elle conçut de la répugnance à l'égard des enfants. Tout porte à croire qu'un enfant trouva la mort par la faute de Dolly. Les preuves n'étaient pas formelles, mais l'étaient suffisamment cependant pour qu'un médecin préconise un traitement psychiatrique, si bien qu'elle fut soignée pendant quelques années dans un établissement adapté. Quand les médecins la déclarèrent guérie, elle reprit une existence normale, séjournant souvent chez sa sœur, et partant même rejoindre les Ravenscroft en Malaisie à une époque où ils y étaient affectés. Là, une nouvelle fois, un accident se produisit. L'enfant d'un voisin. Et là encore, bien qu'il n'y ait pas eu de preuve formelle, il semble que Dorothea ait à nouveau pu être responsable du drame. Le général Ravenscroft rapatria sa belle-sœur en Angleterre où elle fut à nouveau internée pour suivre un traitement. Une fois de plus, elle sembla guérie, et, au terme de soins psychiatriques, on déclara à nouveau qu'elle pouvait repartir et reprendre une existence normale. Margaret crut cette fois que tout irait bien, et se dit qu'il fallait que sa sœur vienne s'installer chez eux pour qu'il soit possible de guetter attentivement le moindre indice de nouveaux déséquilibres mentaux éventuels. Je ne suis pas persuadé que le général Ravenscroft ait approuvé. Je crois qu'il était fermement convaincu que, tout comme quelqu'un peut venir au monde difforme, infirme, ou handicapé d'une quelconque manière, sa belle-sœur était atteinte d'une difformité mentale resurgissant de temps à autre, si bien qu'il fallait exercer sur elle une surveillance de tous les instants afin de la tirer de ses propres griffes s'il advenait qu'un nouveau drame se produise.

— Êtes-vous en train de prétendre, s'impatienta Desmond, que c'est *elle* qui aurait abattu le général et lady Ravenscroft ?

— Non, répondit Poirot, ce n'est pas la solution à laquelle je pense. Ce qui s'est selon moi passé, c'est que Dorothea a tué sa sœur Margaret. Un jour qu'elles se promenaient ensemble sur la falaise, Dorothea a poussé Margaret dans le vide. La haine et la rancune latentes qu'elle éprouvait pour cette sœur si semblable à elle, et pourtant équilibrée et bien portante, furent soudain trop fortes. Haine, jalousie, désir de meurtre, tout cela était brusquement remonté à la surface et avait pris possession de Dorothea. Et cela, je crois qu'il y a eu une personne extérieure à la famille qui l'a compris... une personne qui se trouvait là quand ce premier drame s'est produit. Je crois que *vous*, vous l'avez compris, mademoiselle Zélie.

— En effet, confirma Zélie Meauhourat, je l'ai immédiatement compris. J'étais là. Les Ravenscroft se faisaient du souci pour elle. C'est à cette époque qu'ils l'ont vue essayer d'agresser leur petit garçon, Edward. Edward est retourné à l'école, puis j'ai organisé le départ de Célia pour mon pensionnat tout en restant ici. Une fois les enfants partis et la maison vide, exception faite du général Ravenscroft, de Dorothea, de Margaret et de moi-même, plus personne ne craignait apparemment rien. Et puis voilà qu'un jour, *le pire est quand même arrivé*. Les deux sœurs sont sorties ensemble. Dolly est rentrée seule. Elle avait l'air très bizarre, très agité. Elle est entrée et s'est assise à table pour le thé. C'est alors que le général a remarqué qu'elle avait la main droite couverte de sang. Il lui a demandé si elle était tombée. Elle a répondu : « Oh ! non, ce n'est rien. Rien du tout. Je me suis égratignée en passant près d'un rosier. » Or, il n'y a pas de rosiers sur les *downs*. C'était une réponse complètement incongrue, ce qui nous a inquiétés. Elle aurait parlé de genêts que nous aurions pu accepter sa réponse. Le général est donc sorti, et je l'ai suivi. Tout en marchant, il ne cessait de répéter : « Il est arrivé quelque chose à Margaret. Je suis sûr qu'il est arrivé quelque chose à Molly. » Nous l'avons trouvée sur un replat, en contrebas du sommet de la falaise. Elle avait été frappée avec une grosse pierre, et lapidée. Elle n'était pas morte, mais avait perdu beaucoup de sang. Pendant un instant, nous nous sommes vraiment demandé ce qu'il fallait faire. Nous n'osions pas la déplacer. Il fallait aller chercher un médecin, nous l'avions compris tout de suite, mais avant que nous n'en ayons eu le temps, lady Ravenscroft s'est agrippée à son mari. D'une voix entrecoupée, elle lui a dit : « Oui, c'est Dolly, en effet. Elle ne savait plus ce qu'elle faisait. Elle ne *savait plus*, Alistair. Fais en sorte qu'elle n'en souffre pas. Elle n'a jamais su ce qu'elle faisait ni pourquoi. Elle ne peut pas se contenir. Elle n'a jamais été capable de le faire. Promets-moi, Alistair. Je crois que je suis en train de mourir. Non... non, on n'a plus le temps d'aller chercher un médecin, d'ailleurs un médecin n'y pourrait rien. J'ai perdu beaucoup de sang... ma fin est toute proche, je le sais. Mais promets-moi. *Promets*-moi que tu la sauveras. Promets-moi que tu ne laisseras pas la police l'arrêter. Promets-moi qu'on ne l'accusera pas de m'avoir assassinée, qu'on ne l'enfermera pas à vie comme criminelle. Cache-moi quelque part pour que nul ne découvre mon corps. Je t'en prie, je t'en supplie, c'est la dernière chose que je te demande... à toi, que j'aime plus que tout au monde. Si je pouvais survivre pour toi je le ferais, mais je vais mourir. Je le sens. Je me suis traînée un peu à l'écart, mais c'est tout ce que j'ai pu faire. Promets-moi. Et vous aussi, Zélie, vous qui m'aimez également, je le sais... Vous m'avez toujours aimée, aidée, accompagnée.... Et vous aimiez les enfants, eux aussi... Il *faut* sauver Dolly.... Il faut sauver la pauvre Dolly... Je vous en prie... je vous en supplie... Au nom de tout l'amour qui existe entre nous, sauvez Dolly. »

— Et ensuite, reprit Poirot, qu'avez-vous fait ? Il me semble qu'à vous deux, d'une certaine manière vous avez dû...

— Oui. Elle est morte, vous savez. Elle est morte quelque dix minutes après avoir prononcé ces derniers mots, alors j'ai aidé le général. Je l'ai aidé à cacher le corps de Molly. Dans un endroit situé un peu plus loin le long de la falaise. Nous l'avons transportée jusque-là, et comme il y avait des rocs, de grosses pierres et des cailloux, nous avons recouvert son corps de notre mieux. Aucun sentier, aucun chemin ne permettait vraiment d'accéder à cet endroit. Il fallait passer à quatre pattes. Nous l'avons déposée là. Alistair ne cessait de répéter : « Je le lui ai promis. Je dois tenir parole. Je ne sais pas comment faire, je ne sais pas si quiconque pourra la sauver. Je ne sais pas. Mais... » Et, ma foi, nous y avons réussi. Dolly était à la maison. Elle était effrayée, terrifiée... et elle manifestait en même temps une sorte de satisfaction horrible. Elle disait : « J'ai toujours su, je savais depuis des années que Molly était vraiment mauvaise. Elle t'a arraché à moi, Alistair. Tu étais à moi... mais elle t'a arraché à moi... elle t'a obligé à l'épouser. Je l'ai toujours su. Mais j'ai peur, à présent. Qu'est-ce qu'on va me faire... qu'est-ce qu'on va dire ? Je ne supporterai pas d'être à nouveau enfermée. Je ne le supporterai pas, non. Je deviendrai folle. Ne les laisse pas m'enfermer. On va m'emmener et dire que je suis coupable d'un meurtre. Ce n'était pas un meurtre. Je devais faire ça, voilà tout. Il y a des choses que je dois faire, parfois. Il fallait que je voie du sang, tu sais. Je n'ai pas pu attendre de voir Molly mourir, je me suis enfuie. Je savais qu'elle allait mourir. J'espérais simplement que vous ne la trouveriez pas. Elle est tombée de la falaise, tout simplement. Les gens vont dire que c'était un accident. »

— C'est une histoire horrible, balbutia Desmond.

— En effet, renchérit Célia, c'est une histoire horrible, mais il vaut mieux savoir. Il vaut mieux savoir, n'est-ce pas ? Je n'arrive même pas à éprouver de la pitié pour elle. Pour ma mère, je veux dire. Je sais qu'elle était douce. Je sais qu'il n'y avait pas le moindre soupçon de méchanceté en elle... elle était viscéralement bonne... et je sais, je comprends, pourquoi mon père n'a pas voulu épouser Dolly. Il a préféré épouser ma mère parce qu'il l'aimait, parce qu'il avait déjà découvert, à l'époque, qu'il y avait chez Dolly quelque chose de détraqué. Quelque chose de mauvais, de retors. Mais ensuite, comment... comment vous y êtes-vous pris ?

— Nous avons beaucoup menti, répondit Zélie. Nous espérions que personne ne retrouve le corps, si bien que plus tard, nous pourrions peut-être le transporter, de nuit ou quelque chose comme ça, jusqu'à un endroit où on puisse penser qu'elle était tombée à la mer. Puis nous avons imaginé cette histoire de somnambulisme. La marche à suivre était pour nous toute simple. Alistair a dit : « C'est terrifiant, vous savez. Mais j'ai promis... j'en ai fait serment à Molly alors qu'elle agonisait. J'ai juré de faire ce qu'elle demandait... or, il y a un moyen, un moyen envisageable de sauver Dolly, à condition qu'elle parvienne à jouer son rôle. Je ne sais pas si elle en est capable. » « Quel rôle ? » ai-je demandé. Et Alistair a répondu : « Prendre la place de Molly et faire comme si c'était Dorothea qui était tombée dans le vide au cours d'une crise de somnambulisme. »

» Nous avons réussi. Nous avons emmené Dolly dans une chaumière inhabitée que nous connaissions, où je suis restée quelques jours avec elle. Alistair a dit que Molly avait été hospitalisée en état de choc après avoir appris que sa sœur était tombée de la falaise pendant une crise de somnambulisme. Puis nous avons ramené Dolly... en la faisant passer pour Molly... portant les vêtements de Molly et la perruque de Molly. J'ai fait faire deux perruques supplémentaires : le modèle aux boucles, qui lui changeait vraiment la physionomie. Cette chère Janet, la vieille gouvernante, n'y voyait pas très bien. Dolly et Molly se ressemblaient vraiment, vous savez, et leurs voix étaient quasiment semblables. Tout le monde accepta sans difficulté qu'il s'agissait de

Molly, Molly se comportant de façon assez bizarre de temps à autre, par suite du choc qu'elle avait subi. Tout avait l'air parfaitement normal. C'est bien ce qu'il y avait de plus terrible, là-dedans...

— Mais comment a-t-elle pu s'en sortir ? demanda Célia. Ça devait être affreusement difficile.

— Non..., elle n'a pas trouvé ça difficile... elle avait obtenu ce qu'elle voulait, voyez-vous, ce qu'elle avait toujours voulu. Elle avait Alistair...

— Mais lui... comment pouvait-il supporter ça ?

— Il m'a expliqué pourquoi et comment... le jour où il a pris les dispositions nécessaires pour que je rentre en Suisse. Il m'a expliqué ce que moi je devais faire, puis il m'a expliqué ce que *lui* allait faire.

» Il m'a dit : "Il ne me reste plus qu'une chose à faire. J'ai promis à Margaret que je ne livrerais pas Dolly à la police, que nul ne viendrait à apprendre qu'elle était l'auteur d'un meurtre, que les enfants ne sauraient pas que leur tante avait commis un meurtre. Nul ne doit jamais savoir que Dolly a commis un meurtre. Pendant une crise de somnambulisme, elle est tombée de la falaise... un triste accident, et elle sera enterrée ici, à l'église, sous son propre nom."

» "Comment pouvez-vous tolérer ça" ? demandai-je... Personnellement, je ne pouvais pas supporter cette idée.

» Il répondit : "Je le tolère au nom de ce que je vais faire... et, de cela, il faut maintenant que je vous parle."

» "Voyez-vous, dit-il, Dolly doit cesser de vivre. Si elle côtoie des enfants, elle commettra d'autres agressions fatales... la pauvre femme : elle n'est pas taillée pour vivre. Mais comprenez bien, Zélie, que ce que je vais faire, je dois le payer de ma propre vie, moi aussi... je vais vivre ici paisiblement aux côtés de Dolly se faisant passer pour ma femme... et ensuite, se produira un autre drame..."

» Je ne compris pas ce qu'il entendait par là. "Un autre accident ? Une nouvelle crise de somnambulisme ?" Mais il répondit : "Non... Ce qui se saura, c'est que Molly et moi nous serons tous les deux suicidés... je ne pense pas que quiconque sache jamais pourquoi. On estimera peut-être que notre geste était dû au fait que ma femme se croyait atteinte d'un cancer... ou que moi, je l'en croyais atteinte... toutes sortes d'hypothèses seront sans doute envisagées. Mais comprenez-moi... il faut que vous m'aidiez, Zélie. Vous êtes la seule personne qui m'aime suffisamment, qui aime suffisamment Molly et les enfants aussi. Si Dolly doit mourir, il n'y a que moi qui puisse commettre le geste. Elle n'aura ni peur ni mal. Je l'abattrai par balle, puis je me supprimerai moi-même. Ses empreintes figureront sur le revolver étant donné qu'elle l'a manipulé il y a peu, et les miennes y seront aussi. Justice doit être faite or il faut que j'en sois l'exécuteur. Ce que je veux que vous sachiez, c'est que je les aimais... toutes les deux... et que je les aime encore. Molly, plus que ma propre existence. Dolly, parce que je la plains vraiment du sort que la vie lui a attribué à la naissance." Et il ajouta : "N'oubliez jamais ça..."

Zélie se leva et s'avança vers Célia.

— À présent, vous connaissez la vérité, dit-elle. J'ai promis à votre père que vous ne sauriez pas... et j'ai rompu ma promesse. Il n'a jamais été dans mon intention de révéler tout cela, ni à vous... ni à qui que ce soit d'autre. M. Poirot m'a fait changer de point de vue. Cela dit... c'est une histoire si horrible...

— Je comprends ce que vous ressentez, assura Célia. Peut-être votre point de vue était-il le bon, mais je suis... je suis contente de savoir, car j'ai l'impression qu'un grand poids vient de m'être ôté des épaules...

— Et parce qu'à présent, ajouta Desmond, nous *savons* tous les deux. Et c'est une chose que nous ne regretterons jamais de savoir. Ça a *vraiment* été un drame. Comme le dit M. Poirot ici présent, ça a véritablement été le drame de deux personnes qui s'aimaient. Mais qui ne se sont pas assassinées l'une l'autre, parce qu'elles s'aimaient. L'une fut assassinée et l'autre, exécutée en tant qu'assassin, par égard pour l'humanité et dans le but d'épargner d'autres vies d'enfants. On peut pardonner au général s'il s'est trompé, mais je ne crois pas qu'il se soit *réellement* trompé.

— Dolly a toujours été effrayante, enchaîna Célia. Même petite, j'avais peur d'elle, sans savoir pourquoi. À présent, je sais pourquoi. Je trouve mon père courageux d'avoir fait ce qu'il a fait. Il a respecté ce que ma mère lui avait demandé, ce qu'elle l'avait supplié de faire alors qu'elle rendait son dernier soupir. Il a sauvé sa sœur jumelle, que ma mère avait, je crois, toujours tendrement aimée. J'ai plaisir à penser... oh ! ça semble idiot de ma part...

La jeune fille adressa un regard hésitant à Poirot :

— Vous ne serez peut-être pas du même avis. Je suppose que vous êtes catholique, mais cette inscription qui figure sur leur tombe : « Et dans la mort ils restèrent unis »... Ça ne veut pas dire qu'ils sont morts ensemble, je crois plutôt qu'ils sont désormais bel et bien unis. Je crois qu'ils se sont rejoints par la suite. Eux deux qui s'aimaient très fort, et ma pauvre tante, à laquelle je m'efforcerai de penser avec plus de bienveillance, désormais... ma pauvre tante n'a pas eu à souffrir d'un geste qu'elle n'avait sans doute pas pu contenir. Remarquez, ajouta Célia, retrouvant tout à coup son ton habituel, ce n'était pas quelqu'un d'aimable. On ne peut pas se forcer à aimer les gens s'ils ne sont pas aimables. Peut-être qu'elle aurait *pu* être différente, à condition d'essayer, et peut-être qu'elle n'y est pas arrivée. Auquel cas, il faut penser à elle comme à quelqu'un de très malade... quelqu'un, par exemple, comme le pestiféré d'un village qu'on ne laisse pas sortir, qu'on ne nourrit pas, qui ne peut pas se mêler aux autres parce qu'alors tout le village risquerait d'être atteint de la peste. Quelque chose comme ça. Mais je vais m'efforcer d'éprouver de la compassion pour elle. Quant à mon père et ma mère..., je ne me tracasserai plus à leur sujet, désormais. Ils s'aimaient tant, et ils aimaient la pauvre, malheureuse Dolly, pleine de haine...

— Je crois, Célia, déclara Desmond, que nous ferions bien de nous marier le plus vite possible, à présent. Mais il y a en tout cas une chose que je peux te promettre : ma mère n'entendra jamais un mot de tout ça. Ce n'est pas ma vraie mère, et pas non plus quelqu'un à qui je peux confier ce genre de secret.

— J'ai de bonnes raisons de penser que votre mère adoptive, Desmond, enchaîna Poirot, tenait à s'immiscer entre Célia et vous, et si possible, à vous mettre dans la tête l'idée que votre fiancée risquait d'avoir hérité de son père ou sa mère je ne sais quel effroyable trait de caractère. Cependant — et vous ne le savez sans doute pas encore mais je ne vois aucune raison de ne pas vous en informer —, vous allez, le jour de vos 25 ans, hériter de celle qui fut votre vraie mère et qui est morte il n'y a pas très longtemps en vous léguant toute sa fortune, qui était considérable.

— C'est là une excellente nouvelle car puisque j'épouse Célia, nous aurons besoin de cet argent pour vivre, déclara Desmond. Et je comprends parfaitement que vous ayez songé à me mettre en garde. Je sais que ma mère adoptive a toujours été tout à la fois très âpre au gain et terriblement dépensière, au point qu'il m'arrive déjà d'être souvent obligé de lui en prêter. Elle était même allée, il n'y a pas bien longtemps, jusqu'à insister pour que j'aille voir un notaire, parce qu'il était, d'après elle, très dangereux, maintenant que j'ai plus de 21 ans, de ne pas avoir de testament. Je suppose qu'elle s'imaginait récupérer l'argent placé pour moi lors de mon adoption. Et j'avais, en effet, songé à lui en laisser la quasi-totalité. Mais bien sûr, maintenant que Célia et moi avons décidé de nous marier, tout ira à ma femme... Qui plus est, je n'ai pas aimé la façon dont cette femme a tenté de me dresser contre Célia.

— Je crois que vos soupçons sont entièrement fondés, confirma Poirot. J'ai la conviction que votre mère adoptive avait réussi à se persuader que ses intentions étaient bonnes, que l'atavisme de Célia était quelque chose dont vous deviez avoir connaissance des fois qu'il y ait un risque à encourir, mais...

— D'accord, coupa le jeune homme, oh ! je sais... je manque de bienveillance. Après tout, elle m'a adopté, élevé, et tout ce qui s'ensuit, et je crois que s'il y a de l'argent en suffisance, j'en placerai un peu à son nom. Célia et moi garderons le reste et nous allons vivre très heureux. Après tout, certains souvenirs nous attristeront peut-être de temps en temps, mais nous ne nous tracasserons plus, n'est-ce pas, Célia ?

— Non, promit la jeune fille, plus jamais. Je crois que mon père et ma mère étaient des gens assez extraordinaires. Maman s'est efforcée toute sa vie durant de veiller sur sa sœur, mais c'était sans doute sans espoir ou presque. On ne peut pas empêcher les gens d'être ce qu'ils sont.

— Ah ! mes chers enfants, fit Zélie. Pardonnez-moi de vous appeler ainsi alors que vous n'êtes plus des enfants, mais un homme et une femme accomplis. Je le sais bien. Je suis tellement heureuse de vous revoir et de savoir que mes agissements ne vous ont causé aucun tort.

— Vous ne nous avez causé aucun tort, et c'est un tel plaisir de vous revoir, chère Zélie.

Célia rejoignit Mlle Meauhourat et la serra dans ses bras.

— J'ai toujours eu une affection débordante pour vous, reprit la jeune fille.

— Moi aussi, à l'époque où je vous ai rencontrée, ajouta Desmond. Quand j'habitais à côté de chez vous. Vous connaissiez de très jolis jeux et vous jouiez si souvent avec nous.

Le jeune couple se tourna vers la romancière.

— Merci, Mrs Oliver, déclara Desmond avec émotion. Vous nous avez témoigné beaucoup de gentillesse et vous avez dépensé quantité d'énergie, je le vois bien. Merci aussi à vous, monsieur Poirot.

— Oui, merci, fit à son tour Célia. Je vous suis très reconnaissante.

Ils s'éloignèrent, tandis que les autres les suivaient des yeux.

— Eh bien ! s'écria Zélie, il faut que je m'en aille, à présent.

S'adressant à Poirot, elle ajouta :

— Et vous ? Y a-t-il quelqu'un à qui vous raconterez tout ceci ?

— Il y a une personne à qui je confierai peut-être cette histoire sous le sceau du secret. Un officier de police honoraire. Il n'exerce plus désormais. Il s'est complètement retiré du service. Il ne considérera pas de son devoir de se repencher sur ce que le temps a effacé. S'il était toujours en service actif, ce pourrait être différent.

— C'est une histoire effroyable, frissonna Mrs Oliver, effroyable. Et tous les gens auxquels j'en ai parlé... oui, je m'en rends à présent bien compte, tous se souvenaient de *quelque chose*. Quelque chose qui a permis d'établir la vérité, même si l'entreprise s'est révélée difficile. Sauf pour M. Poirot, qui parvient toujours à relier entre eux les éléments les plus incongrus qui soient. Comme perruques et jumelles, pour ne citer que ces deux-là.

Poirot s'avança jusqu'auprès de Zélie qui, debout, contemplait le large.

— Vous ne m'en voulez pas, demanda-t-il, d'être venu vous trouver et de vous avoir convaincue de faire ce que vous venez de faire ?

— Non, j'en suis heureuse. Vous aviez raison. Ils sont vraiment charmants, ces deux petits, et ils vont bien ensemble, je trouve. Ils seront heureux. Nous nous tenons là où deux amoureux vécurent jadis. Là où deux amoureux trouvèrent la mort, mais je ne blâme pas Alistair de son geste. De sa part, c'était peut-être mal agir, mais je ne peux l'en blâmer. Ce fut un geste courageux, je crois, même si ce n'était pas un bon geste.

— Vous aussi, aimiez le général, n'est-ce pas ? demanda Hercule Poirot.

— Oui. Depuis toujours. Je vous l'ai déjà dit. Dès que j'ai franchi le seuil de la maison. Je l'aimais tendrement. Je ne pense pas qu'il l'ait su. Il n'y a jamais rien eu, comme on dit, entre lui et moi. Il me faisait confiance et m'appréciait. Oui, je les aimais tous les deux, Margaret et lui.

— Il y a une question que j'aimerais vous poser : le général aimait Dolly aussi bien que Molly, n'est-ce pas ?

— Jusqu'au bout. Il les a aimées toutes les deux. C'est pourquoi il avait accepté de sauver Dolly. Et pour cela aussi que Molly le lui avait demandé. Laquelle des deux sœurs il aimait le plus ? Je me le demande. C'est une question qui ne connaîtra sans doute jamais de réponse, conclut Zélie. Je ne l'ai jamais su... et je ne le saurai jamais.

Poirot la fixa un instant du regard, puis il se détourna et rejoignit Mrs Oliver.

— Nous allons rentrer en voiture à Londres. Il nous faut regagner la vie quotidienne, oublier les drames et les affaires de cœur.

— Les éléphants n'oublient rien, affirma Mrs Oliver, pensive. Mais nous sommes vous et moi des humains, et les humains, Dieu merci, possèdent une immense faculté d'oubli.

Composition réalisée par NORD COMPO

IMPRIMÉ EN ESPAGNE PAR LIBERDÚPLEX
Sant Llorenç d'Hortons (08791)
Édit.: 92651-08/2007
Édition 06